小漁娘大發威

3

風文創 1043

元喵 著

風文創 1043

目錄

第二十一章

柳澤一回宅子便交代了下人們開始收拾東西，準備搬走，另外又派了兩人出去打探安陵江的事，剩下的財物清點，他和帳房仔細清點了三日才算是盤點完成。

阿爺當初留給他的產業確實挺多，後來經過姑父的管理更是上了一層樓，到如今自己接手了五年，盤點下來才發現竟是增加了一倍不止。

這樣也好，若真是在他手上虧了，那真是長十張嘴都說不清，也沒臉去見姑姑、姑父。

「少爺！」

「進來。」

柳澤的聲音有些發抖，他聽出來了，門外正是他派出去查探自己身世的人。

「少爺，您吩咐的事屬下兩人已經大致查清了。十年前安陵江中段，確實曾發生過一起翻船的事故。當時一船人都落了水，最後拉上岸，死了四個，失蹤一人。」

「失蹤的是誰？」

「失蹤的是一名十歲男童，縣衙登記的名字叫做黎澤，長興村人士。」

啪嗒一聲，柳澤手裡的筆掉了下來。

「不是讓你們儘量查細些的嗎？還有呢？黎家境況如何？」

「起先不太好，黎澤他娘憂傷過度，身體一直不好要吃藥，家中卻只是普通漁民，靠捕魚生活，村中還欠了不少外債。後來……」

兩人對視了一眼，心中縱然覺得有些不可思議，卻還是照實說了。

「後來那黎澤的妹妹一次意外落水後，彷彿是突然開竅了，開始做些吃食買賣，不僅很快還清了村子的欠債，還進了城，在外城租了間鋪子賣吃食，一直到現在，生意還算紅火。」

聽到他們說的這話，黎澤腦子裡瞬間冒出了在錦食堂遇上的那個黎湘丫頭。同樣是姓黎，也是十來歲的模樣，還同樣廚藝絕佳，怎麼可能那麼巧？

「他妹妹，是不是叫黎湘？」

「咦？少爺您怎麼知道？」

柳澤揮揮手示意他們下去，自己靠在椅子上望著屋頂，久久沒有回神。原來那丫頭竟是自己的妹妹，難怪一見她就覺得親切。

黎湘……

面對柳家少爺身分財富毫不拖泥帶水的柳澤此時心緒萬千，對下一步該怎麼走，完全沒有頭緒。

晚間夫妻倆夜話。

「雲珠，妳說，我是該處理好柳家的事再做出一番事業去認親好呢，還是現在就去？」

「當然是越快越好啦，他們不是說你娘的身體不好嗎？說不定看到你還活得好好的，心情暢快了，身體也好了呢？聽起來那黎家還是很不錯的。」

尤其是那小姑子，那手藝……

金雲珠想著想著肚子又餓了，咕嚕嚕的只好把金花叫了過來，讓她去煮了兩碗餛飩。

「說來，咱家和小妹還挺有緣的。你看，喜宴是小妹幫忙做的，我這孕吐難熬也是全靠了小妹的手藝，注定得是一家人嘛。」

「是挺神奇的。」

柳澤自己想想也忍不住笑了起來。

「那，這幾日把柳家的事忙完了，我去他們鋪子裡瞧瞧？」

「要我陪你嗎？」

「先不了，先去看看什麼情況。妳懷著身孕呢，乖乖在家待著。」

柳澤吃了兩口餛飩，突然想到了什麼，整個人都愣了。

「雲珠……妳還記得我跟妳說過的那個製麵方子嗎？」

金雲珠專心吃著碗裡的餛飩，心不在焉的答道：「記得吧，之前我最喜歡吃的包子就是買了方子後做的。怎麼啦？」

「那方子……是苗掌櫃花了五十銀貝從小妹手上買的。前些日子我在久福遇上她，當著她面賣了三千銀貝。」

「……」

金雲珠看著碗裡剩下的最後一顆餛飩，突然沒了胃口。

「那你這是還沒回去就把小妹給得罪了呀。她賣五十，你賣三千，光是想想都嘔死了，肯定要罵你奸商的。」

柳澤尷尬的笑了笑，他當時哪裡知道會有這樣的奇遇。

「得想個法子和小妹賠罪才是。」

至於什麼法子，夫妻倆一時都沒個頭緒。

隔著老遠的黎家還不知道他們將迎來怎樣的驚喜，現在一家都打烊了，正圍在廚房裡看著黎湘做好吃的。

「表妹，妳蒸這麼多黍米做什麼？」

滿滿一大桶呢，全家哪怕八、九個人都吃不完。

「這個可不是蒸來現在吃的。」

黎湘揭開蓋子，查看了下，黍米已經蒸得差不多了，她自己是抱不動的，只好叫爹來幫忙，把那一大桶黍米抱到桌子上，倒進了兩個大陶盆裡。

剛出鍋的黍米滾燙黏手，黎湘舀著一旁早就準備好的涼開水一邊倒，一邊用手將整坨的黍米捏散，倒了三、四瓢就差不多了，攪和攪和，盆裡的黍米很快便涼了，這時候再把多餘的水給倒掉。

溫溫熱熱的正好，碾成粉的酒麴撒到裡面，攪和均勻，中間再挖一個坑，面上鋪一層酒麴粉就行了。

黎湘蓋好蓋子，將兩個盆子都擱到了灶臺角落裡。平常做飯的時候灶臺溫度很高，它們也能盡快發酵。

她打聽過了，因為臘八要做的粥是甜口的，所以每年試菜大會試的都是甜口的菜，正好她也饞米酒了，乾脆便煮了一桶黍米出來試試。

說實在這米酒成與不成她沒有什麼把握，畢竟黍米和現代的糯米還是有區別的。做吃食嘛，食材略微有些差異，出來的成品口感就可能相差很多。所以，這兩盆子黍米發酵出來會是什麼樣，她心裡也沒有底。

「就放灶臺上，這天氣放櫃子裡發酵就太慢了，放灶臺上差不多兩日就能開，中間你們可別去開蓋子。」

「知道啦，這做的到底是什麼東西呀，神神秘秘的。」

「應該叫米酒，也可以說是醪糟，不過還得等開蓋子才知道。」

萬一做廢了，現在吹得多香多好吃，那豈不是自打臉？

一家子收拾收拾便各自回了房間睡下。

兩日後，眼看著明日就要去參加那什麼試菜大會了，黎湘總算是把那兩盆寶貝從灶臺上端了下來。

抱起來在蓋子旁邊聞的時候依稀能聞到一股酒香，她的心裡安定了大半，好歹酒味出來了，只要成品不酸，她就算是勉強成功。

「快打開瞧瞧。」

關翠兒在旁邊摩拳擦掌，興奮得很。這兩日天天看著這兩盆，彷彿看著兩道美味，偏偏連蓋子都不能打開來瞧瞧，勾得她心裡直癢癢。

「表姊，妳來開吧。」

「我開?!」

關翠兒受寵若驚，屏著呼吸伸手揭開了一個，一開蓋子，那濃郁的酒香撲面而來，簡直不要太香了。

黎湘看了一眼，裡頭的黍米都已經漂浮起來，底下便是發酵出來的酒水。從那中間挖的坑可以看出底下酒水品質很好，沒有發霉沒有長毛，聞上去也沒有酸味。

她直接取了一個勺子，拿開水燙了下，舀了一碗米酒出來。這次做的酒香氣比起現代的更濃，希望味道不要讓她失望。

關翠兒拿著勺子和表妹一人嚐了一小口。

「好甜啊！」

黎湘驚喜不已。

沒想到用這黍米發酵的米酒不光酒香濃郁、口感柔順，居然還這麼甜，一點也不比她在現代做的差，好喝！

姊妹倆一人一口，很快便喝光了碗裡的米酒。黎湘還好，只當是喝了點普通的飲品，關翠兒反應比較大，臉紅紅的，說話也說不清楚。

「湘兒，翠兒這是怎麼了？」

黎湘哭笑不得，表姊酒量居然這麼淺，米酒的酒精含量其實已經很低了。

「沒事，表姊就是有點醉了，一會兒我扶她上去休息會兒。娘，妳能喝酒嗎？我做的米酒要不要來嚐嚐？」

關氏聞著香味還挺饞的，不過她也不知道自己能不能喝，黎湘便舀了幾勺出來兌了開水。兌出來的米酒水香氣依舊，但酒的度數已經被稀釋到很低，喝起來也沒那麼醉人，最是適合酒量淺的人喝。

黎湘兌了四碗，給爹娘和桃子姊妹都嚐了嚐，除了爹不怎麼感興趣之外，娘和桃子她們是極為喜愛的。

「這酒都沒味兒，一點勁都沒有。」黎江只喝到一嘴的甜，說是糖水他都信。

「爹，你喝慣了白叔叔那兒的酒，我這米酒你當然喝不慣了。這東西我是拿來做湯做飲品的，明兒要用呢。」

黎湘寶貝的將兩盆米酒收起來，放到了櫃子裡。尋常米酒一般保質期在一個月左右，如今天冷，可以存放更長時間，加上家裡人多，吃得也快，她倒不擔心會吃不完。

折騰出米酒，黎湘一整日心情都非常不錯，再加上這幾日教桃子做糖醋魚，她也總算是學會了要領，成功出師。桃子杏子會的越多，她也就越來越清閒，可以睡懶覺的日子應該是不遠了。

晚上打烊的時候，黎湘興沖沖地要搬米酒出來做好吃的，卻被娘和表姊一起趕出了廚房，正摸不著頭腦呢，就聽到爹在笑話她。

「怎麼？連自己的生辰都不記得啦？」

黎湘恍然大悟，難怪下午娘和表姊總是湊在一起笑咪咪的看著自己，原來是要給自己過生日。

十四歲了……

「一轉眼湘兒都這麼大了，明年便及笄，是個大姑娘嘍。」

黎江滿眼慈愛，從懷裡掏出了一只細細的銀圓鐲。

「說來慚愧，爹娘想給妳買點禮物，這錢還都是妳賺的。」

「爹你說什麼！咱家沒有你和娘，這鋪子能開起來嗎？我一個人哪顧得過來。再說，做這些吃食買賣本錢哪裡來的，還不是你和娘的積蓄嗎？賺的錢本來就是你和娘的。」

黎湘不樂意聽這些，直接拿了那手鐲套在手上，冰冰涼涼的，卻也格外的溫暖。

「真好看！」

瞧見女兒喜歡，黎江便滿足了。父女倆說著話間，滷味鋪的小舅舅、舅母和駱澤也來了，一大家子人熱鬧得很，黎湘的米酒水也很是受歡迎，眼瞧著快吃飯了，又來了三位客人。

伍乘風就不用說了，是早上來吃麵時黎江親口邀請的，叫人意外的是另外兩個。

一個青芝，一個金花。

兩人都是來給黎湘送生辰禮物的。

「湘丫頭，這是夫人親自去花蝶坊給妳挑的一對珍珠耳墜，夫人說小姑娘家就該打扮打扮，妳啊平時穿得太素淨了些。」

「夫人怎知我生辰？」

黎湘實在是太驚喜了，自己的生辰被人惦記的感覺真好。她沒有推拖，而是收下了那副耳墜，雖說自己還沒有打耳洞，但想打還不容易嗎？燒根針一扎就完事。

「青芝姊姊，麻煩妳回去替我謝謝夫人，等我這幾日忙完了就去看她。」

青芝點點頭，剛準備走突然又轉頭笑道：「妳若是想去瞧夫人，書肆是找不到人了，得去秦宅。」

黎湘眼睛一亮，瞧瞧她這是嗑到了什麼糖！

「我回去啦，小丫頭生辰快樂喲～～」

黎湘笑著揮揮手送走了青芝，回頭又去招待金花。

「金花，妳不會也是來賀我生辰的吧？」
金花點點頭，打開手裡的盒子，露出裡面的金色來。
「阿湘啊……這是我家小姐親自畫圖樣訂做的項鏈，是送妳的生辰禮物。」
黎湘一驚。「……」
她沒眼花吧？那是金的?!
難道姓金的人送禮物都是金的嗎？
不對！她什麼時候和柳少夫人有這樣深的交情了？
這條金如意雖然看著小巧精緻，但絕對是價值不菲，換成銀貝至少五百起跳，她就是再傻也是不敢收的。
「金花，這項鏈我不能拿，妳拿回去吧。少夫人的心意我領了，實在是沒必要送這樣貴重的禮物。」
黎湘把盒子蓋上，推了回去。
金花帶了任務來的，哪裡肯就這樣輕易的回去，非要把那盒子塞給她不可。
「這東西我可不敢拿回去，小姐會罰我的，妳若實在不想要，那就等過幾日小姐來看妳的時候當面還給她吧。」
說完她便扔下盒子跑了，黎湘根本來不及追，只好先將盒子拿到樓上鎖起來。這麼貴重的東西，不加把鎖她心裡是真不踏實。

不過話又說回來，那柳少夫人過幾日要來看自己？到底要看什麼？奇奇怪怪的……

「湘兒妳好了沒有？吃飯啦！」

「來了來了！」

黎湘鎖好箱子又鎖好了門，這才下了樓。

這會兒鋪子都收拾好了，兩張桌子拼成一張大桌，菜有七、八道，湯也有兩大罐。都是黎湘平時愛吃的，也是關翠兒這些日子跟在她後面學會的所有菜式，可能味道沒有黎湘炒的那麼好吃，但心意是足足的。

「表姊，妳這手藝已經練得相當不錯了。」

黎湘非常給面子吃了不少的菜，壽星公高興了，一大家子自然也就開心了。今日黎湘收了不少的禮物，就連桃子姊妹也有準備。

不過她倆手裡沒什麼錢，準備的不過是用乾草編織的小玩意兒。禮輕情意重，黎湘也珍而重之的將桃子姊妹送的東西放到了自己的寶貝箱裡。有這麼多人關心她，疼愛她，她會好好在這裡生活下去的。

第二天一早，錦食堂的馬車便到了黎家，將黎湘給接走了。黎湘也沒帶別的什麼，就帶了一罐剛出的米酒。大概是她手上罐子封得不嚴實，那綿綿密密的酒香飄得一馬車都是，路上行人偶爾也能聞到一點。

「剛剛那道酒香聞著好香啊……」

「那是錦食堂的馬車誒。」

「是不是錦食堂出什麼新品了？」

一些人說著話，有那麼一、兩個嘴饞的便忍不住朝錦食堂去了。

黎湘到的時候，錦食堂的廚子、夥計、小打雜通通都站在大堂裡，見她一進來便齊齊的問了一聲三掌櫃好。

這陣仗可比她上次來的時候要受歡迎多了。

「于爺爺，試菜大會是在中午對吧？」

「是中午，所以妳要不要先去廚房練練手？普通食材廚房裡頭都有。」

于錦堂直接帶著黎湘去了廚房。

「菜就先不做了，我想知道一會兒是誰跟著我去給我打下手？」

一聽是給她打下手的，廚房裡頓時有人臉色不太好看了，于錦堂直接點人。

「是我們廚房裡的老人了，吳均，吳師傅。他做菜多年，拿手的也是甜口菜。」唯一的問題就是無甚新意，這些年一直也沒做出什麼新菜式。

這話于錦堂沒有說，畢竟這麼多人，面子還是要給人留的。

黎湘順著他手看過去，無奈的撇了撇嘴。她中意的幫手不一定要廚藝很好，只要聽話就成，顯然這個吳均師傅是不行的。

大概有手藝的人都會有幾分傲氣，尤其是像他那樣的男人，怎會甘心給一個小姑娘打下手？他會覺得是恥辱。

「于爺爺，把你這廚房裡打雜的小徒弟都叫過來一下。」

「打雜的小徒弟？」

于錦堂不知道黎湘葫蘆裡賣的是個什麼藥，但今日她說的話那就得聽，很快廚房裡五個打雜的都被叫了過來，並排站在一起。

「一起切個蘿蔔絲我看看。」

五個人看了看黎湘，又去看老闆。于錦堂瞪了他們一眼，大聲道：「愣著幹什麼，快去啊！三掌櫃的話聽不懂？」

幾個人這才動手去拿了蘿蔔過來切。

有的人切得又快又好，有的嘛，大概是剛來不久，手還生得很，切的雖然好看，但手速很慢。

「再切三兩肉片我瞧瞧。」

五個人又去切了肉片。

「剝五個大蒜。」

「切點蔥絲。」

黎湘要求一個接著一個，旁邊的幾個大廚抱著手在一旁看熱鬧。那些小徒弟頭兩個要求還好，後面便有些不耐煩起來。

這三掌櫃究竟是什麼意思？要他們做這做那做了一堆，試菜大會上又用不上這些東西，有毛病啊！

「湘丫頭，妳這是何意？」

于錦堂也憋得難受，終於忍不住問了。

「于爺爺，試菜大會就讓他跟著我去吧。」

黎湘指了五個小徒弟當中個頭最矮的那個。于錦堂乍一看過去，連個名字都不知道。

「為何選他？」

在場人心裡大概都是同一個疑問。

「因為夠聽話。」

黎湘讓這幾個人一直不停的做事，起先另外四個都做得很好，只是到第三回、第四回便越來越敷衍，因著老闆還在現場，他們神情是不敢露出不耐煩之色，但他們的身體動作卻是實實在在的鬆懈了。

只有那個小個子的小徒弟，雖然動作慢些，可一直都有認真完成她交代的事情。去試菜大會一共就只需要做三道菜，忙也不會忙到哪裡去，她當然要帶一個夠聽話又夠認真的人。

于錦堂現在對她是有求必應，立刻將那小徒弟指派給了黎湘，好巧不巧，那人還正是吳均新帶的徒弟。

師父沒看上，卻看上了他的徒弟，吳均臉上掛不住，冷哼一聲便去收拾自己的灶臺了。
「你叫什麼名字？」
「三掌櫃，我、我叫燕粟，粟米的粟……」
「行，燕粟，跟我走吧。」
黎湘沒在廚房多逛，等時候差不多了，便帶著他直接坐馬車去東華酒樓。

東華酒樓是整個陵安數一數二的大酒樓，一共四層，在陵安可算是棟高樓了，站在樓上幾乎能看到大半個陵安的美景。
當然，她這會兒是沒機會上去看風景的。
來到了東華，黎湘直接被帶去後廚，她的米酒驗毒後也過關了，來到後廚，只見整個後廚幾乎占了大半個院子，寬敞明亮，十幾個灶臺分開，卻又排得井井有條，明明是每日煙燻火燎的地方，可這裡頭乾淨得就和剛修建好一樣。
還有那一排排的櫃子、案桌、食材，實在是有些財大氣粗。
「黎丫頭，我先和眾位老闆上去招呼李大人，等下會有人來通知你們開始做菜，現在就可以把配菜先準備好了，至少要做十人份，到時候誰先做好便會先端誰的上去，妳別怕。」
「我知道了，你去吧，我不怕。」
灶臺是她的主場，有什麼好怕的？

黎湘送走了于錦堂，回來便交代了燕粟將黍米粉和了一大盆出來。今日她要做的兩道菜都要用這個東西來做，每樣又都是十人份，可不得多和一些。

三道甜食，她準備做一道酒釀小湯圓，還有一道是她十分喜歡的油團子，另外一道加個肉食，糖醋里脊。

趁著燕粟在一旁和黍米粉的時候，黎湘也動手開始切肉條，早些醃製上，一會兒做的時候才會入味。

「哈哈哈哈！這是錦食堂的人啊，我的天，于老爺子是真的找不到人了嗎？居然派了這麼個小丫頭，哈哈哈……」

因著灶臺上立了牌子，所以黎湘是哪一家的，看得一清二楚。嘲笑她的是個身材魁梧的胖大叔，瞧身形便是個「資深」廚師。黎湘抬眼瞧了下，他是素味齋的人，已經連續兩年得了承辦權，難怪這麼囂張。

眼下要緊的是做菜，耍嘴皮子功夫沒什麼用，黎湘沒理他，專心的切著手裡的肉條，見燕粟和好了黍米粉，便指揮著他去切薑絲、剝大蒜。

對面素味齋的人見黎湘不理他們，冷笑了幾聲便也罷了，畢竟還有東華的人在看著呢，跟一個小丫頭較勁犯不著，一會兒做菜將她比下去就行了。

隨著素味齋的人一進來，後面的人也陸陸續續進了廚房，十幾個灶臺就剩下最後一個沒人，不過她知道那是東華給自己留的位置。

這麼多人，每人忙活著自己灶臺上的事，來來回回絲毫不見擁擠，黎湘瞧著這大廚房，再想想自家那只是四個人便有些擁擠的小廚房，心裡著實是酸酸的。

也不知道要到什麼時候才能有個屬於她的大廚房。

「咚！」

一聲鑼響，廚房的比拚開始了。

黎湘注意到，大家多是用蒸、煮、燉的，用炒鍋的幾乎沒有。也是，這樣的場合肯定是要用自己多年的拿手菜，鐵鍋才盛行不久，他們不會去冒險。

「三掌櫃，咱們現在該先做什麼呀？」

「讓你搓的小丸子你搓了多少了？」

「滿滿一大簸箕，都快放不下啦。」

燕粟將自己的成品端過來給黎湘過目，指頭大小的白團子被搓得圓得很。

「三掌櫃，會不會太小了？這一口吃進去都沒個響兒。」

黎湘無語。「……」

「搓你的丸子去。快點，水開了我要用。」

黎湘生了火，大鐵鍋裡加上水，直接燒熱準備下湯圓。正燒著水呢，她又往裡頭丟了一小把枸杞。

離她近的兩個灶臺上的人都瞧見了她的操作，不過都不明白她要煮什麼。枸杞一向是拿來燉湯，還沒見過這麼直接扔鐵鍋裡煮的。

「切，錦食堂真是沒落了，什麼人都敢來東華。」

「下回估計連進的資格都沒有了，哈哈哈哈……」

「太可憐了。」

燕粟聽了心裡很不是滋味。

「三掌櫃……」

「做好你自己手上的事情，不要去管別人說什麼。」

這種人自高自傲，一定不知道有個詞叫做打臉。

「燕粟，搓得差不多了，拿過來。」

黎湘叫了一聲，裝滿圓溜溜小丸子的簸箕就拿了過來。十人份說起來每份也就一小碗，東華樓的大鍋一鍋煮出來綽綽有餘。

滿滿一鍋的小白團子，一進鍋便沈到了鍋底，待它們全都浮上來的時候就熟了。

可惜她來之前忘了準備桂花，不然做道酒釀桂花小圓子又更香了。不過現在也不差，送去參加試菜也是夠夠的。

黎湘拿勺子在鍋裡輕輕推了推，鍋底已經沒有丸子碰撞，小湯圓都熟了，她立刻撤了兩根柴火，加了半罐米酒進去。

嚐了下味道，還不夠甜，加點糖進去就行。

最後十個小碗盛出來，湯色清透，雪白的丸子中綴著幾點紅，別提多好看了。

錦食堂第一個做好了一道菜，實在引人矚目，不過那些人都沒怎麼將黎湘放在眼裡。畢竟她的年紀實在太輕，不值得他們稱之為對手。

守在廚房門口的衙役很快進來端走了那十份酒釀小湯圓，剩下的事就是看那位李大人的了。黎湘刷完鍋燒熱開始加油，東華還挺大方的，廚房裡準備的都是上好的食材，這油也是上好的菜籽油，香得很。

「燕粟，動作快點，搓好的團子先給我。」

「馬上來！」

燕粟先端了一蓋子過來，同樣都是用剛剛搓小湯圓的粉來搓的。

「這蓋子給我，再去搓一蓋子出來。」

黎湘試了油溫，差不多了便減掉柴火，只留小小一根在裡頭，這時候就可以放糖了。火不能大，一大就容易糊，而且糖色炒出來後還要放團子進去炸，火一大容易爆，一個不注意，小臉就會和當初那大龍一樣。

她做這個得心應手，倒還不至於被油爆一臉，小心地注意著火候，多多翻滾，讓團子均勻的裹上糖色。被油一炸，團子便一顆顆鼓了起來，紅紅火火煞是好看。

十份做完也不過是一炷香的時間，錦食堂的第二道菜完成了。

其他人看看自己燉的湯羹，心裡難免有些焦躁起來。

等第二道菜送走了，黎湘便開始換油炸里脊，和糖醋魚的工序差不多，只是把魚換成了肉條而已。

她做的這三道菜，在這個時代算是非常新奇的菜式了。

李大人只喝了一口酒釀小湯圓，便忍不住讚道：「錦食堂今年新意不錯，這小湯圓味道香甜，聞上去還有股酒香，這樣的天氣來上一碗，實在是不錯。」

于錦堂心下一喜，立刻站出來謝了李大人的讚賞，退回去後這才嚐了下面前的小湯圓。帶著酒香的甜湯喝下去不僅暖了身子，叫他的心也跟著安定了下來。

果然，黎湘小丫頭就是不簡單，這甜品的水準和東華的徐師傅也不相上下了。而且最重要的是有新意，李大人年年吃那些銀耳燕窩的，還是要有新意才能留住他的目光。

「大人，錦食堂的第二道菜也好了。」

「哦？這麼快？端上來。」

李大人將空碗放到了一邊，對這錦食堂的第二道菜還滿期待的。聽說這回他們換了一位廚子，想必能給他不少驚喜。

「大人，這道菜名為油果子。」

十份帶著甜香的油團子被端到了李大人和各位老闆的桌上。剛出鍋是極燙的，不過撈出來後再送上樓，加上這天氣，吃起來已經沒那麼燙了。

李大人乃主位，自然是由他第一個動筷子。

他以前從來沒有吃過這樣的甜品，挾起一個團子居然還連著絲，咬一口，那酥脆的口感一瞬間就變成軟糯，越嚼越香，尤其是外頭那層被炸脆的皮。

李大人忍不住多吃了幾個，其他桌的幾位老闆都有些著急了。後面還有那麼多菜，李大人若是前頭就吃飽了，後面哪還有什麼胃口？

這回當真是小看錦食堂了，居然在今日翻了身，瞧瞧李大人那滿意的樣子，說不準今日的承辦權就有他家一份，實在叫人討厭。

「于老闆，您這新廚子可是個妙人啊，做的菜咱們連聽都沒聽說過，不知是哪位名師出的高徒？」

「這個……師從哪家人家不願意說，我們也不好問，左右，現在是我們錦食堂的人就行了。」

于錦堂笑了笑，低頭吃起了油團子，不再回話。

一炷香後，終於有別家的菜端了進來，是素味齋的紅豆南瓜湯，算是他們家的招牌。于錦堂吃過，是道口感綿密的甜湯，味道不錯，就是香味略有欠缺，絕對是比不過之前的酒釀小湯圓的。

果然，李大人只喝了一口便將碗放到一旁，然後提筆在竹簡上記下了心目中的分數。

之後東華的湯品也上來了，是道桃膠雪燕羹，城中各家夫人都很鍾愛的一道甜品。徐師傅的手藝沒得說，只是隔兩年就吃一次，未免有些失了新意。

這道雪燕羹的味道在李大人的心裡和酒釀圓子其實差不多，但實際的分數嘛，卻是酒釀小湯圓更高那麼一絲。

東華已經連續五年得了承辦權，位置穩得很，另一家嘛，素味齋也連續辦了兩年，不過今年怕是要被錦食堂比下去嘍。

李大人笑咪咪的喝了兩口雪燕羹，將碗也放到了一邊去。

東華的當家林老闆將這一幕看在眼裡，面上不動聲色，放下湯碗轉頭小聲吩咐了幾句。

李大人能將酒釀小湯圓吃完，卻只喝了兩口雪燕羹，那錦食堂的新廚子絕對不是簡單的人物，而且他剛剛自己嚐過了，味道的確新奇又好喝，這種人才，在錦食堂可算是屈才了。

「錦食堂第三道，糖醋里脊。」

報菜名的人話音一落，一盤盤的紅色肉條便都上了桌。

「竟然是肉?!」

李大人著實驚訝了一番，畢竟肉類食物幾乎公認的都是鹹口，這麼些年他試吃過那麼多甜食，卻沒有一道是用肉做的，好像肉沾上了糖便不倫不類。

這錦食堂還真敢動手，他得嚐嚐。

幾乎是在看到李大人動筷子的一瞬間，所有人都跟著動了筷子。

一條條里脊裹麵糊炸了兩次，又酥又香，裡頭的肉是鹹口的，和外頭那層酸酸甜甜的紅漿融合起來一點都不突兀，偶爾咬到上頭沾附的小小芝麻，又是另一種香味。

李大人吃膩了那些湯湯水水，突然嚐到這麼一道肉食，那真是喜歡得不得了，很快便吃了半盤。若不是後面又有菜上來了，他估摸著還會繼續吃下去。

新菜來了，只好用茶水漱漱口，繼續品嚐。

整個試菜大會說快也快，一個時辰李大人便嚐完了所有菜品，廚房裡的人臉色都不是太好。他們已經從樓上傳下來的信息中得知李大人很喜歡錦食堂的菜品，樓上的老闆們不知道，可他們卻是清清楚楚的看到錦食堂的廚子是個才十幾歲的小丫頭。

說出去丟不丟人！一幫大老爺幾十年的做菜經驗卻比不過一個小丫頭片子？更叫他們難受的是，由於之前太過輕敵，這小丫頭做菜時他們都不屑去瞧，現在自己輸在哪兒自己都不知道。

素味齋的兩個廚子臉色尤為難看，來時嘲笑錦食堂的是他們，後來起鬨嘲笑的也是他們，若是此次自家沒中，錦食堂中了，那他們以後在錦食堂面前都抬不起頭來了。

他們只能祈禱著承辦權不會落到錦食堂頭上去。

「三掌櫃……」

「沒事，別慌，咱們能做的都做了，剩下的聽天由命吧。來，把東西都收拾收拾，別叫東華覺得咱們錦食堂的人邋裡邋遢的。」

再乾淨的廚房做完菜總是會油乎乎亂糟糟的，黎湘習慣了做完飯菜便會收拾灶臺，於是拉著燕粟一起把自己占的那個灶臺桌子收拾得乾乾淨淨。

其他各家一瞧，人家都收拾乾淨了，哪能被她比下去，乾脆也都動了起來，主動將自己那塊地方給收拾了。

這還是頭一回試菜大會後，廚房這麼乾淨整潔，來傳話的衙役都有些愣在了門口。

素味齋的廚子一臉期待的去將他拉進了廚房。

「差小哥，樓上結果如何？」

「哦，出來了。今年還是東華樓，另外一家是錦食堂。」

晴天霹靂，聽完這消息，素味齋的兩廚子臉都有些白了，來時和老闆拍著胸脯保證的，現在被一小丫頭給奪了風頭，回去不光沒了獎勵，還要受不少人的白眼。

「三掌櫃！咱們中了！」

燕栗興奮的恨不得在這廚房跑十來圈喊一喊。錦食堂已經好幾年沒有中過了，廚房裡的氣氛也不好，師父也不是很開心，這下好了，酒樓又有了指望。

黎湘說不清心裡是什麼感受，總之並沒有燕栗那般興奮。凝聚了先人智慧傳承下來的菜餚能夠在這試菜大會脫穎而出是必然的，中選也在她的意料之中。

等臘八的時候她再來幫著做次臘八粥，這邊就不用她再操心了。

「請問，您就是錦食堂此次掌勺的黎姑娘吧？」

黎湘回頭一瞧，有幾分眼熟，像是東華之前接待的人裡的某一個。

「你是？」

「三掌櫃，這位是東華樓的二掌櫃。」

那人笑了笑，點頭道：「小兄弟所言不錯，正是在下。黎姑娘，我家東家想請您去說幾句話，能否賞臉上樓一敘？」

黎湘想都沒想就拒絕了。

這個點來找自己說話，無非就是想挖牆腳，自己都和錦食堂簽了約，沒必要再去和東華的人攪和。

她現在只想回家，好好把自家的鋪子整起來。

「我只是錦食堂的三掌櫃，你們東家有什麼話，讓他去找于爺爺說吧。燕粟，走了！」

東華二掌櫃一噎。「……」

竟有如此不識抬舉的人！

東華樓在陵安的飲食界地位數一數二，黎湘心裡也是有數的。只是去見吧，後廚裡那麼多人看著，定會傳出許多風言風語，還是不見的好。

于老爺子這麼些年也不是吃素的，這點小事交給他，相信他能處理好的。

黎湘和燕粟在外頭錦食堂的馬車上等了差不多兩刻鐘的時間，樓上的眾位老闆才陸陸續續走了出來。

回到錦食堂後，于老爺準備辦個慶祝的宴席，黎湘當然不能留了，因著她的腿傷，家裡已經好幾日光賣麵食，今日出來參加試菜大會又耽擱了半日，吃宴席哪有給自家賺錢重要。

於是她和于老爺子打過招呼後，便直接回了自家鋪子，剛進門就聽到表姊很是義憤填膺的在說隔壁白家兄弟沒良心。

「怎麼了這是，隔壁怎麼了？」

一聽黎湘的聲音，關翠兒頓時有了主心骨，拉著她就開始抱怨起來。

「隔壁的白老二半個時辰前過來了一趟，說以後不訂咱們家的滷味了，我爹出去打聽了下，原來是北街那邊也開了家滷味店，聽說賣得比咱家便宜很多。」

「北街？新開了一家？誰家開的？」

關翠兒搖搖頭。「老闆姓宋，不認識。表妹妳來看看，這就是那家滷味店賣的滷肉。」

她指了指桌上，黎湘這才發現桌子上放著一盤肉，只是這肉……不黃不白的，一點都不像滷肉，不過聞著的確是有股八角、桂皮的氣味。滷味方子嘛，她肯定捂不住一輩子，去藥鋪買那麼多藥材，有心人照著一抓，回去配一配便很有可能配出一個來。

其中最主要的八角、桂皮，只要加進去，煮出來就會帶著滷味的香氣，但只是八角、桂皮是不夠的。

這家宋老闆應該只是亂配出一個和自家相似的方子便開張出來搶生意了，滷肉的香氣有點衝，沒有自家滷味那種細膩的香，吃一口還有些膩。

他們就算查到了自家抓的藥材，卻不知滷這一鍋滷味要放多少醬油、要如何炒糖色。沒有這些，滷出來的食物便會不黃不白，瞧著便沒了食慾。

「沒事，別氣了，就這水平，不成氣候的。白家來的是老二，這事怎麼說還是得看白老大的意思，咱家的滷味還是繼續賣吧，買的人少就留著自己吃。」

黎湘對滷味的生意不是很擔心，也許一開始大家會圖個便宜去那宋家買，但就這味道，絕對是留不住客的。

白家若真是不再續訂自家的滷味，那也沒關係，一日單靠零售所得就不會虧本，所以宋家那邊沒必要太過在意。

「表姊，去把咱家小炒的牌子都掛上去，今日你們都歇歇，我來做。」

黎湘繫上圍裙，幹勁十足，小鋪子裡溫馨又和睦，隔壁的白家兄弟卻是差點打起來。

「你腦子是被那姓宋的灌了什麼迷魂湯？就那也叫滷肉？你沒長舌頭嚐不出味道嗎？」

白老大壓低了聲音，手指直往白老二的頭上戳。白老二理虧，但他一想到為家裡省下了不少錢，頓時又理直氣壯起來。

「大哥，宋娘子那兒的滷味一斤才十個銅貝，你看看黎家，一斤十八，這貴了多少？太黑心了。」

「你懂個屁！」

白老大火冒三丈，可眼下弟弟已經和那宋家訂了滷味，再花錢去訂黎家的就實在是虧了，想了想還是只能忍下來。

「錢已經給了，現在也不能退了，別的我也不說了，明日滷味拉到店裡要是不好賣，你自己去和爹做交代。」

「宋娘子做得很好吃的，和黎家味道差不多！」

白老二不承認自己被美色所迷，他堅信宋家的滷味拿到酒鋪後一定可以互惠互利。

第二天，他一早便樂呵呵的去宋家領了那兩百斤的滷味，順便還訂下明日的兩百斤。

明明出門前白老大叮囑了又叮囑，要先看看今日買賣的情況再做決定，結果那宋家娘子一聲白二哥，立刻哄得白老二暈頭轉向付了訂金。

那兩百斤滷味一送到酒鋪，鋪子裡的夥計便有些疑惑的問道：「怎麼今日的滷味顏色這般奇怪？」

白老二哪有那閒工夫回答？滷味送到了，他的任務也就完成，瞧著滷味都搬進店裡了，他便跟車回去了。

很快便有來買酒的客人上門，順帶要買下酒的滷味。

「嗯？你家滷味今日怎麼變色了？」

這個問題，夥計也不知該如何回答，只好強撐著笑和客人保證味道是一樣的。聞著確實是滷肉的味兒，有幾個客人猶豫了下還是買了，不過其中一位比較較真兒，買了後當場便捏了兩片豬耳朵丟進嘴裡。

「呸呸呸！什麼東西?!一股子騷味兒！」

他這一吐，旁邊的人哪裡還敢買？就是買了的，也忍不住當場吃了幾塊。

「嘔！天啊！這大腸都沒洗乾淨，嘔……」

幾塊大腸被扔到了地上，大家看得清清楚楚，大腸肉裡藏著某些不明的黑褐色物體。

「天啊！太噁心了！」

原本還在挑滷味的人紛紛丟下了手裡的木筷，也有客人圍在攤子前要求退貨，吃到大腸的那位尤為暴躁，不光要求退貨，還要白氏給他賠錢。

這麼大的動靜鬧騰著，白老爹自然是坐不住了，再不出來，自家店門口都能唱大戲了。

他弄明白事情的來龍去脈後，忍了又忍才把心中那股怒火給壓了下去，賠著笑臉將門口圍著喊著要退貨的人給打發走，要賠錢的也痛痛快快的賠了錢。

等店門口圍著的人差不多都離開後，他立刻讓夥計將門口的滷肉都撤下，陰沈著臉去了兒子的酒鋪。

白老大在看到自家老爹那黑著的一張臉時差不多就明白他所為何來了，心裡嘆了一聲，老二估計又要挨一頓打。

「老大，今日的滷肉怎麼回事？」

白老二心頭咯噔一下，下意識的去瞧大哥，卻見他絲毫不理自己，背後莫名有些涼颼颼的。

「爹，那滷肉是老二自作主張去退了黎家的買宋家的。他說味道差不多，價錢卻便宜很多，所以就……怎麼了爹，是客人不買帳？」

「買帳？差點沒把我鋪子掀了！那叫滷肉嗎？大腸裡還夾著屎，你倆吃得下去？趕緊拿去給我退了！」

白老爹吼完一通又留個警告的眼神，氣沖沖地走了。白老二一想到晚上回去要面臨著什麼就頭皮發麻，轉頭去求助大哥。

「別看我啊，我跟你說的時候你不聽，現在出事了，找我也沒用。我勸你現在把那肉拿去宋家退了，順便把明日的訂金要回來，那可不是小數目，要是讓爹知道了，小心你的皮。」

「大哥……這錢都給出去了，哪有再去要回來的道理……」

白老大都被弟弟這話給氣笑了。

「你別跟我說啊，回去跟爹說去，你看他聽不聽你的。那宋家的滷味現在就是賣不出去，你再死鴨子嘴硬都沒有用，當然了，你要是實在拉不下那個臉，我可以去幫你退。」

「別別別，我自己去。」

白老二對大哥那是十分了解，讓大哥去退貨，他指不定會說出什麼難聽的話來，宋小娘子辛辛苦苦做滷味已經很累了，再被罵她會哭吧，左右自己還有些私房錢，這次就補上去，至於那些肉嘛，拉到集市上便宜點賣也是能賣掉的。

這樣一個「好」主意想出來後，白老二立刻便出了門。白老大懶得操心弟弟，左右家裡有爹會收拾他，他現在比較擔心的是黎家那邊。

丟了自家這麼大的單子，黎家卻是風平浪靜，一點也沒有來和自家談判的意思，這要找個什麼藉口上門才好呢……

白老大在鋪子裡發著愁，白老二也朝著宋家去了。雖然今日的貨可以不退，訂金也可以不要，但滷味是不能再繼續買了，否則首先爹那兒就過不去，再者若是每日都來訂上兩百斤，他的錢包也沒那麼鼓，畢竟家裡還沒分家，大錢都在爹娘手裡。

「什麼?!白二哥你是說，不買我家的滷味了？」

宋娘子頓時委屈了，可憐巴巴的望著白老二。

「白二哥，可是我家的滷味有何不妥？」

「這個……宋娘子，我說實話啊，雖然我很喜歡妳滷的肉，但我爹鋪子裡的那些客人不太喜歡，聽說還有在大腸裡吃出屎來的。我爹生氣得很，不許再賣了，不過妳放心，我不是來找妳退貨退錢的，只是之後恐怕沒法再繼續買了。」

宋娘子的臉色變了變，實在是擠不出笑來，只能好聲好氣的將人送出鋪子。人家都不退錢也不退貨，她還能說什麼？只是……

「宋小牛！我讓你好好洗下水的，怎麼裡頭還有屎？」

「姊……那下水又臭又腥，我已經洗了好多遍很乾淨了，但是兩百斤太多了，總有些部分會遺漏嘛。」

「好！你這一漏，咱家的大客戶就這麼沒了！我好不容易才把白家酒鋪的單子攬過來的，現在都讓你給攪和了！」

宋小娘氣得眼都紅了，宋小牛這才正經了幾分。

「姊，妳沒聽見嗎？人家酒鋪的客人就不愛吃咱家這滷味，所以還是味道不對吧！之前在藥鋪的時候，我明明記得那黎家小娘子就是抓那些藥材的，怎麼自己配起來，總覺得哪兒不對勁？」

姊弟一商量，決定晚上摸黑偷偷去黎家鋪子裡找找看有沒有配好的滷料，乾脆拿回來研究。沒想到半夜兩人來到黎家鋪子後門口，剛開始撬門，就被人從身後捂著嘴給拖走了。

柴鏢頭朝著一旁的伍乘風笑了笑。

「怎麼樣，師父接的這單活兒，不錯吧？」

「師父……多謝。」伍乘風沈默了好久，實在沒法子昧著良心說句不錯。

他也是傍晚才知道師父這次接的活兒居然就是為黎家的鋪子守夜，保護黎家人的安全。是，這活兒的確是讓他和黎家更近了，可大晚上的離得再近有什麼用，人家都睡熟了！

「欸，誰叫你是我徒弟呢。」

柴鏢頭拍拍徒弟的肩膀，找了個比較背風的地方坐下來，喝了一口小酒。

「要不要來一口？」

伍乘風這會兒頹喪得很，哪有心情喝酒。

「不了，我去找大劉看看那兩人什麼情況。」

「你操心那個做什麼，明兒一早直接把人送到于府就成了。」

柴鏢頭才不管抓的是什麼人，只要職責盡到了，人直接送給雇主，由雇主去處理就好。

不過小徒弟掛念著黎家的人，會著急也在情理之中。

黎家眾人睡得香甜，哪裡知道就在不遠處，竟有四、五個鏢師守著他們一家。

笑。

第二十二章

第二日一早，鋪子才剛剛開門呢，就先進來了四、五位鏢師，個個掛著黑眼圈，著實好笑。

「四娃，你們這是幹麼去了？瞧著沒睡好的樣子。」

伍乘風強睜著眼，做出一副精神還不錯的樣子回答道：「就是有點任務，需要熬夜，沒事。大江叔，早上有餃子嗎？我們幾個一人來碗餃子。」

「有有有，你們坐會兒。」

黎江去後廚說了一聲，杏子立刻揪了劑子開始擀皮，關翠兒調的餡也差不多了，拿過去就開始包。

如今廚房裡頭有桃子姊妹倆一起做事，黎湘和關翠兒工作都輕鬆了好多，這幾日相處下來，兩位姑娘人品還不錯，淳樸又老實，學東西也夠認真，黎湘已經在想找時間挑個日子讓兩人拜師了。

在這個時代，師父可不是簡單的嘴上叫叫就行的，一日為師、終生為父，絕對不是開玩笑的，拜師也要十分正式才行。她已經和爹娘商量過，兩姊妹都得了爹娘的認可，做徒弟是可以的。

說到做徒弟，黎湘不知怎麼就想到了跟著自己去參加試菜大會的燕粟。那小伙子真是不錯，又聽話又聰明，手上勁兒也不小，若是好生栽培一下，定然也會是個不錯的廚子，不過人家已經跟了錦食堂的廚子，她想想也就算了。

「表妹，隔壁白家老大找妳，說是有事。」至於什麼事，大家心知肚明。

黎湘應了一聲，將鍋裡的菜鏟起來，又洗了洗手才出門見人。

「湘丫頭，真是不好意思要耽誤妳一會兒。」

「沒事，白叔有什麼話你就直說。」

白老大尷尬的笑了笑，重提了要跟黎家訂滷味的事。

「白叔你不用說了，過去的事也沒什麼好提的。你要買，只要給訂金，我們就賣，不用說那些七七八八的。」

「之前我那弟弟……」

有錢不掙是傻子。至於他白家為什麼突然不買了，又為什麼突然回頭？黎湘不管、也沒必要去提，兩家畢竟沒有簽訂契約，只是每日預先給了訂金去做而已，若是簽了契約，這家突然毀約，那再回來就沒這麼好說話了。

黎湘很痛快的收了白老大給的訂金，說好了從明日起繼續給他白家供貨，就這樣，滷味店也在經歷了一日的低潮後重新熱鬧起來。

雖然她家賣的滷味稍微貴一點，但好吃又下飯，宋家的滷味和黎家一比，也就占個便宜的好處，有錢的人自然是願意吃更好的，沒錢的想著十個銅貝還不如自己買肉回去做，一來二去，宋家可不就涼了？

只是再涼，他們也不敢再打黎家的主意了，誰知道黎家周圍竟然還有人保護呢，嚇人得很！

風平浪靜了兩日後，傍晚，青芝來到了黎家小食。

「湘丫頭，今日夫人要做一桌宴，妳有空過去掌勺嗎？」

「有空是有空，不過今日是有什麼喜事嗎？可是府上誰過生辰？」

黎湘收拾了一下，將廚房交給表姊掌勺。已經快到打烊的時候，店裡也不是特別的忙，表姊和桃子姊妹三個人忙得過來。

「今日不是什麼喜事，頂多算是桌散夥飯。走吧，路上我再跟妳說。」

散夥飯？

黎湘頭一個想到的就是秦六爺沒哄好夫人，兩人要和離了，不過前幾日不是才搬回秦宅和好了嗎？

直到上了車，聽青芝說起，她才知道自己想錯了。原來散夥的是那柳少爺和秦六夫妻倆。

這大戶人家裡頭陰私就是多，一會兒下毒、一會兒連孩子也不是自家的。幸好自己穿來後只是小門小戶，爹娘疼愛、事也不多。

那柳家少爺還真是可憐，眼看著事業如日中天，突然爆出來不是柳家的孩子，這地位落差也不知道人受不受得了？

「湘丫頭，這些事夫人說了可以告訴妳，我才和妳說的，但妳不能把這些說出去。」

「知道啦，出妳之口，入我之耳，絕對不會告訴別人的。」

兩個人一路又說了些城中的八卦，很快就到了柳家祖宅。

今日黎湘沒有帶表姊她們來做助手，因為只有一桌席，吃的人也不多，做上五、六道菜就可以了，廚房的那些人完全夠用。

柳嬌愛甜，那柳少夫人又喜辣，黎湘便酸甜酸辣各做了三道菜，加上一道紅棗枸杞鴿子湯，安胎又安神。

等所有菜都送出去了，廚房裡的丫鬟、婆子也閒適了下來，她們眼饞黎湘的手藝，好聲好氣的求著黎湘幫她們做一樣吃食，左右這會兒青芝還沒來，黎湘也挺喜歡她們廚房的氛圍，也就答應了。

她看了一下，廚房裡的人能吃的也就幾樣青菜、一些小魚，還有一些生肉。黎湘直接拿青菜熬了點菜粥，又讓她們將小魚都剖乾淨後醃製起來，準備炕點小魚乾出來配粥吃，另外再炸點小酥肉就差不多了。

「黎姑娘的手真巧，這平常的東西到了您手裡就變得這樣香了。」

「是啊，要是黎姑娘能和我們府裡常來往就好了，可惜……」

小丫鬟說了聲可惜，其他人也跟著嘆起了氣。

「咱們府眼看著是要散了，也不知咱們這些下人會有個什麼樣的去處。」

黎湘不了解柳府裡面的情況，不過柳夫人性子那般好，肯定不會為難這些下人的。

「也不一定就會散吧？如今柳……哦不，秦夫人和她丈夫不是已經回來主持大局了嗎，肯定會安排好妳們的。」

「黎姑娘說得是，我聽說啊，咱們小姐和姑爺正琢磨著從族中過繼一位少爺，到時候咱們柳府有新少爺，想來咱們也還能繼續在廚房做事。」

說到新少爺，廚房眾人又忍不住感慨起來。

「大少爺人那麼好，竟然不是親生的，真是太可惜了。」

「是啊，大少爺和少夫人都好好，每次來府裡遇上和他們問好，他們都會笑著點頭，我老早就想去他們宅子裡服侍了，可惜一直沒有機會。」

燒火的大娘笑了笑。

「現在大少爺都一無所有了，妳再想也沒用了。」

眾人一陣哄笑。

「誒妳們說，大少爺交還了柳家產業，日後會去找他的家人嗎？」

「應該會吧，雖說十年前的事太久遠了，但落水的應該不多，還是好查的，這就要看少爺自己的意思了。」

「我猜大少爺是漁民的孩子，肯定是在捕魚的時候掉進了水裡。」
「十歲了應該不會這樣大意吧？」
一群人嘰嘰喳喳的討論著，一旁本來也就聽個熱鬧的黎湘一聽到「落水」，整個人都懵了。

十年前這樣敏感的時間，還同是落水，由不得她不多想。

這麼巧的事，真的有這個概率嗎？

「黎姑娘，妳想什麼呢，鍋裡都糊啦。」

「哦！不好意思啊，走神了。」

黎湘趕緊把鍋裡的酥肉撈起來，然後將剩下的都下了鍋。儘管她心焦的想去求證什麼，但她還是決定先把廚房眾人的口糧做出來再說，畢竟這會兒前面應該也在吃飯，她去找人也不方便。

直到最後炕了一鍋子的小魚乾，弄得一身的魚香味，看眾人都坐下吃得滿足，這回她沒有等青芝過來，而是跟廚房裡的人問清路線，直接找了出去。

她想弄明白那柳少爺究竟是不是哥哥。

這麼多年了，第一次遇上條件這樣吻合的人，弄不清楚她肯定是不甘心的，娘的心病也正因此而起，若他真是大哥，那爹娘該有多開心？說不定心情一好，病也能去了根。

黎湘順著廚房大娘指的路一直走到底，拐個彎就到了一個大花園，花園中有一水榭，屋中燈火通明，想來就是秦六爺他們了。

她正要上去找青芝通報一聲，就瞧見那有過一面之緣的柳大少爺陪著一名女子走了出來，想來正是那位姓金的夫人。

兩人走過來的方向正是自己這邊，臨到頭要見面了，她一時又慫了，躲到了花叢裡。

天色已經昏暗，她的衣衫又是暗色系，若是不拿燈照著看，是發現不了她的。

「雲珠，妳小心著腳下，要不我抱妳過去吧？」

「哪裡就那般嬌貴了，瞧你這緊張的樣子，乾脆連如廁你也替我算了。」

金雲珠笑歸笑，手卻是牢牢的抓著丈夫。這天色畢竟已經這麼暗了，不小心一點還真不成。

「對了，姑母方才說今日的菜是小妹做的，她這會兒應該還在廚房，要不咱們一會兒吃完飯去見見她？」

柳澤猶豫了下還是點了點頭，早晚都是要見，先見見小妹探探口風也好。

躲在花叢裡的黎湘聽到這話，宛如被雷劈了一般。

這兩口子的話是什麼意思？

小妹？廚房？

他們在說自己嗎？所以……他真是自己的哥哥?!

黎湘都來不及激動，突然感覺鼻端有個什麼毛茸茸的東西掃來掃去，下意識的一抓，居然還會動，嚇得她一屁股坐到地上，壓壞了好幾株花。

「喵……」

秦六養的那隻白貓聞到了黎湘身上的小魚乾味道，圍著她轉個不停，加上她自己剛剛被嚇坐在地，這一連串的動靜自然是引起了剛走過去的柳澤兩口子注意。

他倆舉著燈走過來，三雙眼睛頓時大眼瞪小眼，都愣了。

大家都沒有想到會是在這樣一種情況下見面，最後還是柳澤先伸手去拉黎湘，才打破了這個僵局。

「柳少爺……」

黎湘實在有些不知道該怎麼開口，乾脆隨著之前的稱呼叫他。柳澤有那麼一丟丟的失望，不過很快便調整了心態。

「其實，妳可以叫我大哥。」

他確定這丫頭方才肯定是聽到了自己和雲珠的話，有些事既然早晚都要說，現在說也是一樣。

「妳應該有個大哥對吧？十年前在安陵江落水失蹤，而我，十年前正好是從安陵江裡被柳家夫妻給撈上來的。」

柳澤直接把話給挑明了，黎湘聽得心頭巨震。廚房裡那些人說的都是真的！

「你真的確定嗎？我聽我娘說，我大哥右手虎口有一黑痣，你有嗎？」

黎湘緊張的看著柳澤，看著他將手裡的燈舉到了右手上方，儘管燈光不是特別亮，但還是能夠看出他虎口上確實是有一顆黑痣。

「真的……竟然是真的！」

天啊，失蹤了十年的大哥，居然真的還活著！

黎湘也不知道是原身的情緒還是自己的，總之一想到娘這麼多年惦記的大哥還活著，心裡就忍不住的雀躍，鼻子也是酸酸的。

「真好！真好！娘知道你還活著，一定很高興！」

聽見她那略微哽咽的聲音，柳澤心裡莫名也跟著難受起來，金雲珠本是不想打擾這兄妹倆相認的，可是她實在有些憋不住了，只好扯了扯自家男人袖子。

「相公……不如你把燈先給我？」

柳澤這才想起自己是陪妻子出來如廁的。

「怪我怪我，差點給忘了。小妹，妳在這裡等我會兒，我先送妳嫂子去如廁，很快就回來。」

黎湘點點頭，有些不好意思的從花叢裡走了出去。看著兩人手牽著手越走越遠，她心裡總覺得有些不太真實。

失蹤多年的大哥居然會被巨富家庭收養，教養得如此出眾不說，再見面已經有妻有子了。這突然一下找到了兒子，馬上又要有孫子，娘那身體受得住這麼大的驚喜嗎？

水榭裡的青芝一出來便察覺花園中有人，還以為是哪個下人，沒想到過來一瞧才發現是黎湘。

「湘丫頭，是過來找夫人的嗎？怎麼也不叫人點個燈給妳？」

「不是來找夫人的，我就是做完飯了沒見妳去廚房，就想著出來找找妳。」

黎湘吸了吸鼻子，青芝立刻察覺了異樣。

「妳哭了？是不是廚房有人欺負妳？」

那架勢，像是黎湘一點頭她就要衝到廚房去收拾人似的，黎湘被她給逗樂了，連忙說沒有。

「就是晚上穿得少，廚房太暖和了，出來一下凍著了，回去喝碗薑湯就沒事啦。」

「那我去和夫人說一聲，先送妳回去吧。」

青芝說完轉身就走，黎湘伸手一拉沒拉住，想喊又沒喊出來。今日秦六爺他們宴請大哥，肯定有很多話要講，自己和大哥的事也不好在別人家裡說，青芝先送自己回去也行，她先回去讓娘有點心理準備……

剛想著要走，她就看到兄嫂兩人回來了。

「小妹，跟我一起進去吃點東西吧，姑姑和姑父妳也都熟，咱們到屋子裡好好的說說話。」

「我就不進去啦，你們肯定有正事說，家裡爹娘還在等我回去，回晚了他們要擔心的。大哥你……你什麼時候會回去見見爹娘？」

其實聽他們夫妻倆之前的對話，顯然是早就已經知道了自己的身分，可他們一直也沒有到鋪子裡和爹娘與自己相認，反而是在這裡和自己說開了，這就讓她很疑惑，摸不準這大哥的心思。

「就明日吧，明日傍晚我和雲珠會過去。」

柳澤原本也是打算明日過去的。這幾日總算將柳家的產業清點完畢、交還給姑姑，從現在起他是真的一窮二白，乾乾淨淨了。

得了他的話，黎湘心裡踏實了不少，好歹他是願意回去認爹娘的。

「那我便先回去了，大哥……你和大嫂一定要回來啊。」

「一定！」

兄妹倆說完話，青芝也出來了。

「少爺，夫人剛還在問你和少夫人呢，怎麼在這兒站著？」

「沒事，馬上就進去了。」

柳澤輕輕朝黎湘揮了揮手，牽著妻子返回了水榭，青芝也帶著黎湘回了她的鋪子。

黑乎乎的巷子裡突然來了輛馬車，藏在暗處的伍乘風等人自然是高度的重視，緊緊盯著從馬車上下來的人。
「嗯？湘丫頭……」
這個點她怎麼會坐外頭的馬車回來？
四、五個人都盯著馬車，這麼多道視線青芝豈有發現不了的道理？她把黎湘先送到了後廚，這才閃身進了黑暗裡抓人。
「何處來的宵小，竟在此窺探？」
幾個人裡也就柴鏢頭比較厲害，能和她過上幾十招，另外像伍乘風等人，根本沒法和她這樣從小接受訓練的人相比。
「誒！停停停！不要打！我們不是壞人！」
柴鏢頭屁股上又挨了一腳，一時也顧不得什麼要隱在暗處保護了，高喊著黎湘的名字請她出來救命。
這女人下手是真重，再不喊黎湘出來，他怕是回去要躺上十天半個月了。
「青芝姊姊妳等等！先別打！」
黎湘從屋裡拿著燈出來，將那地上的人都照了一遍。
「柴鏢頭、四哥……怎麼會是你們？」
方才聽到青芝說外頭有賊人，嚇得她一顆心撲通撲通直跳，沒想到居然是熟人。
「湘丫頭妳認識他們嗎？可是好人？」

「自然是好人！我們是永明鏢局的鏢師，怎麼會是壞人？」

柴鏢頭疼得齜牙咧嘴的從地上爬起來，沒有與青芝多說的意思，青芝也沒打破砂鍋問到底，和黎湘確定這些人不是壞人後，便上了馬車離開。

她一走，柴鏢頭才把于老爺子在永明鏢局雇人夜守黎家的事告訴了黎湘。

「原來是這樣……真是辛苦你們了，先進屋去休息一下吧。」

外面這麼冷，還要守夜，真是不容易得很。

黎湘請他們進去，奈何幾個人倔得很，都不肯。開玩笑，被打成這副鬼樣子，進去燈一照多丟人！所有人的想法不謀而合。

見勸不動他們，黎湘只能順著他們的意思由著他們繼續在附近守著，不過回頭給他們一人煮了兩個雞蛋，又給他們備了熱水，算是盡點心意。

人家拿錢辦事，她也不好干涉過多。說實話，知道有他們在外頭守著，她心裡也是踏實許多，儘管幾個人剛剛被青芝揍了一頓，彷彿有些沒用，但那實在是因為青芝並不是一般女子，以前也不知道是做什麼的，又到了秦六爺手下，怪不得柳夫人總說青芝跟著她是屈才了。

「湘兒，外頭沒事吧？」

關氏彷彿依稀聽到了吵鬧聲，一想到上回來了賊人便傷了駱澤，她心裡總是慌慌的。

「娘，放心吧，沒事，就是柴鏢頭他們被于老爺子雇來保護咱們家，在外頭被青芝姊發現了以為是壞人，現在誤會已經說開，沒事了。」

「原來是這樣，那就好，那就好。來來來，湘兒，給妳溫著粥呢，趕緊來吃點。」

關氏一邊往桌上端著飯菜，一邊念叨道：「桃子她們自從買來後便待在鋪子裡，哪兒也沒去過，所以剛剛翠兒要過去滷味店那邊，我就讓她們跟著一起去了，也算是出去透透氣。」

家裡誰也沒有把桃子姊妹倆當奴才的想法，偏偏她們姊妹倆自覺得很，黎湘母女沒有開口就不離開鋪子半步，省心之餘，也讓人怪心疼她們的，尤其是關氏，最為心軟，也最是心疼小輩。

「妳爹去找人看過，後日便是個好時候，到時候擺兩桌飯，請相熟的鄰居過來吃吃酒，把這師給拜了，那兩丫頭也就能抬起頭做人了。」

黎湘點點頭，沒什麼意見。她現在滿心都想著另外一件大事，若是明日下午突然告訴娘找到了大哥，娘肯定會心緒大亂，再見到大哥一激，身體恐怕會受不了。所以她想了想，還是決定晚上先給娘打打預防針。

「娘……我有件事想跟妳說。」

「想說就說，妳爹能聽嗎？不能聽把他攆到樓上去。」

關氏還有心情開玩笑，黎江也配合得很，說著便要起身了。

「爹，你坐下，這事你們倆都得聽著。」

黎湘放下碗筷，非常嚴肅的看著爹娘道：「大哥他……還活著。」

非常短的一句話，六個字，卻震得黎江兩口子神魂一顫。黎湘只有一點原身小時候的記憶都那樣難受，可想而知爹娘該是如何的心情。

關氏幾乎是瞬間便紅了眼，緊緊抓著女兒的手，著急的追問道：「妳大哥還活著？妳怎麼知道的？可是見到了人？他在哪兒？他現在怎麼樣了?!」

黎江輕輕拍了拍妻子，示意她先冷靜下來。

「湘兒的手都叫妳抓紅了。」

關氏一聽趕緊鬆了手，她實在是太緊張了，眼巴巴的望著女兒，就等她開口。

「娘妳先別急，大哥現在挺好的，還娶了媳婦兒呢！他吧，當年是被一戶富有人家救回去當了兒子，這些年學得很有本事，長得和爹一樣，高高壯壯的。」

「那他現在在哪兒？湘兒，妳快帶娘去看看他！」

「娘，不用咱們去瞧，他明日便會帶著大嫂來見你們了，妳身體還行嗎？」

光是聽見大哥還活著的消息，娘的呼吸便格外的急促，若是見到了真人……她好擔心啊！

「我身體好著呢，真的！最近那郎中開的藥很是不錯，我吃了都沒有再犯過心悸，呼吸也不再喘了。」

黎江怕女兒不信，趕緊幫忙作證道：「妳娘身體真的好很多了，湘兒，妳好好說說妳大哥現在的情況。」

惦記了十年的兒子，就只抱著那麼一絲他還存活的希望，如今願望成真了，做爹娘的如何能不著急？

黎湘便簡單的將柳家情況和爹娘講了講。

「我聽青芝說，大哥這幾日都在忙著將柳家的產業還回去，現在大概是還得差不多了，今日我去做的便是散夥飯。秦六爺和他夫人這些年對大哥很好，也教了大哥很多東西，這麼重要的日子，他們肯定有很多話要說，所以我也沒叫他今日一定要跟我一起回來。」

「原來他就是妳說的那個柳家少爺……等等！妳這段時間總是在給那個柳少夫人做飯菜，說是她孕期不適吃不進口，所以、所以……」關氏激動得語無倫次。

黎湘一邊幫她順氣，一邊點頭應道：「嫂子是懷孕了，應該是剛懷不久，孕期反應有些大。說來咱們真的挺有緣的，他們成親的喜宴還是我和表姊去做的呢。這麼說起來，大哥成親，咱們家也是有參與的。」

「是是是，真好，真好！」

關氏的眼淚止不住的流，一旁的黎江也背過身去擦了好幾次眼淚。這還是黎湘頭一回見爹有這樣失態的情緒。

「娘妳可別哭了，再哭明日眼睛腫了都消不下去，怎麼見大哥大嫂？晚上藥喝過了嗎？把藥喝了早些休息去，明日大哥他們來了，瞧見妳身體好氣色好，才不會擔心。」

「啊對，不能叫他們擔心，我沒事，就是太高興了，一會兒就好了。」

關氏擦了擦眼淚，去灶臺上把自己的藥端出來一口喝下，大概是心裡甜了，這回吃藥都沒吃糖。

夫妻倆簡單洗漱了下便上樓去休息。

其實也就是嘴上說說，剛知道兒子還活著的消息，他們哪裡能睡得著？這一眨眼，十年了，兒子大了，娶了妻還有了孩子……

「當家的，你說，阿澤他會認我們嗎？」

柳家的財富光是聽說的便是他們家一輩子都摸不著的高山，兒子錦衣玉食的長大，現在卻一無所有，叫他來認自己這沒有家底的爹娘，他甘心嗎？

關氏越想便越是害怕，黎江心裡也沒有底，但面上還是要做出一副堅信兒子會認他們的樣子。

「別瞎想了，妳沒聽見湘兒說嗎，阿澤是自己主動交還柳家產業的。咱們的兒子不是那等貪圖別人財富之人。從小阿澤便最為心疼妳，他的為人妳還不清楚嗎？」

黎江給妻子蓋好了被子，將她攬進懷裡，漸漸轉移了話題。

「妳說兒子現在差不多算是一窮二白了，咱們家租的這鋪子住不下他們夫妻二人，是不是要去租個大點的宅子才是？」

「對對對，要租個大點的宅子。」

「那等明日見過阿澤了，咱們再去找房子，順便再給妳扯上一疋布，阿澤媳婦兒都懷孕了，妳這個當阿奶的不得給孩子準備幾身小衣裳？」

關氏的心神瞬間叫小娃娃給吸引走了。她彷彿看見了一個和兒子小時候長得一模一樣的小奶娃，正甜甜的叫她阿奶。

「是要做，我得多做幾身才是！」

夫妻倆說著說著便將兒子拋在了腦後，全心想著要怎樣安頓兒媳和未來的小孫孫。

大概是先前情緒波動太過厲害，如今平緩下來也容易疲乏，關氏沒等到關翠兒她們回來便睡著了。

黎江才是真正的徹夜難眠，大早上兩隻眼睛掛的黑圈圈和柴鏢頭他們有得一拚。

不過人逢喜事精神爽，身體雖疲憊可他的精神卻是格外亢奮，是個人都能瞧出他臉上的喜氣。

「黎老闆這是發財了呀？」

「嘿嘿，沒有沒有，就是家裡有點小喜事。」

柴鏢頭輕輕踢了對面的徒弟兩腳，小聲問道：「你說這黎家還能有什麼小喜事，就一個閨女，該不會是訂親了吧？」

伍乘風一驚，碗裡的餃子頓時就不香了。

不是！湘丫頭才剛滿十四，都沒及笄呢訂什麼親？大江叔他們沒有這麼急吧？而且就他最近觀察的，黎家並沒有什麼常來往的年輕小伙子啊。

「師父你別瞎說。」

「這怎麼叫瞎說呢？這是合理揣測。黎家就小丫頭一個獨女，不是她訂親了，那難不成是你大江叔兩口子添丁了不成？你瞧瞧他那一臉的喜色，絕對是大事。」

柴鏢頭攪亂了徒弟的心神便拍拍屁股走人。

「早點回去睡覺啊，晚上若是打瞌睡，我可是要罰你的。」

伍乘風應了一聲，沒滋沒味的戳著碗裡的餃子，頓時半點胃口也無。

「怎麼了四娃，今日這餃子餡不好吃？」

「沒有，好吃的！」

還是他最喜歡的芹菜肉餡。

「大江叔，今日你這麼高興，家裡可是有什麼喜事？」

黎江點點頭，笑著答道：「是有喜事，這麼多年，總算是要了卻一樁心事，明兒你就知道了。」

兒子畢竟還沒有見到，他話也沒說得太滿，只說了這麼兩句便又去招待其他客人。

伍乘風更難受了。

怎麼聽都像是給湘丫頭找了婆家，他這會兒是徹底睡不著了，回到鏢局躺到了下午，又睏又難受，最後實在是忍不住，又跑到了黎家小食去。

結果發現黎家今日打烊得特別早，而且大江叔一家三口都穿了新衣！一家子在巷子口翹首以盼的樣子，叫他想安慰自己都安慰不了。

這一看，就是在等親家……

伍乘風聽到了自己心碎的聲音。他都還沒有和湘丫頭說出自己的心意，就這麼沒了機會。

一輛馬車從他面前駛過，很快在黎家巷子口停了下來。

他只看到了個車屁股，至於下來了什麼人，他是看不見的。能坐得起馬車，家裡條件應該很好吧，哪是他這樣只有三瓜兩棗的人能比的？

伍乘風垂頭喪氣的回了鏢局，自然也就沒有看到馬車走後，那抱成一團哭個不停的黎家母子。

儘管關氏已經做好心理準備，可乍一見到了兒子還是忍不住淚流不止。只一眼她就知道，這就是她的兒子。

柳澤也是，瞧見黎家夫妻倆那激動又慈愛的眼神，他腦子便會冒出幾個小時候的畫面。他從小便懂事，疼愛爹娘，照顧妹妹，哪怕是分開這麼多年，骨子裡的血脈親情卻還在，它們告訴他，這就是他的爹娘。

母子先是抱在一起哭了起來，黎江一手攬著一個，也跟著默默流淚。黎湘和金雲珠被感染得也是眼淚汪汪。

一家子都哭腫了眼，好一陣子才停了下來。

「爹娘，回屋裡吧，外頭冷，別著涼了。」

柳澤一聲爹娘喊得毫不拗口，彷彿他根本就沒有丟失過。

見他這樣大方的認了爹娘，黎湘心裡石頭也落了地，原本怕他過不去心裡的坎兒叫不出口，爹娘又得傷心難過。

「走吧走吧，去屋裡頭，嫂子還懷孕呢，不好久站。」

黎湘先拉著金雲珠進了鋪子。今日知道他們要來，一家子早早就打了烊，將鋪子裡裡外外都打掃了一遍。

擔心人多他們會不自在，關翠兒打掃完便帶著桃子姊妹去了滷味店，關氏呢，怕廚房的油煙味會讓金雲珠難受，甚至還花了大錢去香鋪裡買了薰香回來熏過。

如此清新的廚房，金雲珠自然明白是為了什麼，她心裡對公公婆婆好感頓時大升。

要知道當初她頭一次進柳府小住的時候，那柳成夫妻根本一點都不上心，只安排了一間帶著霉味的臥房，別說薰香了，連打掃都沒怎麼打掃。當時她就氣得直接去了客棧住下，阿澤還道歉了許久。

這樣一比，誰更用心，顯而易見。

「咱家這鋪子狹小，不比你們平日住的宅子寬敞，將就著坐坐。」

黎江一眼不錯的盯著兒子，見他面上並無一絲嫌棄，心中也舒暢了不少。

「我倒覺得這鋪子挺好的，小而溫馨，可比那冷冰冰的大宅子住起來舒服，對吧阿澤？」

「是，雲珠說的，我也想說，只要一家人都在，住哪都開心。」

柳澤臉上多了不少笑容，莫名還有幾分孩子氣。金雲珠看看他，又摸摸自己屁股下墊的軟墊子，心頭越發柔軟，看來支持相公認親真是沒錯。

小坐了一會兒後，她主動開口道：「小妹，能帶我到這鋪子附近轉轉嗎？」

黎湘愣了下，很快明白過來，她是想給大哥和爹娘獨處的時間，立刻爽快的應了。

兩人在鋪子附近轉了轉，走到鋪子外的河道時，金雲珠突然開口道：「小妹，這鋪子好雖好，但住人還是勉強了些，不如妳和爹娘都搬到了我那宅子裡去如何？」

黎湘知道她是一片好意，只是這事吧，她不能應下來。

「嫂子，妳的宅子妳跟大哥住還好說，爹娘搬進去，先不說別人會不會說閒話，反正爹娘心裡是會難受的，你們成親他們沒幫上忙，如今也沒有多少錢能拿出來給你們置辦宅子，心裡正自責呢。」

金雲珠一想，是這個理。自己認為理所應當的事，可能會讓公公婆婆心裡挺難受的。

「好吧，這事是我欠考慮了。」

「什麼事欠考慮了？」

柳澤出來找人，正好聽見了這句話，金雲珠也不瞞他，將自己剛剛提的建議又說了一遍。

「傻雲珠，也不一定就要爹娘住到妳宅子裡嘛，咱們不是還有座樓嗎？」

黎湘疑惑。「……」

不是說產業都還給柳家了嗎，怎麼還有座樓？

柳澤瞧見妹妹那一臉茫然的樣子，連忙笑著解釋道：「說起來小妹妳也知道，就是那座久福茶樓，那不是柳家的產業，是當年我無意中救了一位先生，他贈予我的。柳家產業和吃食都搭不上邊，所以久福一直被孤立在外，我幾乎也沒怎麼管過，不過現在，也只剩下它了。」

黎湘無言。「……」

久福茶樓……那個給了她五十銀貝啟動資金的地方，所以也可以說，是哥哥幫了自家在城中有這一席之地。

緣分一說，她這回才算是真真領悟到。

「小妹，方才我和爹娘商量了下，這間鋪子還有一個月就到期了，到時候便不再續租如何？」

柳澤的意思很明顯，就是要黎湘他們搬到久福茶樓去，重新開張。

「這件事爹娘說了，要聽妳的意思。久福說真的，除了查查帳，我是真的不太管，食材從哪裡進、食牌都賣哪些東西、廚子們擅長做什麼，我通通都不知道。眼下我就只有那一座茶樓了，自然是想讓自家人來幫忙管。小妹，妳好好想想，咱們有機會再聊，今日先不說這個。」今日一家團聚，該好好慶祝才是。

晚上，黎湘和表姊她們做了一大桌子的菜，請了小舅舅和舅母他們過來一起吃。關翠兒還好，她畢竟管柳澤叫表哥，上桌理所應當，駱澤和桃子姊妹倆就死活不肯上桌吃飯，三個人最後是擠在廚房吃的。

黎湘真是拿他們沒辦法，只好由著他們了。

一頓飯吃了差不多半個時辰，金雲珠雖然不習慣這樣坐得滿滿當當的吃飯，但飯菜的口味彌補了她心裡的那點不舒服。她一直都是笑容滿面的樣子，小舅舅一家也就沒那麼拘束，一家人很是和樂。

飯吃到最後，就剩男人們在喝酒了。黎湘看到金雲珠捶了幾下腰，便和娘說了一聲，扶著她先去樓上自己和表姊的臥房休息一下。

她和表姊的房間小是小，打理得卻是十分乾淨，金雲珠也是真累了，脫了鞋便上了床。

「小妹，等下妳大哥喝完要走的時候記得叫我。」

「放心吧，大哥還能把妳丟在這兒不成？」

黎湘笑了笑，留了燈在桌子上，這才掩上門下樓。

她去前頭看了一眼，大多都是爹和小舅舅在喝，大哥一杯總是要喝很久。看來他還是有分寸的，畢竟還有個孕婦要照顧。

「桃子，把火生起來。」

「嗯？不是都吃完了嗎？還要做菜？」

「沒瞧見裡頭在喝酒嘛，我熬點醒酒湯。」

黎湘從櫃子裡取下自己存放的乾橘皮。

川渝那邊煮湯偶爾會放幾塊橘皮進去提香去腥，她本人也是極為喜歡的，加上滷味裡頭也要加這個，所以備了不少。

她聞了聞，保存得還挺好，一點都沒有受潮。

其實解酒湯有很多種，不過眼下手裡有材料做的也就這橘皮解酒湯，將就著喝吧。

黎湘又抓了一把蓮子出來，加水蓋上蓋子先熬著，橘皮都洗乾淨後切絲，連同那去掉核的大紅棗子碎一起丟進去熬煮。

慢火熬製半個多時辰後，杏子便撤了火，只留了一灶膛的木炭慢慢溫著，黎湘正想去裡面瞧瞧結束了沒有，就瞧見大哥來了。

「大哥，你沒喝多吧？」

柳澤搖搖頭，有些不好意思的笑了。

「我一共才喝三杯，都是看著爹和小舅在喝。他們可真能說，從小時候一歲說起說到現在，估計醉得不輕。」

「爹平日裡很少喝這樣醉的，今日他心裡高興，就由著他喝吧。大哥來，把這碗醒酒湯喝了，你再出去吹吹風散散酒味，一會兒別熏著大嫂了。」黎湘舀了一碗黃澄澄的醒酒湯，上頭飄散著橙子的清香。

柳澤聞著香，喝下去也有股子淡淡的甜味。大概是心理作用，他感覺自己身上的酒氣頓時消散了許多。

他乖得很，喝完醒酒湯後便老老實實的圍著鋪子走著散散味，走了兩圈後，突然聽到有人叫住他，聽聲音是個很年輕的少年。

藉著鋪子裡透出的燈火，柳澤轉頭將眼前的少年粗粗一打量，總覺得他有些面善，彷彿自己以前在哪兒見過。

覺得面善的又豈止是他？伍乘風也覺得他眼熟得很，原本到嘴邊的話愣是沒有問出來，恰巧這時鋪子裡的黎江突然喊了一聲阿澤。

伍乘風福至心靈，瞬間明白了此人的身分。

難怪！難怪大江叔會那樣滿臉的喜氣，失蹤多年的兒子找回來了，能不喜嗎？所以事情根本就不像師父說的那樣，湘丫頭根本沒有訂親！

柳暗花明，春回大地也就這樣了。

「你、你是黎澤，阿澤哥！」

柳澤聽著這陌生的名字，腦子轉得有些慢，頓了下才反應過來，這應該是自己在黎家的名字。

「你是？」

「我是隔壁的四娃呀！小時候你還帶我去爬樹、摘過桑葚呢！阿澤哥你不記得了？」

伍乘風總算察覺了點不對勁，眼前這個人聽到四娃這個稱呼，一點反應都沒有。

「不好意思啊，我因為年幼時受過傷，所以小時候的事情都記不太清楚了，你是隔壁伍家的人是吧？」

「是……」

「哦，伍家的啊。」

柳澤調查過，知道自家這些年的大致情況，當然也知道了自家和對門的不睦，所以他的態度並不怎麼熱情。

這副不冷不淡的模樣弄得伍乘風很尷尬，也沒什麼心思敘舊了。

人家都不記得你，也不怎麼想理你，你還湊上去說什麼？

左右湘丫頭的事是虛驚一場，有些事還是以後再說吧，自己身上還帶著任務呢。

伍乘風來得快，去得也快，彷彿就是突然見到打了個招呼。

柳澤沒當回事，搖搖頭又繼續走了幾圈，等身上的味道散得差不多了，才上樓去將妻子叫起來，兩人上了馬車回去。

儘管樓上打理得井井有條，可對夫妻倆這樣住慣了寬敞屋子的人來說，有些太狹小了。

柳澤倒不是嫌棄，就是覺得心疼，心疼爹娘和妹妹要擠在這樣的樓上過日子。

「阿澤，爹娘人都挺好的，小妹也很好，真不能搬到宅子裡去嗎？每日你一走，宅子裡就我和金花能說說話，可悶了……」

「悶？那明日帶妳一起出門可好？」

「少打岔，說正經的呢！」

金雲珠被馬車晃得又犯起了睏，靠在丈夫懷裡非常固執的又問了一遍。

「你現在剛剛和爹娘他們相認，說話可管用了。」

「妳在想什麼呢？我讓他們搬到茶樓後院去住比較合適，不是說妳的宅子不好，只是到底是妳的嫁妝，明白嗎？乖啦，睏就睡會兒，爹娘的事我會安排好的，日後悶的話，就帶妳一起出去。」

柳澤拍著哄著，總算是把她給哄睡著了。

第二日出門時說話算話，帶了金雲珠一起，把她給樂得早飯都多吃了一碗。

昨日因著怕黎家眾人覺得不自在，她沒有帶金花和其他丫頭，身邊沒人服侍還真是不習慣得很，今日出門可算是帶上了。

金雲珠不識路，看不出什麼來，但這條路金花每日都走，實在是再熟悉不過。

「小姐、姑爺，這是去黎家小食的路啊？」

柳澤點點頭笑道：「昨晚和小妹說好了，今日帶她去瞧瞧久福茶樓。」

雖然久福如今靠著賣包子一個月能賺上五十多銀貝，但他覺得這座茶樓並沒有發揮出它真正的價值，小妹更是缺少一個能讓她大展身手的廚房。

她的手藝那般令人驚豔，實在不該埋沒在一個邊緣的小鋪子裡。

如今自己的產業就剩下這一座茶樓，要想養家餬口，就不能再像以前那樣放任不管，得盡快接手才是，而兄妹聯手經營久福，就是他最新的打算。

馬車很快在黎家小食門前停了下來，黎湘帶著娘一起坐了上去。沒法子，娘實在是想兒子得很，在家燒火心不在焉的差點糊了鍋。爹也想，但是他得守在店裡招呼客人，走不開身，所以她乾脆帶了娘一起去。

反正只是去看看茶樓，不費什麼功夫。

久福茶樓，上次過來時還是遇上苗掌櫃在外頭掛紅綢的時候，這一轉眼，就成了自家人了，真是世事無常得很。

「苗掌櫃……」

柳澤帶著幾人一進門，苗掌櫃便立刻迎了上來。

「東家！今兒怎麼來得這樣早？您和夫人想用點什麼？咦？湘丫頭？」

他的目光在黎湘和金雲珠挽著的手上看了又看，莫名有些緊張起來。黎湘這是什麼情況？居然能和夫人手拉著手？

「苗掌櫃，給你介紹一下。這是我娘，這位是我唯一的妹妹。」

苗掌櫃一驚。「！」

近日城中傳得沸沸揚揚的，都說東家不是那柳家的血脈，他還以為是假的，沒想到……竟然是真的！

這下可完了，平時他手下的出去訂購食材，沒少打著柳家少爺的名聲去買，人家也願意給東家幾分薄面少算些錢，日積月累的可是筆大數目。

現下，東家只是個普通漁民家的孩子，日後再去訂貨，只怕就沒那麼好說話了。

「苗掌櫃你忙去吧，我帶她們在樓裡轉轉。」

柳澤才懶得去管苗掌櫃是個什麼臉色，身世一說早就傳開了，他也不會去否認什麼，和柳成夫妻相比，他喜歡的還是現在的爹娘。那些人愛說便說去，他也不會少兩塊肉。

「娘，我帶妳們到樓上去瞧瞧？」

關氏沒有意見，只要能和兒子一路就好。

黎湘就更沒有意見了，她早就想上去瞧瞧了。三層小樓，在這普遍只有兩層樓的地方著實顯眼，之前便聽苗掌櫃說三樓經常會被一些夫人小姐包下來設宴，那上面的風景定然是非常不錯。

柳澤見她們都沒有意見，便先帶著她們去了樓上，才上二樓呢，就聽見兩個夥計在聊茶樓裡的八卦。

「姜惘現在可風光了，廚房裡那幾位都不服他呢，聽說咱們東家不是柳家少爺後，都想走人了。」

「他們要是走了，咱們茶樓可怎麼辦呀？只靠姜惘哪行？」

柳澤靜默。「……」

看來他得先去廚房看看才是。

「小妹，妳陪著娘和雲珠先去樓上轉轉，我去廚房處理點事情。」

黎湘點點頭，挽著嫂子和娘去了三樓。

柳澤看了眼那兩個已經在老老實實擦桌椅的夥計，沒說什麼，轉身下了樓。

「苗掌櫃，跟我去趟後廚。」

「東家可是想吃點什麼，您吩咐夥計一聲就成，何必煩勞您親自跑……」

「安靜點。」

苗掌櫃一噎。「……」

東家的臉色好像有些不太對勁，難道是知道了什麼？苗掌櫃識相的閉上了嘴，跟在他身後一起去了後廚，還沒進門呢，就聽到裡頭又起了爭執。

其實也就是點雞皮蒜毛的小事，無非就是在爭哪個鍋好用、哪個盤子比較漂亮。姜惘年紀最輕，性子也最好，每次都是能讓則讓，能不出聲就不出聲，偏偏他越是不出聲，人家就越是愛欺負他。

劉有金不耐煩的摔摔打打著自己手裡的抹布，盯著姜惘的眼神十分厭惡。一天假惺惺的，又不肯把製麵的方子教給他們，上回去教錦食堂的差事一次就得了五銀貝，也不見和廚房的人分點。

「做出這種大方的樣子給誰看呢，一天到晚好事都叫你占了，怎麼不乾脆自己出去開鋪子做老闆呢？」

姜惘沒回話，只專心的和著盆裡的麵。

他帶的那徒弟是個直性子的，立刻懟了回去。

「有些人就是再酸也沒辦法，當初這好事可是一個個都不要才落到我師父頭上的，如今瞧著我師父漲月錢得賞錢眼紅了，早幹麼去了？」

「我呸！誰會眼紅他？不過一個小小茶樓的廚子，每月就那麼一點工錢，寒酸死了。」

這話說得奇怪，廚房裡很多人都沒有反應過來，畢竟劉有金自己不也是茶樓裡的廚子嗎？

「都看著我做甚？難道我有說錯嗎？這麼多年了，年年就那點工錢，我算是待夠了。」

「待夠了你就走吧。」

柳澤沈著臉走進了廚房裡。

劉有金以往瞧見東家都是一臉討好，十分殷勤，可今日瞧見柳澤進來，只是冷哼了下。

「東家來了啊？不用你說，我也是要走的，都不是柳家少爺了還擺這譜，真是好笑。」

他說話有底氣得很，柳澤心中明白，這人定是已經找好了下家。無妨。

「苗掌櫃，給這位劉大廚的工錢結一下，現在就讓他走人。」

「走就走！」

劉有金扔下抹布，轉身就拉著苗掌櫃出去了，臨走時還給自己的好兄弟使了眼色。

柳澤看了看廚房眾人的表情，心裡差不多也有了數，沈默了片刻才問道：「還有沒有想走的，現在一起去苗掌櫃那兒結工錢，等會兒，我可是要重新簽契的。」

一聽說要簽契，劉有金一夥的人頓時站不住了，一個接一個的出了廚房。算上劉有金，三個廚子、三個小徒弟，還有兩夥計都跟著去找了苗掌櫃結算工錢。

其實久福茶樓給的工錢不少，只是現在東家沒了柳家少爺的身分，茶樓最近便少有夫人小姐來賞光吃糕點了，包子倒是一直有人買，可那賞錢也進不了自己的兜，加上別家茶樓開了高價來請他們，自然就心動了。

俗話說，人往高處走，水往低處流嘛，這東家也不能怪他們呀。

幾個人堅持要走，苗掌櫃頭都大了，到底還是給他們結了工錢，只是一轉頭就哭喪著臉去問柳澤要不要掛個招工牌子出去。

「不必。」

柳澤在廚房裡轉了轉，站到了姜惘灶前，問他。「你有沒有想走？」

不等姜憫回答，苗掌櫃就替他說了。

「東家放心，小姜和咱們簽了十年的契呢。」

姜憫無言。「……」怎麼說得他好像待得不情不願似的。「東家放心，姜憫不會離開久福，久福對姜憫有大恩，除非您將我趕出去，否則我是不會走的。」

柳澤點點頭，看著廚房剩下的三個夥計問道：「那你們呢？」

三個小夥計面面相覷，中間那個小心翼翼的反問道：「東家，你還有錢發工錢嗎？」

這話差點沒把柳澤給逗笑了，好歹還用小妹的方子賣了三千銀貝呢。

「自然是有的。」

「那我們便不走，只要有工錢拿就行。」

苗掌櫃覺得有些丟臉，心裡卻又有些安慰。畢竟前頭走的都是當初前東家留下的人，後頭這些沒走的都是自己招進來的，說明自己還是挺有眼光的。

「苗掌櫃眼光不錯。」

得了東家的一句誇，苗掌櫃心裡美滋滋的，哪怕是走了如此多人，他也沒那麼難受了。

「東家，現在廚房裡一下走了這許多人，三位做糕點的廚子都沒了，咱們若是不招工的話，那日常供應肯定是不行的，就只能都賣包子了。」

「那就賣包子。」

柳澤從廚房裡出來，準備去樓上找娘和小妹她們，剛上樓梯想了想又退下來，跟苗掌櫃交代道：「姜憫和的那些麵賣完就不要賣了，今日早些打烊，我有事要交代。」

「知道了東家……」

苗掌櫃總覺得茶樓將要發生什麼大事，應當還和那湘丫頭有關，啊，不不不，不能叫湘丫頭了，得叫黎湘小姐。

嘖嘖嘖，真是，這才兩個月呢，身分竟是變得這樣快，叫人怪不適應的。

第二十三章

此時此刻，三樓的幾人正欣賞著風景，誰也沒有去說那些掃興的話題。

站得高望得遠真是沒錯，黎湘站在三樓憑欄眺望，一眼就能看到城中的那座東華樓，還有略有些遙遠的玄女山，周圍的護城河也能瞧見一大片，甚至還能看到自家鋪子的屋頂，連空氣都彷彿格外清新，十分舒適。

黎湘心動了，若是每日都能來這三樓喝喝茶看看風景，那該是件多愜意的事情。

「大哥，你剛剛下去是處理廚房的人了吧？我方才在樓上瞧見走了好幾個。」

「妳都看見啦？就那幾個，是跟著之前那位先生的，自傲又自私，早就該走了，如今瞧見我落魄，又找到了下家，真是急不可耐。」

柳澤一點也沒放在心上，像這種老鼠屎一樣的人，走了廚房才能清靜。

「小妹，妳也瞧見了，如今大哥的廚房已經空得就剩個姜憫了。妳不幫我，誰幫我？」

黎湘看著遠處發了好一會兒的呆，再回頭時，目光已然堅定了下來。

「可以是可以，不過咱們親兄妹得明算帳。」

醜話都是要說在前頭的，捨棄掉自己一手經營起來的鋪子，來這茶樓裡是做小工還是做老闆，都要講清楚。她也得對表姊和桃子她們負責，工錢這些東西都要說明白。

「行，都聽妳的，一會兒咱們好好商量商量。」

柳澤忍不住摸了摸妹妹的髮髻。心中有些感嘆，大概是才剛剛相認，所以小妹才無法那麼相信自己吧。

若是自己和她從小一起長大，該有多好？

「阿澤，三樓景色真好，角落裡那間房留給我們吧，就不招待客人，咱們自家人想什麼時候上來都可以。」

金雲珠的要求其實柳澤上來時便有了想法，只能說是夫妻心有靈犀，都想到一塊兒去了。

「想留就留，一會兒我和苗掌櫃說一聲，日後那間房不招待客人就是。」

「嘿嘿～～」

金雲珠滿足了，拉著關氏和黎湘便去瞧那間屋子。因著是在角落，不會經常有人路過打擾，屋中窗戶開得也夠大，還是兩面開窗，一眼便能瞧見大片的景色，坐在這裡聽雨喝茶絕對是種享受。

「娘，這間屋子咱們到時候收拾收拾，在窗前擺上一張長榻，放上炕桌，日後您做針線活兒的時候就坐這兒，既明亮又舒適，眼睛累了還能看看風景，可舒服了。」

關氏聽了兒媳這一番話，心裡那叫一個妥帖。

「雲珠有心了，就按妳說的辦。」

「大嫂，到時候屋子能交給我來佈置嗎？」

黎湘有些手癢，這樣好的一間觀景屋，若是好好佈置一番該有多舒服？大嫂說的長榻得加，炕桌也很有必要，但其他部分也還有很多可佈置的地方，尤其大嫂還有幾月便要生產，想必日後在這間屋子帶娃娃的時間也不少，小娃娃的需求也要考慮進去。她有好多好多的想法，實在想上手得很。

「小妹妳願意操心那是再好不過了，我還省心了不少呢。」

金雲珠趴在窗沿上，心情甚是不錯。若知道久福茶樓三樓這樣舒服，她早該來瞧瞧的。

一家子在三樓流連了半個多時辰，一直到黎湘和哥哥談好了事情才慢悠悠的下樓。

此時茶樓的大門已經關上，苗掌櫃和廚房一眾人等加上外頭跑堂的四個夥計都待在大堂，等著柳澤來交代事情。

之前在二樓講八卦的那兩夥計心中很不安，因為他們已經瞧見少了好些個人。

「咱們東家該不會是離了柳家沒錢經營茶樓要關門了吧？」

「我瞧著也像……」

兩人齊齊嘆了一口氣。

「苗掌櫃，來，給這兩位小兄弟的工錢也結一下。」

柳澤真是氣不打一處來。跑堂夥計一天不幹正事，就知道八卦自家茶樓的事，平日裡還不知道說了多少叫客人給聽見。而且，完全對自家茶樓沒有半點信心，只會唱衰，留這樣的夥計也只會帶壞茶樓裡的風氣。

苗掌櫃嘆了一聲，很快取了兩串銅貝出來給那兩跑堂。

那兩人大概也是早就想走了，一句想留都沒有說，直接開了後門跑得飛快。

眼看茶樓一下走了半數的人，不算苗掌櫃和帳房先生還有採買的話，廚房和跑堂一共只剩下了六人。靠他們來支撐茶樓，說行也行，不過日後大概就不能叫茶樓了，得改名叫包子樓。

柳澤先將娘和妻子安排到櫃檯後休息，又讓茶樓眾人端了板凳坐下聽話。

「久福呢，從明日開始就要關門整頓了。」

一開口就丟了個大雷，所有人都傻了眼，一臉天塌下來的表情。

「東家，為何要關門整頓啊？姜憫還在，咱們包子一樣可以賣的。」

「你們先不用慌，茶樓雖然關了，但活兒還是要照幹，工錢也一樣會照發。」

柳澤一句話又將人都安撫了下來，就像之前廚房的那兩個夥計說的一樣，只要有工錢就行了。

「你們也看見了，廚房走了不少人，所以我妹妹會帶著她的人過來接管廚房，你們應該沒意見吧？」

聽說黎湘會到茶樓裡來接管廚房，幾乎所有人都面露喜色。姜憫自是不必說的，在他心裡黎湘就是他的師父，苗掌櫃也樂得不行，錦食堂靠著黎湘的手藝重奪臘八節的承辦權，這事他可是打聽得清清楚楚，有這樣一位手藝出眾的人坐鎮廚房，那真是一個頂兩，不對，一個頂三。

其他小夥計知道黎湘手藝了得，也都沒有意見，歡迎得很。

大家這樣的反應倒是有些出乎柳澤的意料，原以為還要費上一番口舌的。

「既然大家都沒意見，那就這樣定了。從明天開始，廚房最先開始整頓，至於如何整頓，就看小妹的意思，以後茶樓裡她的話就是我的話，明白嗎？」

「明白！」

答得又快又響，黎湘心下也輕鬆了許多。

方才她在樓上已經和大哥商量過了，把這久福茶樓改成酒樓，大哥出地盤搞經營，她出手藝，收益九成兩人平分，另外還有一成嘛，是給酒樓員工的福利。

「苗掌櫃，這座茶樓歸於我名下六年，這六年我都是甩手掌櫃，全靠你一人費心經營，功勞實在不小，所以我和小妹商量過了，決定除了每月給你工錢之外，另給你樓裡收益的半成做為獎勵，年年都能分紅。」

還有這等好事！苗掌櫃驚得嘴都要合不攏了，看著東家那肯定的眼神，差點沒哭出來。

這麼些年東家都不太來搭理茶樓，除了每半年查一次帳，也就是結算收益的時候能和他說上兩句話，每次茶樓就那麼十幾二十的銀貝，別的鋪子莊子卻是幾百往上，他都沒臉往那跟前站。

所以後來遇上黎湘的製麵方子，他才會那般迫切的想買下來。原以為自己做的這些東家根本就不在意，沒想到東家居然將他的努力都看在眼裡，還給了他分紅的獎勵！

苗掌櫃頓時如同打了雞血一般，保證日後一定更加努力為茶樓做事。

「至於年底的時候，我們也會拿出半成收益給所有為酒樓做事的人按勞發放。」

雖然說這半成發放下來肯定比苗掌櫃的分紅要少得多，但這在以前可是從來沒有過的事情。若是劉有金等人還留在這裡的話估摸著是要鬧騰一番的，不過現在他們走了，留下的都是些踏實肯幹活又不多事的人，他們對柳澤的分配只有感激，沒有不滿。

茶樓的事處理得差不多了，柳澤便給他們放了半日的假，空蕩蕩的樓裡就剩下了苗掌櫃和柳澤他們。

黎湘先去廚房看了下，之前劉有金他們做糕點的蒸臺要拆掉，占了廚房不少地方。煙囪也要改道，地面要鋪碎石和沙，這樣才不容易踩到油漬滑倒，總之要改的地方太多了。

從廚房出來後她又去看了一家子日後要住的房間，右側大半都做了廚房，小半是存放食材和各種雜物的地方，所以這邊是沒法住人的。而正中的那一大兩小的屋子裡頭看著經常有人打掃，有簡單的床鋪，應該是樓裡廚子偶爾休息的地方。

正屋夠大、夠敞亮，爹娘住正好，另外一間可以修整好了等哥哥嫂子來了小住。他們住慣了宅子，不搬過來，但是得有地方讓他們來的時候歇歇，還有一間可以改小做成兩間——茅房和浴室。

說起來穿越到這兒最不習慣的地方就是上廁所的時候要出去上，鋪子裡是沒有廁所的，只能走到一百公尺左右的一個公共茅房去，裡頭又臭又髒，等天一暖必定是蚊蠅滿天，她每次進去都有種生無可戀的感覺。

黎湘腦子裡已經開始設想該怎樣在這個後院建造一間人工沖水的廁所，浴室還要做個水管連接到院子。

至於自己和表姊的房間她倒沒怎麼仔細去考慮過，能住就行，左側三間廂房，正好自己和表姊一人一間，桃子姊妹一間，整個後院就算是分配完了。

柳澤聽完妹妹對後院簡單的規劃後，直接將整個茶樓的修整交到了她的手上，另外還給了她一個金貝。

黎湘瞠目。「……」

一千銀貝啊！

「大哥，這錢……」

她拿著好燙手啊。

「妳還不好意思拿呀？本就是用妳那方子賣的，該給妳才是。不過妳這丫頭倔得很，分給妳妳又不要，那就拿來修整酒樓吧。另外兩千，一千我有別的用處，一千我會放到酒樓帳上，日後廚房採買、夥計工錢都用帳上的錢，也算是咱們的本金，妳可別再推來推去了，兒子拿點錢修繕房屋給爹娘妹妹住，這不天經地義的事情嗎？」

黎湘看看手裡那枚黃澄澄的金貝，猶豫再三還是收下了。
反正她也不會亂花，都會用在酒樓上。
晚上，黎湘把自己的錢罐子倒出來數了數，如今她手上已經有一百五十五個銀貝，銅貝零碎的有幾百，可以說是一筆鉅款了，但這和大哥給她的那枚金幣比起來就是小巫見大巫。
「湘兒，妳是在數錢嗎？」
關氏拿著一個錢袋子進來，母女倆真是心有靈犀。
「這是當初那賣了方子的五十銀貝剩下的，娘吃藥花了一些，這裡頭還有十八銀貝，都給妳。」
「娘？這是做什麼？錢都給妳和爹了，你們自己拿著花呀，給我做什麼？我不要。」
黎湘將錢袋推了回去，老老實實的把自己罐子裡的錢串了起來。
「我自己有錢，大哥今日也給了我一千呢，如今我可是小富婆。」
關氏忍不住笑了，輕輕捏了捏女兒的臉，又將錢袋給了她。
「妳大哥給的是大哥的，這才是妳自己的。湘兒，娘的病真的已經沒什麼大礙了，我和妳爹有手有腳可以自己賺錢。妳啊，以後掙的錢都自己攢著，聽到沒？姑娘家手裡有點銀錢，說話腰板都能挺得更直些。」
「娘……」

黎湘說不出心裡頭是什麼滋味，只覺得這兩日遭冷落的心突然又被溫暖了。她這次沒有拒絕，收下了那十八銀貝。

她有這些積蓄，還有一家滷味鋪子，也不比任何人差的，這樣想想，整個人都輕快了許多，也有心情開玩笑了。

「那看來，我這個月得給爹娘發工錢了，哪能讓爹娘白幹活對吧？」

「是是是，給少了，我和妳爹還不答應呢。」

母女倆說笑著收好了銀錢，一起下了樓。

「什麼事這麼開心？」

黎江還在樓下就聽到母女倆在上面的笑聲了。

「當然是要發工錢啦。」

黎湘拍拍錢袋子，讓杏子過河去滷味店把小舅舅和駱澤叫過來。

「今日二十五啦，月底咱們該發工錢了。」

她把之前在樓上已經串好的銅貝拿出來，先給了小舅舅六百，駱澤六百，表姊也有六百。

「爹呢，和小舅舅一樣，給你六百。娘嘛，幹的活輕鬆些，便只給三百了，可不要嫌少哦。」

關氏笑著接過了九百銅貝，連說不會。「女兒給的工錢呢，哪有嫌少的道理。」

一家子發工錢高高興興的，桃子和杏子只能在一旁眼巴巴的瞧著。她們知道自己是被買回來的，終生不能贖身，也不可能會有工錢，也只是羨慕罷了。

「桃子、杏子，妳們過來。」

「嗯？怎麼啦？」

姊妹倆走過去看著黎湘那收起笑容的臉，莫名有些緊張起來。

「妳們，願意拜我為師嗎？」

「啥?!」

有那麼瞬間桃子都以為自己是在作夢，她和妹妹互相掐了掐，感覺到痛了才反應過來，黎湘剛剛說的是真的。

「怎麼？不願意？」

「不不不！我們願意！」

天大的好事為什麼不願意！桃子立刻就拉著妹妹跪了下去要磕頭，黎湘趕緊將她倆給拉了起來。

「先別急啊，得挑個日子擺兩桌，正式的拜師。」

黎湘心理年齡比她們大，看她們就像是看小妹妹一樣，自覺做她們的師傅還是綽綽有餘的。

桃子姊妹倆都要哭了，她倆太知道這拜師於她們而言是何等的大事。一日為師終生為父，一生都受師父管教，若是拜了師，她們便不再是可以隨意買賣的奴婢，而是師父的親人，只要不叛出師門，便可跟在師父身邊平平靜靜的過一輩子，從小就被賣來賣去的她們太想過著安定的生活了。

黎湘自己不會看日子，又要忙著準備久福那邊的裝修，所以挑日子的事便交給了爹去找，他倒也定得快，說是兩日後便是好日子。

收徒是大事，兩日後好像有些倉促，不過再往後延的話就要一個月後了，黎湘便也同意了兩日後收徒。

隔日，她擬了下賓客單子，請的也不多，就附近挨得近的幾戶商家，還有自己一大家人，兩三桌差不多，哦，對了，還有鏢局的那幾個。

人家日日守著自己家，天天都頂著一雙熊貓眼，叫她怪不好意思的。到時候時間定在傍晚，他們也能來順便吃個席。

「表妹，明日就是桃子她倆拜師的日子，可是她倆到現在還沒有新衣呢。」

黎湘一拍腦門，暗罵自己老糊塗，這事一多一忙乎就給忘了。

現做是肯定來不及的，只能出去給她倆買成衣，師父嘛，管吃管喝管穿，應該的，總不能叫徒弟穿著舊衣裳在那麼多人面前拜師。

「表姊，廚房裡妳照看著些，我出去給她們買兩身衣裳。」

因著久福那邊後院改裝的事都交給了黎湘，所以如今黎家小食幾乎都是只賣麵食，關翠兒和桃子她們會的小炒也賣，只是品項沒有往日多了，是以黎湘現在去哪兒都輕鬆得很，鋪子裡有表姊她們在，她是放心的。

不過她不知道桃子姊妹倆的尺寸，得像娘那樣會做衣裳的才能瞧個大概，於是她乾脆將娘也一起拉出門。

「娘，妳不是說想買疋布回來給小娃娃做幾身衣裳嗎？正好我這會兒有空，我陪妳一起去？」

「買布？」

關氏一聽去布坊，眼都亮了，立刻上樓去換了身衣裳和女兒一起出門。

「湘兒，妳說娘該買什麼布好？棉的會不會太寒磣了？」

黎湘無言。「……」

「娘啊，小娃娃皮膚嬌嫩，只要穿得舒適就好了，棉的怎麼就寒磣了？穿裡頭可是再好不過的。再說，我帶妳出來是給桃子姊妹倆買衣裳的，小姪子姪女的衣裳只是順帶，娘妳得幫我好好看看。」

關氏真是哭笑不得，敢情自己就是個尺子。

「買成衣那多貴，直接買布料回去娘比著做豈不是更好？」說完她自己也反應過來。

「欸，明兒個拜師來不及了。走走走，買成衣去吧。」

這會兒她倒是走得比女兒還要快了。

母女倆去的是之前買過布疋的一家布坊，小是小了點，價錢卻公道，質量也好。

兩人剛進門就聽到了一陣溫溫柔柔的數落聲。

「你說你，交了錢去學的，憑什麼就這樣把你趕走？什麼叫愚鈍，你哪裡愚鈍了？晚點等你姊夫回來，叫他陪你一道去把錢要回來！還真是沒有王法，收了錢不認真教你，還小肚雞腸的攆你，什麼破大廚，咱不學了！」

黎湘下意識的看過去，呀，是個熟人。

「燕粟？」

「三掌櫃！」

燕粟一瞧見黎湘，垂頭喪氣的勁兒瞬間便沒了，立刻十分熱情的過來招呼她們母女。

「三掌櫃妳想買什麼布，我幫妳拿。」

「三掌櫃？」

之前數落燕粟的那位女掌櫃一把將他拽到身後，神情不善的瞧著黎湘母女。

「年紀輕輕的就是三掌櫃了，可惜眼神不太好。」

「姐！妳誤會了，三掌櫃不是錦食堂的管事！」

燕粟生怕姊姊再說出什麼話惹得三掌櫃不高興，連忙解釋了下。得知黎湘在錦食堂只是個掛名掌櫃後，他姊燕稞立刻換了臉色，又變得溫婉可人起來。

「黎姑娘想看什麼布，儘管吩咐阿粟去拿！」

黎湘無言。「……」

這姊弟倆真有意思。

「燕粟你怎麼回事？方才聽你姊姊的意思，是叫錦食堂的師父趕出來了？」

「嗯……」

至於為什麼被趕出來，燕粟看了看黎湘，沒有說話。

自從自己跟著三掌櫃從東華回去後，師父的臉色便不太好看，後來日日要求他將當日的三道甜食給做出來。他只看了個大概，哪裡就做得出來？再者，他也不想做出來叫那人學了去。

結果嘛，自然就是被罵愚鈍，趕了出來。

他倒是挺慶幸的，他知道跟著那樣的師父學不到什麼東西，就是姊姊這兒一時不好過關，叫三掌櫃看了笑話。

「三掌櫃，我沒事的，離了那師父也好。來看看布吧，不知道三掌櫃是要自己穿還是？」

「給小嬰兒穿的，娘妳先去挑挑。」

關氏應了一聲，跟著燕粟去了一旁挑布。黎湘則是走到牆邊，看著掛成一排的成衣裳，不知該買哪套才好。

「黎姑娘是要買來自己穿嗎？」

燕稞儘管覺得尷尬，卻還是湊過來招呼。黎湘搖搖頭，轉頭問她鋪子裡有沒有稍微喜慶點的成衣。

「喜慶的衣裳？難道姑娘是要買嫁衣？這⋯⋯」

嫁衣大多都是自己親手繡的，買現成的嘛，一般只有那些富貴家裡的小姐才會訂做好回去自己繡兩針。

燕稞剛要說鋪子裡頭沒有，就聽到一旁黎姑娘的母親笑著說道：「她還小呢，不是要買嫁衣，只是家中明日有點喜事，所以想買兩套喜慶些的衣裳。對了，尺寸和掌櫃妳差不多就正好。」

「那我明白了。您二位稍等，我去後頭取一下。」

她一走，燕粟便立刻過來恭喜了，順便問了下是什麼喜事。

「也不是什麼大事，就是準備收徒。」

「收徒?!」

燕粟呆了呆，突然變得欲言又止起來。

黎湘和娘的心思都在燕稞新拿出來的那幾套衣衫上，一時也沒注意他，倒是他姊對他比較關注，注意到了弟弟那魂不守舍的模樣。

「怎麼了這是，剛剛還好好的。」

「姊……」

燕粟看看姊姊，又看看黎湘，實在不想錯過了這麼好的一位師父，到底還是厚著臉皮將自己的想法告訴了姊姊。

燕粿無語。「……」

怎麼看這黎姑娘也才十四、五歲，拜她做師父，弟弟是吃錯藥了嗎？

「姊，黎姑娘很厲害的！錦食堂今年承辦了官府的臘八粥都是她的功勞，連之前帶我的那個，都不如黎姑娘厲害呢。」

「這樣啊……」倒是她看走了眼。

燕粿看著弟弟那一臉的祈求，可比之前去錦食堂學藝積極多了，這位黎姑娘興許真有她的過人之處？

「我先去問問人家吧，若是人家沒有再收徒的意願，那也沒有辦法。」

為了這個弟弟她也是操碎了心，長姊如母嘛，爹娘不在了，自己不管他誰管？

燕粿揉了揉臉，一臉笑的走到正看著衣裳的黎湘母女面前。

「黎姑娘覺得這幾套衣裳如何？裙襬、袖口這些如意祥雲紋應當算是喜慶吉利吧！而且我聽說姑娘是個在廚房做事的，想來徒弟也是，這半臂最適合勞作，若是嫌袖口礙事，拿條繩子繫上便可。」

黎湘點點頭，對這幾套衣裳其實都挺滿意的。

「不知這一套是多少錢？」

「這一套啊……全棉的加上這襟裡的棉花，可不便宜，黎姑娘，我給妳個實誠價，四百銅貝一套。」

黎湘摸摸衣裳裡的棉花厚度，心裡估算了下，這個價位其實差不多了。

「那就拿這四套，還有我娘剛挑選的那些布，一起算。」

「誒！不要一起算，我和妳爹自己有錢，自己買。」關氏說著便掏出了錢袋，卻又叫黎湘給按了回去。

「剛發的工錢就這麼花啦？娘，妳還是攢著吧，女兒又不是沒錢。」她可是身價上百銀貝的「小富婆」呢。

黎湘痛痛快快的掏出錢袋付了錢，付完錢拿好東西正準備要走，又聽到掌櫃在叫她。

「黎姑娘，能否冒昧的問一下，妳還收徒嗎？」

收徒？

她回過頭，瞧見角落裡正眼巴巴望著自己的燕粟，頓時明白了過來，燕粟想拜自己為師？

「黎姑娘，不瞞妳說，我這弟弟對妳是十分欽佩，真心實意的想要拜妳做師父。方才妳們進來時聽見的話是我沒說清楚，阿粟他不是因為愚鈍才被趕回來的，只是他那師父非要他將試菜大會上的三道菜做出來，阿粟沒遂了他的意，他才說阿粟愚鈍，將他趕了回來。」

「燕粟？果真是這樣？」

「是，當日從錦食堂一回去他便要我將那三道甜食做出來，我沒給他做……」

黎湘萬萬沒想到，此事居然還是因自己而起。

若不是被自己挑中去了試菜大會，他也不會被自己師父針對排擠，也不會被這樣莫名其妙的趕走。

而且重要的是，那道油團子燕粟是會做的，主要步驟他都會，只要練練火候，未必做不出來。甚至他只要將步驟告訴他師父，那人也不會太為難他。

但他沒有說。

黎湘看著燕粟的眼睛好一會兒才點頭道：「那就一起拜吧。」

於是隔日的拜師儀式上便多了一個人。

燕粟雖然比桃子姊妹大，但這拜師講究個先來後到，哪怕還沒正式拜師，桃子她們也要比燕粟跟著黎湘久一些，所以桃子是大師姐，燕粟是小師弟。

三個人在黎湘的帶領下先拜了祖師爺，然後才是黎湘受他們的敬茶，自然，喝了茶師父是要給紅包的，包的不多，一人一百銅貝，卻是桃子姊妹從出生到現在唯一擁有的錢財。

別說是當徒弟，就是給黎家當一輩子奴婢，她們心裡也是願意的。

拜完師大家便都入了席，幾乎所有人都是高高興興的，唯有伍乘風明顯不在狀況。他也是今日才知道，原來黎家這鋪子就快要搬到久福茶樓去了。雖然久福茶樓和鏢局離得很近，但他卻覺得距離很遙遠。

以前湘丫頭還是個小食鋪子的廚娘，他厚著臉皮覺得自己努力努力是能配得上她的。可現在，她哥哥回來了，還帶著那麼大一座酒樓，她以後會越來越好，而自己這個小小的鏢師，就算了吧。

伍乘風都沒心思吃菜，一連喝了好幾杯的酒。

這時隔壁桌的幾家商戶開始誇起了黎湘，當然，一邊誇還一邊介紹著自己的兒子或親戚。

畢竟黎湘現在可不是一個鄉下來的小廚娘，她身後還有一座久福茶樓呢，現在訂親，讓她賺上兩年錢，那嫁妝到時候該有多少？總之來的五戶裡有四戶都動了心思。

「老黎啊，你家湘丫頭是真的能幹，我兒子就缺這麼一個賢內助！他今年正好十五，跟你家湘丫頭那是絕配！」

「十五太小啦！哪裡知道怎麼照顧人，我有個外甥今年十七，先訂親，等過個一年半載成親正好。」

「哎呀你們說的人湘丫頭又沒有見過，這叫亂牽紅線。我家老三常來吃麵，倒是見過湘丫頭幾面，說不定湘丫頭還有印象呢。」

幾個人你一句我一句，彷彿這就要幫著黎湘把親事給定下來，黎江臉都黑了，正要拍桌子呢，叫女兒給壓了回去。

「各位叔叔的心意，黎湘心領了。不過黎湘大概是要辜負各位的好意了，因為我早就在玄女娘娘面前發了誓，是要招贅的。」

「招贅?!」

剛剛還激情滿滿的所有人，頓時熄了火。這年頭誰會讓自己兒子去入贅？那是要一輩子被人指指點點的，入了贅，兒子都得冠女方的姓氏，生了孩子也是跟著女方姓，終生都歸女方管，不能贍養爹娘。這樣的親事，他們敢回去介紹只怕得劈頭蓋臉的挨一頓罵。

「湘丫頭，妳莫不是在逗我們？」

「怎會！我說的都是實話。當初我大哥還沒有找回來，家中母親身體又不好，我是做了一輩子都不嫁人的準備。可是咱們官府不是有條年滿二十未曾婚配便由官府配人的條律嘛，所以我也只好選擇招贅了，就算如今我大哥找回來了，那也是在玄女娘娘面前發的誓，斷不能反悔的。」

黎湘說這話的時候神情真是認真得不能再認真了。黎江被女兒拽了好幾下，只能硬著頭皮配合著女兒道：「湘兒此話不假，我們只招贅，不嫁女。」

柳澤整個人都愣了，爹他知道自己在說什麼嗎？就這麼由著小妹來？

「把你那快掉出來的眼珠子收回去，招贅又怎麼樣？我當年也曾經想過呢，小妹可真是對我胃口。」

金雲珠掐了一把自家相公，柳澤這才稍稍回了神。算了，這會兒不是說話的好時機，等晚些席散了再好好問問爹娘。

一頓飯大概也就鏢局那幾個吃得最香了，伍乘風也是一掃頹勢，精神大振。黎家招贅看來是真的，那他就大有希望了！

自己首先知根知底，又和伍家斷了親，是個自由人，還有，最重要是自己喜歡湘丫頭！他敢保證，若是此時自己去自薦的話，大江叔他們有一半可能會答應。不過他不喜歡在這事上冒險，主要還是要看湘丫頭自己的意願。

她既然敢在今日這樣說出來，便沒有短期成親的打算，想來是要在久福好好將事業做起來，那自己也要上進才是，不然到時候「嫁妝」都沒有多少。

伍乘風想著想著，自己都忍不住笑了。一旁看透一切的柴鏢頭看著這個不爭氣的徒弟，只能搖搖頭繼續埋頭吃他的大肘子。

欸，黎湘這丫頭的手藝真是絕了，燒的肘子那皮都不用咬就化在了嘴裡，汁水香濃、肥而不膩，可惜一桌人都在挾，他只吃到了一小半。

不過！若是徒弟和這丫頭成了，那他也就是湘丫頭的師父了……到時候吃個肘子應該不是什麼難事吧，嘿嘿～～

半個時辰後，來吃席的人陸陸續續都離開了，柴鏢頭也帶著手下離開了鋪子，找了個好地方蹲點。

廚房嘛，有三個徒弟，黎湘根本就插不上手，直接被大哥「抓」到了鋪子裡。

「爹，娘，小妹招贅是怎麼回事？怎麼能招贅？」

「我也是今日才知道她有這心思，當時那情況，難不成要當場打你妹妹的臉嗎？」

黎江嘆了一聲，現在話都說出去了，想改也不好改，關鍵是女兒她竟然是認真的！

柳澤頓時急了。「那招贅能招個什麼好東西，一個個都是衝著錢來的，哪裡會真心對妳？小妹，這事不能由著性子來。」

黎湘明白大哥的意思，他並不是覺得女子不該招贅，而是擔心自己不能覓得良人。這份心意她領了，但叫她嫁人，以後都困在後宅裡頭，她是絕對不願意的。

「大哥，這事我已經慎重考慮過很久了，你看我的性子，像是嫁人便會老老實實在家相夫教子的嗎？」

柳澤一噎。「……」

不像。

「我喜歡做菜，喜歡自由自在，想要陪在爹娘身邊，若不是有府衙的那條律在，我甚至都想一輩子不成親的。至於這入贅的人選嘛，我才十四呢，六年時間難道還會找不到一個合心意的嗎？」

黎湘挪到一旁，拉了拉嫂子的手，金雲珠清咳了一聲，幫起了腔。

「小妹說的有道理。尋常人家娶媳婦哪還會讓她出來拋頭露面經營什麼茶樓，阿澤，你還記得我那庶姊嗎？現如今一年到頭娘家都看不到幾眼，爹娘生辰才偶爾得見一次。你捨得小妹過那樣的日子嗎？再說，有爹娘和咱們看著，還怕不能給小妹找個好男兒嗎？」

兒媳婦一番話真是說到了黎江夫妻心坎上。女兒是什麼性子他們清清楚楚，真要嫁了人，定然是會受委屈的，還不如就在自己跟前，再怎麼著也不會叫人欺負了去。

「你看雲珠說的也有道理，這事就暫時不說了，對外人家問起就說要招贅，等你小妹滿了十七再說。」

黎湘心下一喜，爹可真是懂她！

十七開始招贅，那等成親的時候大概都是十八、十九歲了，好歹成年了。

爹娘妻子小妹全在一個陣營，柳澤再不樂意也只能服從，不過心裡已經開始琢磨著自己周圍有哪些人品上佳又適合入贅的人選來。

不過這些都不急，畢竟黎湘才十四歲，日子還長著呢。

拜完師的第二日，黎湘一早便去了久福茶樓，不，現在應該已經不叫久福茶樓了，招牌都摘了下來，新的黎記酒樓招牌正在趕製當中，再四、五日便能去取了。

黎湘從後門進去，查看了下後院的進度。

廚房裡的蒸臺已經被拆得七七八八，煙囪也卸掉了，自己預定要做浴室和茅房的那間屋子正在用泥胚做隔間，進展得還算順利。

這些工人都是大哥找來的，動作麻利還不偷懶，她畫的設計圖也是看幾眼就明白了，實在叫她省心，只是硬體有他們去做，材料卻得由他們自己去費心挑選。
大哥身邊現在沒什麼人手，嫂子那倒有，不過她也不好意思借金花金書她們，畢竟哪有跟嫂子借人幹活的，所以只好拉了姜憫他們一起做事。
黎湘在城中訂了一批青石板，今日正好送到，這是她打算鋪在院中的，之前院子裡鋪的都是些碎石，常年風吹雨淋的，泥土流失，已經變得坑坑窪窪，天黑都不敢往上踩。這會兒姜憫他們正在清理院子裡的那些碎石，幾個小夥計嘰嘰喳喳就沒有停過，一會兒是挖到蜈蚣，一會兒是別的什麼蟲子，嚇得到處亂躥。
這倒提醒黎湘了，她還得去藥房配些蟲藥，南方可是有蟑螂的！
如今是十一月底，天冷著，家裡的廚房沒怎麼出現過蟑螂，她都快忘記這東西了。蟑螂和老鼠無疑是餐飲業者最討厭的東西，這些傢伙在現代那樣堅實的牆壁都能自由出入，更何況是古代這些泥地木牆，估計等天一暖，這些傢伙就要開始頻繁出來。
沒有現代的除蟑藥和黏鼠板，黎湘想想都有些頭疼，不知道古代有沒有什麼好法子驅蟑，她在現代都是用在某寶上買的蟑螂屋，只要在裡頭下點餌，蟑螂就自己進盒子去了。話說那盒子好像也不難做，能進不能出，和蟹籠一個道理。
正好下午她要去訂屋子裡的家具，到時候和木匠師傅溝通溝通，看看能不能做出來。
黎湘對酒樓上心得很，畢竟自己應該會在這裡奮鬥好些年呢。
「黎姑娘，姜師傅要準備做飯了，您要在這兒吃嗎？」

正在三樓量尺寸的黎湘聽到樓下的喊聲，看了下天色才發現已近午時，連忙應了聲要吃。她挺好奇的，不知道姜憫平時會做什麼吃食，好像打從自己認識他，他就一直在做包子。

黎湘收好自己做記錄的竹簡，下樓直接去了廚房，進門正好瞧見他那小徒弟在淘米，挺多的，顯然是要做乾飯。

「姜大哥，你這是準備做什麼呢？」

「黎姑娘，我師父知道您要在這吃飯，準備做他的拿手菜呢。」

姜憫的小徒弟開心得很，師父的拿手菜他只吃到過一次，今日又有口福了！

「拿手菜？我還不知道呢，姜大哥你的拿手菜是什麼？」

姜憫有些不好意思，把手裡的東西拿給黎湘瞧了瞧。

「就是這個，用芋頭做的。我很小的時候吃過一次，是個老婆婆給我吃的，長大後一直念念不忘，這些年琢磨著竟是叫我給做出來了。」

他把芋頭都刨得乾乾淨淨，又拿過小徒弟手裡的，一起放到鍋裡去蒸。

這是要弄芋泥嗎？黎湘很少吃芋頭，不過芋頭味道不錯，做甜品做糕點做菜都可以，十分萬用。

姜憫一點都不避著黎湘，從廚房的櫃子裡抓了些杏仁和香榧子出來。幸好之前廚房裡多是做糕點，這些堅果什麼的還是挺齊全的。他把杏仁和香榧子簡單的炒了下，直接搗得細細的，再加上麵粉和一點水調成糊，最後還加了點芝麻醬。

其實從他一開始拿出杏仁和香榧子，黎湘就猜到他要做什麼了。

姜憫要做的是一道名叫「酥黃獨」的古麵點。把芋頭蒸到七、八分熟了切成片，再裹上帶著堅果碎的麵糊去炸，是很古早卻又非常美味的一道佳餚。

姜憫能自己根據一點回憶琢磨出來，也是很厲害的，說明廚藝有天分。

黎湘就坐在一旁，看著他將芋頭片切好裹上麵糊，再下油鍋炸，從頭到尾很詳盡的和小徒弟阿布講解做這道菜的步驟，帶徒弟帶得十分盡心。

不過阿布記性不是很好，一個問題反覆問了好幾次才記住。偏偏這個記不住菜的阿布認人卻是很有一套，哪怕是幾乎沒有說過什麼話的工匠們，他都能挨個叫出姓來。

明顯就是入錯行了呀，黎湘一邊觀察著阿布，一邊看著自己記錄的數據，眼前突然遞來了一個裝著兩塊酥黃獨的碗。

「黎姑娘，嚐嚐看？」

「姜大哥手藝不錯啊！」

瞧這炸的，一點都沒糊邊，金黃金黃的，透著一股熟堅果的濃香，她接過筷子挾起來咬了一口。

實在驚喜！

比她在現代吃過的還要好吃！

芋頭本來就快蒸熟了，再用油一煎，裡頭的芋頭就變得非常軟糯，裹在外頭的麵糊更是酥脆，一口還能咬到香榧和杏仁碎，幾種味道相加，實在是妙不可言。

「好吃，好吃！」

黎湘吃完兩塊，鍋裡新炸的也都出了鍋，所有做活的工匠都分到了兩塊，剩下一盤，姜憫就誰也不給了。

「黎姑娘，這些妳帶回去給家裡人吃吧，這東西費油，輕易我也不會再做。」

「謝謝姜大哥！」

這麼好吃的東西，能和家裡人一起分享那當然最好。

黎湘收了那盤酥黃獨裝到食盒裡，然後和姜憫一人炒了三道菜，又燉了個蓮藕筒骨湯，簡單吃過飯才提著盒子回家。

到家也沒多留，放了東西，稍稍坐了下便去了大哥之前打聽好的木材行訂家具。

朱氏木材行，有點像是家族產業，瞧著院子還挺大的。

結果一進門，黎湘的心都涼了半截，進去就瞧見院子裡堆著各種各樣的木頭，亂七八糟還發著霉，有幾根木頭上面還長了菇你敢信？這是木材行嗎？

她往裡頭走，稍微乾淨了一些，地上還擺放著不少桌椅櫃子的半成品，看上去手藝還不錯，不過她認不出這些是用什麼木材做的。

「喲！有客人來了，大哥快出來，有客人來了！」

那小姑娘激動的聲音讓黎湘懷疑這家木材行到底是多久沒來過客人了。

「姊姊，妳是要買木頭還是訂做桌椅呀？我大哥木工很厲害的。」

才七、八歲的小姑娘熱情又嘴甜，拉著黎湘坐下就說個沒完。

「小妹，妳好吵啊。」

裡頭出來了個男人，睡眼惺忪，一點都瞧不出要接待客人的樣子，黎湘頓時打起了退堂鼓。怪了，按理來說大哥打聽好的店那必定是物美價廉，可眼下她只看到廉，一點美都沒有看到。

她直接準備告辭，小姑娘一瞧她要走頓時急了，拉著黎湘小聲求著她再看看。

「姊姊，我大哥木工真的很厲害的，妳看看他做的這些桌椅。」

黎湘不好甩開小丫頭的手，聽了她的話跟她去瞧了瞧屋子裡的那些桌椅櫃子。這些可不是半成品，都是成品，可不知為什麼，都落了灰也沒賣出去，難道是要價太高了？

她順手打開一個櫃子，頓時愣了。

時下人們家裡的衣櫃多是九宮格，或者兩面櫃六個格子，上下三層放置衣物，最下面兩排抽屜。而這個朱氏做的櫃子，一面居然和現代一樣有掛立區，並不全是疊放的格子。

光這份新意，便叫黎湘對這家店大大改觀了。而越往下看她就越是驚訝，朱氏木材行裡居然還做了滑門的碗櫃，這是她一直都想要的！

鋪子裡的廚房狹小，每次取碗開開關關的麻煩得很。有了這種滑門的碗櫃，白日營業的時候就可以一直開著，等打烊碗都放好了再將門滑過去關上就行。

黎湘親手試了試，兩塊木板幾乎貼在一起，推拉起來卻絲毫不費力氣，彷彿抹了油一樣，做這些東西的人真是有才……

「姊姊，這裡頭有妳喜歡的嗎？價錢很便宜的。」

「哦？有多便宜？」

黎湘看著她那胖嘟嘟的小臉蛋實在沒忍住摸了一把，太好摸了。

小姑娘一點都不怕她，還主動拉了她的手。

「姊姊，這個碗櫃只要三百銅貝，而且還可以送貨到妳家哦。」

「送貨？妳大哥？」

那個眼都快睜不開的人？黎湘撇撇嘴，一副不相信的樣子。小姑娘大概也想到大哥剛剛出來時的模樣，尷尬的笑了笑。

「只要有錢賺我大哥就精神啦！姊姊，妳要不要去看看我大哥做的桌子？」

「行啊，走，去看看。」

櫃子都有那麼多驚喜，桌子不知道會有什麼樣的驚喜呢？

小姑娘帶著黎湘去了存放桌子的地方，大概七、八張桌子，有方的有圓的，最叫她驚喜的是一張方桌，看上去四四方方的，但只要把四面折下去的木板抬起來撐上便是一張大圓桌，可不正適合放在酒樓裡頭？

人少便四方桌，人多便將木板抬起來。

「這麼好的桌子，怎麼落了這麼多的灰？」

「姊姊妳覺得好?!」

小姑娘彷彿是頭一次聽到這種話，驚訝得不行。

「這張桌子大哥做出來後都沒有人要買，說是圓桌就是要圖個團團圓圓，折成這樣都四分五裂了，不吉利。」

黎湘頓時笑了。「這麼老實啊，都告訴我了，難道不怕我不買嗎？」

她在現代見多了這樣多功能的桌子，沒什麼忌諱，不過小丫頭說的也有道理，對於那些在意這些寓意的人來說，這桌子確實是不吉利。

「姊姊，妳要買嗎……」

小姑娘聲音頓時小了下去。

「要買，先帶我見見妳大哥去。」

能做出這些新奇的桌椅櫃子的人，肯定能把她要的捕蟑螂盒子做出來，而且，她要找這人訂製家具！

「大哥！這位姊姊要買咱家的東西！」

小姑娘將那個買字說得特別大聲，方才還睡眼惺忪的朱進寶立刻來了精神。

「誰要買？當真要買？」

黎湘點點頭，坐到他的對面先自我介紹了一番。

「朱師傅，不知道你接不接上門訂製家具？」

「上門訂製？」朱進寶有些疑惑。「我在這裡做好了再送過去不是一樣嗎？」

「因為數量有點多，你這來來回回送的時間都可以做出好多來了，而且有些家具需要鑲嵌在牆上，最好就在屋主跟前做。」

朱進寶別的沒聽到，只聽到了一句數量有點多。

「有點多是多多少？」

黎湘看著對面兄妹倆那期待的眼神，真是又心酸又好笑，這是多久沒開過張了？

「三層酒樓的桌椅、五間屋子的家具，還有大廚房裡的櫥櫃和其他雜物，包括一些浴桶、搖籃等等等等。」

朱進寶倒吸了口涼氣。「三層酒樓的桌椅？五間屋子的家具？妳認真的?!」

「自然是認真的，我看過你的手藝，非常不錯，而且很有新意。而且我還發現了，你做的家具很喜歡用榫卯結構，既牢固又美觀，不過……」

黎湘看了看朱家木材行的這個院子，空蕩蕩的，頓時皺了皺眉。

「你就一個人？那恐怕不行吧？」

朱進寶生怕這單子跑了，立刻否認道：「不不不，怎麼會只有我一個人？我爹、我大伯和三個叔叔，還有好幾個堂兄弟都能做呢，只不過因為家裡沒什麼生意，他們會做些小玩意兒去外頭擺攤。黎姑娘，若是妳真的要在我們老朱家訂家具的話，他們都會回來的！」

一旁的朱珠也跟著插話道：「姊姊，妳剛剛看的那個衣櫃就是我爹和大伯做的哦！他們手藝都很好的！」

「手藝都這麼好，那為什麼你們家的生意這麼冷清？」

黎湘完全是下意識的問了出來，問完便覺得有些不太妥當，好像有些扎心了。

朱進寶苦笑了下，倒也沒瞞著。

「就是得罪人了唄，姑娘妳來的時候肯定在路口有看到一家做木活兒的吧，他們家便宜，我們定一百，他們就定八十，我們定八十，他們便定七十六十，總之比我們的要低，人家家底厚禁得起折騰，我們這一大家子要養活，哪裡折騰得起來？那些要買桌椅的，到路口就都進了他們家。」

黎湘無言。「……」得罪人了。應該不是什麼大事，不然大哥也不會讓自己來了。

「黎姑娘，妳還要訂嗎？」朱進寶有些小心翼翼的問道。這麼大的單子若是接下來，那家裡頭一年都不愁吃喝了。

「訂，只要你人手夠，能在我要求的時間內將東西做完就行。方才那個碗櫃我先要了，一會兒幫我送下。對了，你這兒有木炭嗎？」

「有有有！」

一聽黎湘說買了碗櫃，朱進寶宛如打了雞血一般，立刻跑到廚房去拿了兩塊木炭出來。

「兩塊夠嗎？不夠我再去拿。」

「夠了夠了，我畫個東西，你看看。」

黎湘找了塊比較大的石板，先是畫了個高圓凳，又畫了張長方形的桌子，然後在桌子中間開了一個洞。

「這個洞的大小，我到時候會實際拿個鍋給你量，我想要這種桌子，平時可以和正常桌子一樣吃飯，需要用到鍋子的時候中間這塊板要能取下。」

「這沒問題，小意思。」

聽他答得這麼輕鬆，黎湘臉上的笑容也燦爛了幾分。

「這些桌子可以由你們這邊做好了再送過去，但房間的一些家具就要你親自到酒樓去做。另外我需要先看看樣品，如果合格的話，咱們就可以簽契了。」

朱進寶連連點頭，哪還有之前呵欠連天的樣子。

「應該的應該的。」

「那先送碗櫃，明日我再來和你商量鍋和凳子的實際尺寸。」

黎湘痛快付了三百銅貝，正要說自己地址呢，突然聽到院子裡小丫頭和一道很熟悉的男聲爭執的聲音。

第二十四章

「妳讓我進去，我就看看！」

「不行，我大哥在談事情！」

小丫頭還記得黎湘說的可是大買賣，這人一副氣勢洶洶的模樣，萬一是來攪和的怎麼辦，絕對要攔住他！

「四哥？怎麼是你？」

黎湘詫異的看著這會兒應該在睡覺的人，有些摸不著頭緒。

伍乘風見到了人，心裡鬆了一口氣。

「這不是要、要保護妳的安全嗎？下午出來的時候看到妳一個人越走越偏僻，我就忍不住跟了上來，結果妳進來快兩刻鐘了還沒出去，就……」

鬧了個烏龍。

黎湘沒忍住笑了，回頭和朱家兄妹解釋了下，又報了自家鋪子的地址，朱進寶便立刻進去搬碗櫃出來，又牽了騾子套上車準備送貨。

就這騾子小小個子，送個貨就夠累了，黎湘是不好意思坐的，她和朱家兄妹說了聲便帶著伍乘風走了。

「四哥，你怎麼沒在鏢局睡覺啊？」

「我啊，我、我年輕嘛，睡上三個時辰就差不多了。」

伍乘風絕對不承認自己是在鏢局裡心慌慌的睡不著才出來的。

「妳這是要去哪兒？不是回鋪子的路吧？」

黎湘愣了下。

「回鋪子幹啥？有爹和表姊在呢，鋪子裡沒我也行的，今日我要忙的事可多著呢，這會兒得去鐵鋪，四哥你若有事便自己忙去吧。」

「我沒事！」

伍乘風答得太快臉有些熱，趕緊補充道：「之前不是接了于老爺子的活嗎，要保護你們的安全，妳現在一個人，我不放心。」

「那正好，四哥你可別怪我等下讓你幹活啊。」

黎湘開著玩笑，伍乘風卻是一臉認真。

「妳只管使喚就是。」

兩人說著話便到了城中一家比較大的鐵鋪。

鐵鋪位於街尾，還在街頭便能聽到絡繹不絕叮叮噹噹的聲音，走近了便有一股熱氣迎面撲來，裡頭的鐵匠一個個都穿著短衫狂流汗，黎湘看了看自己這厚實的一身，還沒進去就開始熱了。

「二位想買點什麼？傢伙什物都在右邊攤子上，可以瞧瞧。」

兩人順著鐵匠指的方向看過去，幾十步之外就一個鐵器小攤子，上面無非是些菜刀鐵鎖鐵鍋等家常小東西。

黎湘看了下，從裡頭挑了一個小鐵鍋出來，拿到鐵鋪裡頭。

「大叔，我想訂製一批比這鍋子小些的鐵鍋成嗎？」

「嗯？這鍋子已經夠小的了，四口人做飯都不夠吃，還要小？」

鐵匠鋪的老闆很實誠，給黎湘推薦了另外一款剛打好的鐵鍋，四口之家正好。

「不不不，我不要這個，我就要比這個小的。我要訂四十個，酒樓用的，桌子放不下這麼大的鍋……」

「桌子上，用鍋？」

老闆丈二金剛摸不著頭腦，不過有生意自然是要做的。就是這小丫頭畫的這東西，他有些看不懂。

「鐵鍋就鐵鍋，妳這中間一道槓是什麼東西？」

「是隔斷，老闆你瞧瞧能不能幫我打出來，兩邊不通的，這邊可以吃辣，另外一邊沒辣，互不影響。」

黎湘已經畫得儘量寫實了，如果這樣老闆還不能理解，她也不知道要費多少口水。

好在老闆挺聰慧，直接拿起方才的小鍋給她比劃了下，確定是在鍋中間做鐵片將鐵鍋一分為二後，就接下了黎湘的單。因為她急著要樣品，老闆便親自去裁了料動手鍛燒，據說是天黑前可以拿到。

黎湘得了準話開心得很，帶著伍乘風又去了布坊，買了兩疋有瑕疵的素布和花布，還有四卷輕紗。這些都是佈置家裡要用的。

伍乘風宛若小跟班似的，跟在她後頭拿東西，買了布又去藥鋪不知道買什麼東西，奇奇怪怪的幾大包，逛了差不多兩個時辰，身上掛滿了東西，黎湘自己也是提著大包小包的，兩人這才返回茶樓。

別看買的時候就那麼幾樣，兩個時辰下來東西是真的多，哪怕伍乘風這樣自詡體力好的人都累了滿頭的汗，弄得黎湘怪不好意思的，這買買買一上頭她就給忘了。

「四哥來喝口水歇歇，累壞了吧？」

「不累，不累。」

伍乘風喝了她的水，又十分勤快的跟著茶樓裡的人幫忙清理後院的雜石雜草。

黎湘叫了他幾次他都沒聽，只好由著他去做了，房間裡還有大堆東西要整理，她也得忙活。

這一忙就忙到了傍晚的飯點。

姜憫到房間裡找到了黎湘，問她和伍乘風有沒有要留下來吃飯。

「不在這裡吃，你們做你們的，一會兒我帶他回鋪子裡吃飯。」

黎湘話說完就瞧見姜憫一臉的我懂我懂，神色十分怪異的出了門，剛走了師傅，又來了徒弟。

「黎姑娘，要不妳出去叫下他，這忙了一個多時辰都沒休息過呢。」

「一個多時辰了？」

黎湘皺了皺眉，自己忘了時間，居然讓伍乘風幹了這麼長時間的活，實在有些失禮。

不對呀，他這也太任勞任怨了吧，總覺得哪裡不對勁……

黎湘沒想明白，出去叫了伍乘風一聲說要回鋪子了，他這才停下手裡的活。

幹了這麼久的活，他身上的衣衫早都凌亂了，褲腿也是沾滿了泥，彷彿又變成了鄉下的那個小可憐伍乘風。

罪過罪過，居然把人拉來當了半天的苦力。

「四哥去洗洗手，咱們走啦。」

兩人簡單收拾了下，先去了鐵鋪，那老闆還一直在門口張望呢，看到黎湘來了這才露出喜色。

「黎姑娘，妳要的鍋我做好了，妳瞧瞧？」

他從屋子裡提了一個黑乎乎的東西出來，翻個面一看，和黎湘之前畫的差不到哪去。

黎湘大喜。

「我要的就是這樣的鍋子，老闆這一個算多少錢？」

「一個單買二百八十銅貝，若是姑娘訂得多的話那就二百五，包送貨上門。」

二百五十銅貝，好像也不是很貴。其實黎湘對這個時代的物價也就柴米油鹽比較清楚，別的都沒什麼概念，就在她準備應下來的時候，一旁的伍乘風開口了。

「老闆，一個二百五太貴了吧？這也不是什麼大鐵鍋，小成這樣還薄得很，要我看頂多一百五。」

活生生砍掉了一百，老闆都嚇到了。

「一百五那可賣不了，原料很貴的！」

老闆下意識的還是覺得會由男人來付錢，所以聽到伍乘風這話生怕丟了大買賣，最後想了想又退了一點點。

「二百四如何？總得叫我們賺點不是。」

伍乘風又不是瞎子，看得出來這還沒到底呢，對面一點肉疼的表情都沒有，那就說明還能降。

「一百八。」

「一百八可是要虧本的！不能賣！」

「那便兩百，再不能漲了。不行咱就把這鍋子買了走人。」

伍乘風朝黎湘眨了眨眼，黎湘一臉懵的跟著點了點頭。

鐵鋪老闆沈吟了下，點頭同意了。兩百的話訂的量多，還是有賺頭的。

「兩百便兩百，小兄弟你可真夠狠的。」

黎湘噝了噝口水，這一個少了五十銅貝，四十個就是兩銀貝呢，他怎麼這麼厲害？

伍乘風拿過鍋子發現身旁的丫頭正盯著自己瞧，心裡頓時咯噔一下。難道她覺得自己太過斤斤計較了？

有些話這個場地明顯是不適合問的，他只能將話憋在心裡，看著黎湘和老闆商量著付了訂金。

付完訂金兩人本來是要走的，不過黎湘又想起還有東西沒買，問那老闆有沒有小巧一點的鐵夾子。

「這東西當然有了。那些個大戶人家冬日時挾炭都是用這個，我這就去拿。」

老闆轉身進了鋪子，黎湘好奇的跟在後頭，這會兒鐵鋪裡頭已經沒有白日那般灼熱了，叮叮噹噹的聲音也少了許多，只有三個鐵匠師傅還在趕工，一個師傅應該在鍛造一把剪刀，已經能看出雛形來了。

從來沒有看過的東西，總是叫人好奇的，黎湘忍不住多看了兩眼，也不知是不是那師傅被瞧得緊張了，夾得好好的剪刀就這麼脫了手。

那還是塊帶著暗紅色的鐵，若是砸到人身上真真是要掉層皮，伍乘風嚇得魂都快沒了，下意識的扔出鍋子擋了一下，一手又將黎湘拽了過來，叮噹一聲，那塊鐵被鍋子打掉，做剪刀的師傅也嚇壞了，連忙過來道歉。

左右也沒砸到人，這事就這麼算了。

付錢買了小夾子後，兩人這才開始往回走。

一路上伍乘風說了不少鏢局好玩的事，黎湘都是心不在焉的，滿腦子想的都是剛剛伍乘風將她拽過去時，聽見的那陣瘋狂的心跳聲。

她彷彿突然開了竅，想明白了很多事情。

伍乘風莫不是喜歡自己？

黎湘突然發現，他還真是入贅的絕佳人選。首先他已經和伍家斷了親，不怕那一家子來鬧事，如今孤身一人，也有正當職業，而且他還是爹娘從小看著長大的，知根知底，成親的話爹娘也不會那麼擔心。

更重要的是，自己不討厭他。

收徒那日自己說要招贅，他亦在場，肯定也聽到了，既然如此，那他還來自己身邊，那就是有入贅的意思吧。

可以考慮看看呢，時間還早，慢慢觀察。

黎湘摸摸手上的貝殼手串，心裡頓時輕鬆起來。

因為要等鐵鋪子的鍋子，所以今日到家的時候太陽已經下山，外頭天色都黑了，幾乎快看不到路。

「怎麼這麼晚才回來，路上也不拿個燈？」

關氏擔心了半晌，瞧見女兒回來，心裡的石頭才落了地。

「妳爹和小舅舅出去接妳了，路上沒有遇見嗎？」

「沒有……我和四哥是從另外一條街回來的，大概是和爹錯開了。」

說到四哥，關氏這才注意到跟著女兒回來的還有伍乘風，心裡那壓下去的一點猜想又蹭蹭的冒了出來。

「四娃也在啊……」

「嬸兒，大江叔他們走多久了？我腳程快去找他們回來。」

「倒是沒多久……」

關氏正想說不用去了，就見伍乘風放下東西已經跑了出去。

「這孩子……也不點個燈再走。」

黎湘看了眼廚房，發現表姊和桃子姊妹倆都不在，應該是去了滷味店。

「娘，你們吃過飯了沒？我和四哥還沒吃晚飯呢，妳幫我燒火，我煮點東西吃。」

「早就吃過啦。」關氏一邊回一邊坐到了灶前，心不在焉的點了一把柴。「湘兒……妳和四娃……」

黎湘和麵的手一頓，娘這是什麼火眼金睛？

「娘妳說什麼呢？我和四哥啥事也沒有。」

至少目前是什麼都沒有的，她也不想過早的來談論這些事情，於是插科打諢很快轉移了話題。

「娘，這碗櫃不錯吧？」

「是不錯，門開著也不怕碰頭了，省了好多事呢，不便宜吧？」

「就三百，不貴的，好用就行。對了，那個舊的碗櫃呢？」方才進來的時候外頭沒有瞧見。

「欸，妳爹把那碗櫃又賣回給那送碗櫃的，二十銅貝就賣了。」

黎湘無語。「……」

朱家木材行都快倒了，還有閒錢來收二手貨嗎？

「賣就賣吧，爹高興就成。」

晚上，家裡剩了些白天時包的大蔥肉餡，所以黎湘也不折騰了，直接和麵準備包餃子，反正伍乘風也挺愛吃的，每天早上幾乎都要點一碗。

包完餃子她看了看，爹和舅舅他們還沒回來，一時也不急著煮餃子，乾脆先把調料調出來，調到一半發現辣椒油用完了，便去碗櫃翻找自己平時多做的辣椒油，罐子很顯眼，很快就找到了。

「咦？娘，這裡怎麼還有塊石頭？」

黎湘摸著不對勁，將碗櫃裡的石頭拿了出來，冰冰涼涼得十分粗糙，看起來有點眼熟，名字卻卡在喉嚨裡怎麼也說不出來。

「這個啊，哪是什麼石頭，是石膏呢。妳小舅母不是總躺著坐著嗎？起了濕疹，今日去藥鋪人家郎中開的，讓拿來煮水喝，一會兒記得讓妳小舅舅帶回去。」

石膏……

黎湘眨巴眨巴眼，總覺得自己忘了什麼很重要的事情，眼看著就要想出來了，爹和小舅舅他們回來了，幾個人一打岔，腦子裡的靈光又都收了回去。

吃完餃子後，伍乘風沒在黎家久待，畢竟師父他們都在附近守著，他哪能偷懶？他一走，關氏便拉著丈夫去了一旁嘀嘀咕咕，兩人說話聲音極小，黎湘專心記著帳目，一點都沒聽到。

「妳說真的假的？」

「就是不知道才和你商量嘛。」

關氏眼裡透著滿意，越想越覺得是那麼回事。

「你不覺得四娃最近老是來咱們家嗎？今日聽說還去酒樓幫忙幹活了，你再瞧女兒手上那串貝殼，也是四娃當初走鏢回來送給湘兒的，怎麼看，他都是心儀湘兒的。」

「他心儀歸心儀，咱家女兒又不一定喜歡，沒瞧見女兒現在一心都在酒樓上嗎？才十四歲呢，急什麼？」

黎江不怎麼願意提起女兒的親事，轉頭去收拾廚房騰碗櫃的時候拿出來的各種東西。

「唉……這兩袋黃豆放在角落裡都沒封好，壞了好多，真是可惜了可惜了。」

兩袋黃豆還是當初從鄉下帶上來的，一直沒捨得吃，後來廚房多是做麵食和炒菜，漸漸便將它遺忘了，要不是今日騰碗櫃，也不知道什麼時候才會想到。

黎江拿了個簸箕出來，將兩袋子黃豆倒了進去，拉著妻子開始把壞的挑出來，還有那麼多沒壞的，總不能都丟了，把好的拿去炒一炒，沒事丟幾顆嚼嚼，也是道零嘴。

等黎湘記好了今日的帳，到廚房一瞧，那一顆顆圓滾滾的豆子頓時點亮了她腦子裡沈寂下去的靈光。

她知道自己忘記什麼了！

黃豆！石膏！她可以做豆腐呀！

現成的商機她居然現在才想起來，豆腐能做出來的話那延伸的產品就太多了，酒樓裡的食牌她能添上百個不止。

陵安城裡酒家那麼多，為什麼只有東華能獨占鰲頭，除了它地勢好、酒樓華麗，還有個原因是因為他肯花高價到處挖廚子，每月酒樓必出新品。和其他那些酒樓來來回回幾乎沒換過的食牌比，自然是要強上很多的。

自家的酒樓也不差，等重新裝修好了，絕對能驚豔陵安。

「爹娘，這些黃豆好的我都拿走啦，有用。」

「妳有用就拿嘛，夠不夠？不夠我明日再去買些回來。」

黎湘點點頭，開心極了，一邊將豆子都泡了起來，一邊交代道：「要買要買，先買個三十斤吧，還有生石膏，爹你記得去藥鋪幫我多買幾塊。」

關氏一聽生石膏，還以為女兒也同弟媳婦那般生了濕疹，上樓便要她解衣裳查看，弄得黎湘哭笑不得。

「娘，我沒有濕疹，石膏是做其他東西用的，放心吧，我有什麼不舒服肯定第一時間和妳說。」

「真沒有濕疹？」

「沒有，娘快去睡吧，我好睏了。」

黎湘這一日東跑西跑累得不行，關氏心疼女兒，見她確實沒有什麼不舒服，也就關上門不吵她了。

等關翠兒回來的時候，黎湘已經躺在床上睡得正香，不過大概是累得很，連衣裳都沒有脫完，被子也沒蓋上。

關翠兒趕緊幫她脫了衣裳，蓋好被子，只是還是晚了些，早上黎湘便沒能起床，一直睡到下午才起來，頭昏昏沈沈的，喝了大碗薑湯雖然舒服了些，但鼻子卻堵得難受。

「要不今日就在家休息，酒樓那邊反正妳大哥每日也要過去，有他看著出不了什麼問題。」

黎湘搖搖頭，揣了兩塊帕子在身上。

「大哥不知道我要的桌子和凳子是什麼樣的，得我自己去木材行那邊談才行。」她的脾氣說軟也軟，說倔也倔，關氏真是拿她沒辦法，最後實在擔心得很，乾脆自己跟著一起去。

「娘……這鍋又不重，我自己拿就行。」

「妳都說不重了，我拿著也沒問題。」

黎湘無言。「……」

行吧行吧，聽娘的話。

母女倆一路走得很慢，到那朱氏木材行的時候，明顯感覺到了哪裡不一樣。黎湘瞧著地上乾淨了許多，堵在門口的木材都被搬走了，空曠了不少，院子裡好幾道聲音說著話，有人氣多了。

「大伯、二叔，這位就是來訂桌椅的黎湘姑娘！」

朱進寶擔心了一晚上，早上沒見到人，心一直懸著，這會兒瞧見她如約過來心頭大定，立刻拉著叔叔伯伯過去給黎湘介紹。

一大院子的人，黎湘數了數有七、八個，就這還沒有看到朱師傅的爹，看來他之前說的話也不假，朱家的確是有實力接酒樓的單的。

「朱師傅，這就是我準備的鍋子，我有在下面畫上白線，就照著這個大小在桌子上做就行。」

朱進寶接了鍋，連說沒問題，當下便讓叔叔們開始刨木準備做樣品桌。

「朱師傅，你明日有空嗎？能不能去酒樓那邊瞧瞧，有很多東西我想你看見實際情況做起來會更容易些。」

「有空有空，正好明日我也可以將樣品桌送過去給妳瞧瞧，不知黎姑娘妳家酒樓在哪？」

黎湘報了位置，覺得頭暈得實在難受，摸摸額頭又沒有發熱，但這樣也不用想做其他事了。

關氏這回很強勢，說什麼也不讓她去酒樓，母女倆從朱家木材行出來後便直接乘了筏子回家，也不知是不是竹筏上吹了冷風，她的頭腦清醒很多，暈是不暈了，就是一直打噴嚏流鼻涕，幸好身上準備了帕子，才不至於拿袖子去擦。

不過話說回來，黎湘覺得自己不太對勁，總覺得自己體質不該這麼差的，躺在床上沒蓋被子不過小半時辰就著涼了？

她想著該抽空去找個郎中好好診診脈才是。

「湘兒，妳這黃豆泡了一晚上，漲起來盆子都裝不下了，這是要拿來做什麼？」

「我還能做什麼呀，當然是做好吃的。」

黎湘看到那泡得滿滿漲漲的豆子，頓時精神大振，挽起袖子把石磨上堆放的東西都清理了下來，又拿滾水清洗了兩遍。

因為是從壞豆子裡頭挑出來的，所以昨晚泡得不多，也就一盆，黎湘自己一個人慢慢加水磨著，等店裡打烊了，她的豆子也磨好了。

兩桶白花花的豆漿，光是看著就開心得不得了。

不過以前她都是買現成的豆腐，或者是用滷水點的，用石膏水還真沒做過。只知道要將生石膏燒熟了磨成粉兌水，至於要燒多久，她心裡還真沒有標準，就試試吧。

黎湘上樓去裁了兩大塊紗布下來，用滾水洗乾淨後招呼了桃子姊妹倆幫忙，一人拉著兩個角，底下放了乾淨的大盆接著，再將磨好的豆漿倒進去過濾。

過濾這活兒表姊和桃子她們來就可以了，黎湘拿著一大塊生石膏敲成了幾塊小的，分別拿去做實驗。

這裡沒有鐘錶，就只能靠她自己默數記時，一塊燒了五分鐘，一塊燒了十分鐘，還有一塊燒了二十分鐘，剩下那塊燒得久，大概有三十分鐘左右。

等四塊都燒完了，豆漿也都分別倒進了三口鐵鍋裡，燒開後整個廚房都瀰漫著濃濃的豆香。

「這居然是黃豆做的……」

關翠兒從小到大吃了那麼多豆子，都不知道黃豆竟然還能磨成漿來煮。

「表妹，這個煮好了能喝嗎？」

「當然可以啦。」

超級營養的豆漿誒，她好久沒有喝了。

等鍋裡的豆漿沸騰了幾次後，黎湘直接用個陶盆從每個鍋裡都舀了一些出來，加上些許白糖攪勻，然後一人舀了一碗嚐嚐鮮。

桃子姊妹倆都喝得瞇起眼來了。

「好甜好香！」

「好喝！」

一家子都給了高度評價。

黎湘也喝了一碗，豆香味比現代的要更濃郁些，確實好喝。

接下來就是最重要的過程，「點」豆腐了。

「杏子，火可以熄了。」

她把四塊燒過的石膏每塊取了一點磨成粉兌水，五分鐘和十分鐘的石膏末攪和攪和便沈了底，明顯沒熟。二十分鐘的石膏末一攪和，粉便和水融成了一體，一點都沒有沈底，三十分鐘的也差不多，就用這兩塊的了。

黎湘攪了攪鍋裡的豆漿，讓它們稍微涼了，這才將石膏水慢慢加進去攪勻。

靜置一刻鐘左右後，鍋裡豆漿便凝成了絮狀的豆花，這時再點石膏水進去，慢慢攪動均勻，時間越久，豆花和水分離得也就越完整。兩刻鐘左右，鍋裡的豆花差不多都凝結了。

撇掉上面的一層水後，撈起來加上一點餃子蘸料，便是一碗鹹香爽滑的鹹豆花。吃起來既有雞蛋羹的嫩滑，又有豆製品的濃香，再加上那酸辣的蘸料，吃下一勺就不想停下來。

因為鍋裡的豆花不是很多，所以這回一人只得一小碗。桃子喜歡吃甜的，所以她往豆花裡加的是糖，吃得津津有味。

一家子吃的都是用二十分鐘左右石膏水點的那鍋，另外三十分鐘的那鍋做砸了，吃起來有股酸臭味，顯然，石膏燒太久了也不行。

「表妹，這豆花真是好吃，比雞蛋羹還香，以後要不早上咱們就賣這個吧？」

「可以啊，豆花做早點不錯的。」

黎湘看了廚房一圈，實在沒找到什麼適合壓豆腐的模具，乾脆拆了個抽屜下來，清了那鍋酸豆腐後，燒了滾水煮了好一會兒，聞著沒味道了她才鋪了紗布，把鍋裡剩下的豆花舀了進去，然後放上消了毒的木板，再用醬油罐子在上面壓著。

太簡陋了，先將就著這樣做看看成果，等明日再去找朱師傅做幾副壓豆腐的模具回來。

「湘兒，這還有一鍋呢。」

黎湘回過神，煮了三鍋還有一鍋，方才沒管那鍋，上面都結一層豆皮了，豆皮其實也是好東西呀，可惜就這麼一塊。

她把豆皮撈起來，重新讓杏子燒了火，再用那塊好的石膏化水點了一鍋豆花出來。

剛剛顧及著鍋裡沒多少，大家都吃得不夠盡興，這會兒可是敞開了肚皮當晚飯吃了，連對面的駱澤他們都有一大碗。

「咱們明兒早上就賣這個豆花，看著前面做法有點複雜，不過等做好了就簡單了，舀上一碗加些調料便能上桌，如此新鮮的早食，想來很多人都會喜歡的！」

黎江自己已經吃了兩碗還饞得很，那滑溜溜的口感實在不錯，老人家定是最愛的。

「明日早上賣的話，那現在就要開始泡豆子了。」

不泡上四、五個時辰，都不輕易煮熟。

「我現在就泡，這有啥？泡豆子不費功夫，等明兒一早我起來就給磨了，也是小事。」

黎江放下碗筷便去拿今天買回來的豆子。

「師父，這一碗豆花咱們賣多少錢？」

黎湘愣了下，迅速在心裡估算著成本。

昨日揀出來的大概有兩斤豆子，也就八銅貝成本。可瞧著這幾鍋加起來，大概能賣三十多碗呢。

「不賣貴了，兩銅貝一碗吧。」

桃子姊妹倆算數不太靈光，沒反應，一旁的黎江眼睛都亮了。昨日揀了多少豆子出來他可是最清楚的，就那點豆子，今日舀出這麼多碗，若是都兩銅貝一碗的話，那可賺大了！

「好好好，就兩銅貝一碗！」

定好了豆花的價錢，一家子都開心得很，根本沒有人再關注那撈上來的豆花被壓成了什麼東西。

等廚房都收拾得差不多，黎湘才去查看了下自己壓的成品。

因為壓的時間不是很長，所以做出來的是嫩豆腐，嫩豆腐做麻婆豆腐最好吃了！哪怕不做炒菜，只是拿一點醬油生拌也好吃得很。

黎湘嚥了嚥口水，把豆腐又重新壓回去，剛剛豆花吃得太飽了，這會兒什麼東西都吃不下，還是讓它繼續壓著做老豆腐吧。

誒？肚子好像有點疼，這感覺，好久好久沒有感受過了。

「桃子……」

「師父怎麼啦？」

「幫我燒點開水，等下裝到水囊裡拿到樓上給我。」

黎湘捂著肚子小跑回樓上，一進屋子就開始翻櫃子。她記得上個月娘剛給表姊新做了兩條月事帶，表姊這個月還沒有用過，正好救救急。

她從穿越過來到現在一直都沒有過動靜，忙著忙著自己也忘了，偶爾想起來還樂得輕鬆，哪裡想到這突然就來了……

記憶裡這還是第一次，要命了。

黎湘換好東西老老實實的躺到床上，感受著肚子裡那如刀攪一般的痛楚，面上有些淡定得過分。也不是不疼，就是這點疼比起胃癌疼痛發作，至少要輕鬆一半，她倒也還能忍。

只是人嘛，哪有喜歡生病的，這疼得肯定不正常，等她休息休息，改日出去找個郎中好好瞧瞧。

「湘兒，這是怎麼了？」

闞氏上前十分熟練的探了探女兒的額頭，感覺並沒有發熱才稍稍放心。

不等黎湘回話呢，桃子便急匆匆的上來了。

「師父，水囊來啦。」

闞氏有些愣，待看到女兒僵硬著將水囊放到被窩裡時，突然反應過來明白了什麼。

「湘兒妳這是、妳這是來月事了?!」

她激動得聲音都有些顫抖。女兒沒有來月事一直是她的一塊心病，要知道沒有來月事的女兒家，根本就無法生兒育女，上回她偷偷問了那個給女兒診脈的秋老，瞧著他那皺眉頭的樣子心裡真是涼透了。

不過現在好了，看來女兒之前喝的藥還是有效果的。

「湘兒，這幾日妳老老實實在家給我待著，哪兒都不許去。」

黎湘抿了抿唇，說不出什麼反駁的話來。

她又沒有現代的衛生棉，就這條件，就是讓她出去她也是不敢出門走動的，容易出醜。想想就讓人難受，她要這樣被困在家裡五、六日。

「娘，我不出去。但是今日咱們和那朱家說好的，明日朱師傅會去酒樓那邊，妳記得到時候讓爹過去知會一聲。」

哦對了！還有她的豆花和豆腐！

黎湘逮著旁邊的桃子，先和她講了下磨完豆子後的程序，又講了如何點豆腐，好在昨晚她已經燒好了生石膏，省了點事情。

「要是有什麼不明白的只管上來問我，一定要問清楚了再動手。」

「嗯嗯，知道啦師父！」

桃子知道這關係著鋪子裡的買賣，記得格外認真，第二天一早便照著師父的話濾了豆漿出來煮，先煮了一鍋，另外兩口鍋留著煮麵和餃子那些。

其實只要石膏水和豆漿的比例調配好了，做出來的豆花基本上都是沒問題的。桃子第一次不知道調多少，直接拿了石膏上樓看著黎湘調的，心裡差不多也有數。

一小碗石膏水慢慢滑進去，靜置兩刻鐘就可以開賣啦。

「客官，咱們今日店裡有新品，首日半價，要不要來一碗嚐嚐？」

一聽有新品，半價只要一個銅貝，幾乎個個都說要來一碗。黎江笑容滿面，問清楚大家愛吃鹹口或甜口後便去後廚告訴了桃子她們。

從他進後廚再出來，不過短短幾息功夫，手裡就已經端了碗。

「誒？今日上菜可真快。」

「不知這新品味道如何？」

能在這一早趕來黎家小食的客人都是經常來的老客戶，對黎家小食的口味自是喜歡得不得了，不過滿心期待在看見放到面前那白花花的一碗時，都有些呆滯。

就這？

「客官嚐嚐。」

黎江先拿出來的這碗是甜口的，看著白花花的一碗，其實裡頭已加了白芝麻和砂糖。芝麻炒熟後非常香，搭配著甜蜜蜜的砂糖和濃濃豆香的豆花，喜歡甜口的人一定會愛上它的。

「嗯！好香好滑！這是何物？怎麼吃起來和雞蛋羹一個口感？好濃的香味！」

「這個名叫豆花，乃是用黃豆所做。」

「黃豆？」

黃豆的硬度大家都清楚得很，實在很難想像那樣硬的糧食居然能變得如此軟嫩。

「好吃好吃！」

第一個吃的人說好，其他客人不免也更加期待起自己的那碗。

甜口的豆花做起來快，上得也最快，然後才是鹹口的。

「太好吃了！老闆再給我來一碗！」

這樣好吃又便宜還飽肚子的豆花，誰見了不想也跟著嚐嚐？聽著外頭那時不時就要加一碗的聲音，杏子很機智的騰了個鍋又燒了一鍋豆漿出來，等前面一鍋賣得差不多了，新的一鍋也好了。

這些豆花哪怕是一個銅貝一碗都有不少賺頭，而且上菜還快，客人幾乎不用怎麼等。黎江收著一桌一桌的錢，心裡樂得跟什麼似的。

黎家的新品一出來，不到一個時辰，城中好幾家酒樓便得了消息。

他們都是當初被黎湘那三道菜驚豔了舌頭的人。會做那樣新奇的菜、味道還非常不錯的廚子，哪家酒樓不想要呢？只是聽說黎湘是自己在開鋪子，連東華都招攬不到才熄了心思，不過都有讓人注意黎家的動靜。

尤其是東華。

不過，東華負責的人一聽說只是一個銅貝的菜品，嗤之以鼻，連聽都不想細聽就把人打發走了。

「真是不明白當家的有什麼好忌憚的，不就一個黃毛小丫頭？做的淨是些上不了檯面的吃食。」

哪像他們東華，一盤子青菜都能賣上百銅貝，她呀，成不了什麼氣候！

此時成不了什麼氣候的黎湘正如同那煮熟的蝦子一般蜷縮在床上，這麼些年要麼不來，一來就洶湧澎湃，疼也還是疼，動也不敢動，真真是難受極了。

一直到下午的時候，喝了一肚子的紅糖薑水，又喝了娘去抓的藥才稍微舒服了些，也能坐起來寫寫字、記記帳。

「師父，今日太忙了，我把妳壓的那個什麼豆腐給忘了……」

桃子端著那一抽屜被壓得死死的豆腐，略有些忐忑的看著師父。

黎湘有些可惜，吃雖是還能吃，但口感絕對會大打折扣。

「沒事，我聽見了，下頭忙得很，不怪妳，是我自己忘了。」

要不是爹昨晚泡的豆子賣完了，只怕這會兒桃子還在忙呢。

「這東西等下拿到滷味鋪子去，切開後用紗布裝著放滷水裡滷上半個時辰，咱們將就著吃吧。」總不能將這麼大塊的糧食拿去丟了。

「對了，桃子，我讓爹去酒樓那邊找朱師傅，他去了沒有？」

「去了去了，就妳剛剛睡覺那會兒走的，半個時辰了。」

黎湘點點頭，這才放了人下樓。

一連三日，黎湘都被困在樓上。因著生理期，她臉色白得很，哪怕吃了豬肝、瘦肉等補血的東西還是那樣，一眼就能看出憔悴了許多。

關氏心疼著呢，卻要留在樓下幫忙，店裡生意太好了也是麻煩。

傍晚廚房正忙的時候，廚房外頭來了個人，眼巴巴的望著廚房卻沒有進去，還是外頭洗菜的蘇娘子叫了桃子她們一聲，她們才注意到有個人在外頭徘徊。

「姑姑，是伍乘風呢。」

關翠兒聲音有些興奮，定是來找表妹的！

關氏拍拍身上的灰，出去見他，明知故問道：「四娃，到飯點了，怎麼不進來吃些東西？」

「我、我來時吃過了。嬸兒，最近怎麼都沒瞧見湘丫頭？」

「你找她有事？」

伍乘風尷尬的搖了搖頭，突然腦中靈光一閃想到了答案。

「我們這不是接了任務要保護好你們一家嗎，可這幾日都沒有瞧見湘丫頭，有些不好交差，所以師父讓我過來問問。」

還在鏢局剛起床的柴鏢頭連打了兩個噴嚏。

「嬸兒，湘丫頭最近去哪兒啦？」

「她啊，她沒事，就是有點頭疼腦熱不舒服，被我拘在樓上休養了。最近太忙，累得不行，她不吃藥調理好身子，我是不會讓她出去做事的。」

關氏看破不說破，忍著笑道：「四娃，你要是有什麼事，等我忙完了陪你上去找她，廚房裡還亂著呢，我去燒火了。」

女兒眼下這情況，也不好讓男孩子去瞧她，見面了也是尷尬。

伍乘風一肚子話還沒問出來，眼前關嬸兒就沒了身影。現在正是傍晚，忙是肯定忙的，他也理解。

可是關嬸兒方才話裡的意思，要等她忙完了自己才能跟她一起去見湘丫頭，那自己就不好上去了……

不過，人不能上去，東西還是可以給的嘛。

兩刻鐘後，正在床上看書簡識字的黎湘突然瞧見一根竹竿從窗戶慢慢伸了進來，竹竿上頭還綁著用樹葉包起來的東西。

嗯？她探頭往樓下一瞧，瞧見下面的人頓時愣了。

「四哥？你怎麼在這兒？」

伍乘風動了動竿子，笑了笑。

「方才嬸兒說妳在喝藥調理身子，藥很苦的，所以我買了兩串糖葫蘆給妳，喝完藥吃兩顆糖葫蘆可以甜甜嘴。」

黎湘眨巴眨巴眼，解下了竹竿上的樹葉包。

甜甜的糖葫蘆呀……

天色已經不亮了，解開的樹葉包的兩串糖葫蘆也看不出琥珀色的晶瑩，瞧著略微有些暗沈，不過，聞著就很香甜。

黎湘拿起一串，張嘴咬下一顆。

「謝謝四哥，特別甜！」

「不客氣……」

伍乘風看著黎湘笑眯著眼吃糖葫蘆的樣子，心裡頓時漲得滿滿的。可是，她的臉色也是真不好。

「湘丫頭，外頭涼，妳到裡頭去吃吧，我回去了。」

黎湘點點頭，朝他揮了揮手便坐了回去。

甜甜的糖葫蘆，吃起來和她之前跟表姊一起買的那根不一樣。果子明顯大些，也沒有那麼酸，吃起來酸甜口味剛剛好，而且裹的糖漿裡還有淡淡的桂花味。

一分錢一分貨，這串糖葫蘆肯定買的不同價，黎湘吃著吃著便有些捨不得吃了，放在一旁時不時的看上兩眼。

「喲！湘兒妳這都沒有下樓，哪來的糖葫蘆？」

「……娘，我說它是從天上掉下來的，妳信嗎？」

關氏頓時笑了，戳了她一指頭。「淨胡說，妳當我不知道是四娃給妳送的？」

黎湘臉一熱，趕緊收了桌上的糖葫蘆，小聲咕噥了一句。「知道那還問我……」

「咱們湘兒現在是大姑娘了，有些事娘也不好問，妳爹說妳心裡頭有數得很，我想著也是，妳啊一向懂事又有主意，爹娘就不瞎摻和了，等妳想說的時候再和爹娘說。」

關氏將飯菜放到桌上，摸摸女兒的頭便下樓了。

黎湘心裡暖洋洋的，何德何能叫她遇上了這樣的爹娘，給她足夠的信任和尊重，比起小可憐的那對極品爹娘，真是一個天上一個地下，她真是太幸福了。

她把桌上的熱粥都喝光後，一會兒桃子又送藥來。這回喝了藥再啃兩顆糖葫蘆，嘴裡甜滋滋的，心情也好了許多。

當了三日的廢人了，如果明日量小了，她還是想出門去酒樓看看。這幾天廚房該拆的應該都拆完了，灶臺的位置她還要和師傅溝通，碗櫃的位置也需要去和朱師傅溝通。她想要做的是比家裡的這個大上四、五倍的櫥櫃，不當面說絕對說不清楚。

就是不知道娘她會不會放人……

第二十五章

黎湘躺在床上迷迷糊糊的睡著了，等她再醒來的時候，驚訝的發現原本該有五、六日的大姨媽突然就沒了。

這才三日左右，來得突然，走得也這麼快，果然很不正常。

大概還是之前虧了身子，這兩個月才補起來呢，日後肯定會越來越好的。眼瞧著一直沒動靜的「小饅頭」都開始發育了，好事好事。

黎湘直接打水簡單清洗了下，換好衣裳下樓又是神清氣爽的模樣，只是唇間還是沒什麼血色，需要養一養。

「師父快過來瞧瞧，今日這豆花如何？」

杏子端了一小碗過來，瞧著竟是比黎湘做的第一鍋更加細嫩，彷彿是從一整塊上挖下來，而不是由豆花絮凝成的。

「不錯不錯，比我做的還好。」黎湘很是欣慰。

「師父，因為我把豆漿多過濾了兩遍，我發現過濾得越細，豆渣越少，做出來的豆花就會越完整，沒有那麼多的眼兒，口感也更佳。」

杏子說起自己的發現，一雙眼晶晶亮，招人疼得很。

「咱們杏子真厲害，月底師父有獎勵哦～～」

「真的嗎？謝謝師父！」

黎湘捏了捏她的臉，把手裡那碗豆花吃掉後便出了門。

剛剛在廚房她已經看到了朱家做好的壓豆腐的模具，只是這會兒實在沒什麼空去管它，鋪子裡賣豆花，這兩天生意很是火爆，豆腐就暫且放到一邊吧，等她有空再說。

隔了四天再進酒樓，變化是很大的，最叫人眼睛一亮的便是院子裡鋪設的石板，錯落有致、乾淨整潔，下雨天也不會踩髒了鞋子。

「黎姑娘，廚房裡的蒸臺和煙囪都拆了，可算是把妳盼來了。那灶臺要砌幾個？位置放哪兒？」

黎湘進了廚房一瞧，不光拆乾淨了，裡頭的泥胚子什麼的也都清理得乾乾淨淨，廚房裡頓時空了大半。

「有石灰粉嗎？」

「有有有，姑娘是想畫線吧。」

負責廚房的李師傅立刻去拿了專門舀石灰畫線的長瓢來遞給黎湘，看著她在廚房裡畫出了四個灶臺的位置。

因為是要用來燒柴火的，所以黎湘也不能讓灶臺砌得太散，不然柴火這裡一堆、那裡一堆多占地方，她圍繞著右牆角畫了一個半圓出來，不過這個半圓從中間豁了口，這是準備做成通道。
兩邊各自可以做兩個大孔放鐵鍋、幾個小孔放陶罐，平日裡熬湯燒水都很方便。左下的牆角，黎湘也依樣畫葫蘆的畫了線，整個廚房就有八口鍋可以同時操作，應付酒樓裡的客人足夠了。
這樣的布局，李師傅還真是沒有見過。
「李師傅，灶臺砌好後，我想在這裡砌一圈開放性的平臺，到你腰上的這個位置就差不多了。線我已經畫了，下面要做空，日後可以存放東西。我最近都會過來，你要是有哪不明白的到時候再問我。」
黎湘畫完線便走了，轉身去樓裡看她的火鍋桌子。
剛進去就瞧見兩個衣著光鮮的大老闆正在找苗掌櫃討錢。
「苗掌櫃，咱們合作這麼多年，可曾坑過你一二？如今你們茶樓都關門了，這帳是不是該給我們結了？」
「我們茶樓沒有關門，只是停業重新整頓，年前就會重開的。你們這帳我又不是說不給，只是咱們歷來都是年底結的，沒有提前結帳的先例不是？」
苗掌櫃默默感嘆了下，真是虎落平陽被犬欺，以前一個個都客氣得很，如今才關門幾日就坐不住上門來要錢，要是東家在……誒？黎湘來了！
「東家來了！二位老闆，這是我們茶樓東家，黎湘小姐。」

苗掌櫃如同看到救星一般，立刻請了黎湘過去。

「這位是榮記糧行的榮老闆，這位是果味齋的寧老闆。」說完他小聲嘀咕了一句。「咱們茶樓的各種豆子和堅果蜜餞糖品，都是在他們店裡訂購的。」

黎湘點點頭，表示明白了。

「二位老闆這麼急著要錢，可是鋪子裡周轉不靈了？」

苗掌櫃無言。「……」

這丫頭，開口就得罪了人。

「妳這丫頭怎麼說話的呢?!」

「苗掌櫃，瞧瞧你這東家就知道你們這茶樓不行了，今日必須把帳給我結了，還有，日後你們家若是再想從我家鋪子裡訂購綠豆、紅豆之類的食材，價錢也要再另談。」

一旁的寧老闆也是連連點頭，柳澤都不是柳家大少爺了，何必給他這個面子。

「我們家的蜜餞果子也要再重新商談價錢，這麼多年都沒漲過價，咱們已經仁至義盡了。」

兩個都要一起漲，苗掌櫃頓時頭疼不已。這一斤十斤百斤的漲起來，到年底可不是個小數目，酒樓都還沒有開始賺錢呢。

「苗掌櫃，給這二位老闆把帳結了。」

「東家……」

黎湘堅持。

「結了，有什麼問題我擔著，大哥那兒有我。」

「這……好吧。」

苗掌櫃記得東家之前說過，黎湘說的話便是他的話，茶樓裡萬事她都能夠做主。結就結吧，左右不是自己的錢。

那兩老闆見苗掌櫃肯結帳了，都消停了很多，倒也沒再出言譏諷，痛痛快快的拿錢走人了。

「東家，這一結，人家只怕日後都不會有什麼好臉色了，食材的價錢也會漲上許多。」

「我知道啊，可是咱們為什麼還要去他們店裡買？城裡那麼多鋪子，買不到一樣的東西嗎？再說，茶樓已經改成酒樓了，日後不做甜品，你擔心的是不是有點多餘了？苗掌櫃，你現在該考慮考慮咱們酒樓日後各種蔬菜肉食的進貨管道，而不是擔心買不到便宜的砂糖、蜜錢。」

黎湘搖搖頭，直接轉身上了三樓。

三樓裝修得很是不錯，除了要換一換桌凳，還有最角落的房間要整修，其他並不需要大修，所以很多東西現在都放在三樓，她的那張火鍋桌就在樓上。

乍一見就是一張完整的桌子，不過自桌下一頂，便有一塊齒輪狀的圓盤被頂出來，到時候放上她訂製的小陶底，再加上鍋子，香噴噴的火鍋就可以開吃了。

黎湘仔細瞧了瞧桌子，發現了一個非常不錯的細節。朱師傅在桌下的一面做出了和桌上一樣的齒輪縫，這塊圓盤取下來後直接可以安上去，也不用擔心放在桌上礙事占地方。

一張桌子一百五，這錢花得不虧。

「東家，朱師傅來了。」

聽到苗掌櫃的話，黎湘立刻下了樓，正好瞧見朱進寶和他堂兄在往樓裡搬桌子。這才短短幾日便已經做好五、六張桌子，效率挺高的。

「黎姑娘，聽說妳這幾日身體不適，現在可好些了？」

「煩勞朱大哥惦記，已經好得差不多啦。」

黎湘驗收了桌子後，帶著朱進寶去了爹娘的那間臥房，仔細和他說木床要求的尺寸還有衣櫃的大小，以及梳妝檯等等。

沒有女人會不想要梳妝檯的，她準備每間臥房都做一個，全都由自己掏腰包。朱進寶自然是喜不自勝，巴不得黎湘要的東西越多越好。

和朱進寶商量完後，黎湘馬不停蹄的又去查看了浴室和茅房的進展，盯完了還得去做手工穿紗簾。

這是準備掛在二樓和三樓的，之前有讓阿布他們幫忙，結果幾個男人摸壞了好幾處紗，黎湘便再也不敢指望他們了，一直忙到下午才從酒樓出來。

平時從家裡出來，因著是大白天，路上行人眾多，她也沒多想什麼，幾乎都是一個人來來回回。

可今日她走了沒多遠就感覺身後有人在跟著自己，離得還不遠，那視線盯得她心裡毛毛的。好在這是大街上，人也還多，她直接看了兩個攤子，買了兩包糕點就準備回酒樓。

就算現在是大白天她也不敢冒險，因為回去乘筏子的時候還要走過一條巷子，誰知道正跟著自己的人是好是壞？酒樓裡好歹有姜櫚他們一堆男人在，等會兒再讓他們送送，應該沒事。

黎湘假裝什麼都沒有發現的樣子正要轉身，突然就聽到了伍乘風的聲音，簡直如及時雨一般。

「湘丫頭，這麼巧啊，妳要回去了？」

「四哥啊，這麼巧，你又出來逛街了？」

見他一本正經點頭的樣子，黎湘真是想笑得很，莫名有些可愛。

「我猜四哥你應該也要回去了對吧。」

「是……我也正準備回去呢，沒什麼想買的。」說完伍乘風自己都覺得有些不好意思，趕緊轉移了話題。「要不要買點糖葫蘆回去，妳今天應該還要喝藥？」

黎湘在意著那可能跟在身後的人，哪還有心情繼續逛街，搖搖頭拒絕了。

「今日不喝藥啦，我都好了，四哥走吧，跟我回鋪子嚐嚐我家的新品。」

「新品？豆花？那個好吃，走走走。」

伍乘風擋在黎湘身後，讓她走在前面。也不知道是不是心理作用，有人在身邊了，黎湘便再沒感受到後頭有人跟蹤了。

兩人結伴同行，到鋪子裡的時候正趕上一鍋豆花出鍋。這倒沒什麼奇怪的，奇怪的是廚房裡的桌子上多了好些個食盒。

「這些食盒是誰的？」

「師父回來啦！這些食盒都是客人的，都是嚐過後又回來買的，說是要帶上一碗回去給長輩嚐嚐新鮮。」

桃子一邊解釋，一邊將豆花舀出來裝到食盒裡的碗裡。

「師父，這兩日鋪子裡來的都是吃豆花的客人，麵和飯食都沒有幾個人吃。」

「沒事，也就吃個新鮮，哪裡會有人頓頓都吃豆花的。」

黎湘幫著一起將食盒裝好送了出去，一掀開簾子，黎江便看到了伍乘風。

「四娃怎麼沒去睡覺，這是肚子餓了來的？」

「睡了一上午都睡夠了……」

伍乘風總覺得大江叔今日跟他說話少了點什麼，好像，是少了點慈愛的感覺？以前大江叔瞧見他可是高興得很，今日有些怪怪的。

他也知道自己最近來得勤了些，那也沒辦法，聽說湘丫頭生病了，他心裡就老掛念著，不來看一眼心裡不踏實。于府那邊給了通知，等黎家鋪子搬到久福那邊後就不用再繼續守了，到時候師父必定會趕在年前接一趟鏢，一去又是一、兩個月，想看都看不到人了。趁現在還在跟前呢，多來見見面，好歹讓湘丫頭多記著他些好。

「四哥，你是吃豆花，還是等等吃豆腐？」

伍乘風一頭霧水，什麼是豆腐？豆花都才吃個新鮮呢，這又冒出個豆腐來。

「我等等吧，吃豆腐。」

能多坐一會兒也是好的，當然，他很有眼色的去接了關氏燒火的活兒，哪能光吃飯不幹活呢。

關氏如今是丈母娘看女婿，越看他就越滿意。四娃對女兒上心不說，幹活從不偷懶，能擺脫伍家人看來也不是個笨的，實在是好。

先讓他們這麼處著吧，看著真是叫人開心。

「湘兒，妳那天做的豆腐……味道不如豆花好吃，妳還做它幹啥？」

黎湘想到那日豆腐滷過後綿糾糾的口感，頓時一陣惡寒。

「那是不小心壓太久了，味道才不好吃，今日做點嫩豆腐，炒個新鮮的菜，娘妳到時候嚐嚐就知道了。」

鍋裡的豆花都是賣客人的，黎湘便另外燒了一鍋豆漿，弄好後直接舀進了做豆腐的木框裡。這回有大小正好的木板壓著，上面放塊石頭就行。

壓上兩刻鐘，水噹噹的嫩豆腐就壓好可以切出來了。

麻婆豆腐是川渝的一道名菜，黎湘這個愛吃肉的人都對這道菜十分喜愛。想想自從得了胃癌後，辣的東西就再沒吃過，這道麻婆豆腐也是，好久沒在她的餐桌出現過。

「師父，這豆花壓一壓彷彿變硬了耶。」

鍋裡的豆花舀起來那是一碰就碎，哪像這豆腐，師父拿在手上來來回回切都沒有爛，實在神奇。

「妳壓久一些，變化更大呢。另外一板豆腐不要動它，就這麼壓著，晚上給妳們做好吃的消夜。」

話音剛落就聽到杏子嚥口水的聲音。

「沒出息的丫頭，做妳的豆花去。」

黎湘好幾日沒下過廚了，今日又弄了豆腐，乾脆燜上了粟米飯，又熬了個紫菜排骨湯，然後才開始炒菜。

切好的嫩豆腐塊要焯水去去腥，吃起來味道才會更佳。

她把鍋裡焯好的豆腐都撈起來後，刷乾淨鍋子，倒油下豆瓣醬，這豆瓣醬是她用買回來的豆醬加自製辣椒醬調的，炒起來很香，就是辣味有些重，每次炒的時候都要被薰上一回，真是無比想念有抽油煙機的時候。

「四哥，火稍微小點。」

黎湘和了和鍋裡的豆瓣醬，炒香了才將豆腐放下去，豆腐放下去就不要翻炒了，否則就鐵鐽子那一個來回，豆腐都得全碎，直接加水沒過豆腐塊，再加點鹽、大蒜碎和醬油、花椒粉，喜歡吃酸的還可以加點醋。

「師父……這是炒菜？」

一鍋水煮豆腐，那味道能好吃嗎？

「膚淺，還沒出鍋呢。」

黎湘去櫃子裡抓了點藕粉出來和了水，這才是麻婆豆腐的靈魂，沒有它，這就是一鍋水煮豆腐。

等鍋裡的豆腐被煮得咕嚕嚕冒泡時，澱粉水再倒進去，小心攪幾下收汁，水煮豆腐立刻變得黏稠起來。

香噴噴的一大盤豆腐出了鍋，再撒上一點香蔥，光聞著味兒都能吃下一碗飯。

黎湘又炒了兩個青菜和三個肉菜，差不多就齊活了。

她做完了菜，鋪子裡也打了烊，一家子洗洗手剛坐上桌，才吃兩口就聽到後門有人敲門。

「誰呀？」

「黎家當家的能出來下嗎？有要事。」

是道聲音很尖細的男聲，這聲音黎湘一般都是在某些宮廷劇裡才會聽到。

「爹我去？」

的。

「不，妳吃飯，我去。」

黎江戀戀不捨的吃下一勺豆腐，又扒了一口飯，這才起身去後門。開了後門，哪怕是天暗暗的都能看出外面那人一身的錦袍，一看就是大富人家家裡出來的。

「我就是店鋪老闆黎江，不知找我有什麼要緊事？」

「黎老闆啊，是這樣，我家主子今日嚐過一碗你店裡的豆花，聽說是用黃豆做的素食對吧？確定是素食？」

「是是是。」黎江知道有些大戶人家不吃葷只吃素，立刻保證道：「只用了黃豆和水，絕對的素食。」

那人聽完點點頭，一副很滿意的樣子。

「那就好。明日午時我家主子在玄女廟靜候，有事相商，望黎老闆準時前去。」

「啊？」黎江聽得滿臉都是問號。

「我要忙店裡頭的生意呢，沒空去。你家主子有什麼事要麼自己來店裡談，要麼跟你說了讓你來談，總之我不能去。」

玄女廟那麼遠，人家叫他去就去啊，他又不是傻子。

「不好意思啊，我還要吃飯，沒事就請自便吧。」

黎江理都沒理外頭那呆愣的男人，轉身回了廚房。

「爹，是誰呀？」

「穿得挺富貴沒見過的人，莫名其妙，來了也不報家門，就問了豆腐是不是素食，又說他主子明日在玄女廟等我，有事情商量，我哪有空去？」

有這時間還不如多吃兩口豆腐，真是的，耽誤他吃飯。

誒，女兒這手藝真是吃一回感動一回，原以為豆花就已經夠好吃了，沒想到豆腐更香更好吃，實在太下飯了，他今天應該能吃四碗飯！

黎湘無言。「……」

穿著富貴，還問素食，玄女廟……

「你們先吃，我有點事！」

她放下碗便跑了出去，伍乘風下意識的也跟著她一起，兩人跑出巷道，一眼就看到那正要上馬車的「富貴人」。

「大叔等一下！」

臭著個臉的餘生聽到這個稱呼，那臉就更黑了，絲毫沒有停頓，直接叫馬夫駕車。

黎湘眼見著馬車就要從面前過去，立刻喊了一聲。

「我是黎家做豆花的！」

豆花兩字瞬間戳中了餘生的心神。

「停車！」

餘生從車上跳下來，走到兩人面前，想著剛剛說話的是個女聲。

「是妳？妳就是黎家做出豆花的人？」

「正是，方才和你談話的正是家父，不知大叔你，家主是誰？」

黎湘眼一眨不眨的盯著他，一定要聽到對方報出來歷。

做買賣嘛，自然是要光明磊落坦坦蕩蕩，若是糊裡糊塗的，誰有膽子去玄女廟那麼遠的地方做什麼買賣。

「我家主子，乃是玄女廟住持靜慈師太。」

黎湘不知道什麼靜慈師太，不過既然人家說了，明日稍微打聽打聽就是。

嗯？不過一個師太，為什麼會有這樣的下人……奇奇怪怪。

餘生見黎湘聽到自家主子的名號居然一點反應都沒有，著實有些詫異，這年頭城裡還有不知道玄女廟的人？

「黎姑娘，還是那句話，我家主子明日會在玄女廟靜候，妳若是能做豆花的主，那便上山就是。」

說完他便轉身上了馬車，連個眼神都沒留給兩人。

叫什麼大叔，沒眼色！

黎湘無語。「……」

伍乘風見馬車已經走遠了，這才開始和黎湘說起玄女廟的事。

「玄女廟住持靜慈師太在城裡挺有名氣的，那些官家商家的太太時不時的便會上山祈福，經常會有人去拜見她。」

「拜見？官家太太也會去拜見她？她身分很高嗎？」

「嗯，她是先王那麼多妹妹裡唯一一個存活至今的，當年還有封號呢，只是我忘了叫啥了，只記得她下嫁到陵安後和丈夫一生無子，後來送走丈夫後便直接上山出家，最後就成了住持。」

黎湘若有所思，一個住持找上自家，還明顯是為了豆花而來，她心裡是有一點點的猜想的。

「四哥你知道的真多。」

伍乘風有些不好意思。

「上回出去走鏢，正好在玄女山下歇了一晚上，聽鏢局裡的那些兄弟們說的。那靜慈師太在城裡挺有名氣，去見一面倒也無妨。妳要去嗎？我明日可以陪妳一道上山。」

黎湘轉頭定定的看著他，突然笑著推了他一把。

「先回去吃飯吧，這事還要跟家裡商量的。」

兩人回到家裡，重新坐回桌上，一桌子人目光都在他倆身上來回打量，饒是黎湘臉皮夠厚，都有些熱了起來，趕緊說起正事打破氣氛。

「爹，剛剛來找你的那人是玄女廟住持的手下，有事相談的也是玄女廟的住持，所以，我想著，明日可以去玄女山一趟。」

「去玄女山？有點遠啊，一定要去嗎？她一個住持找咱家做什麼？想讓咱們去廟裡做豆花？」

黎江覺得不太行，那麼遠，誰顧得上來。

「應該不是讓咱們去廟裡做豆花。」

極有可能是想跟他們買下做豆花的方子，為廟裡添一樣齋菜，蔬菜菌菇吃多了，一碗嫩滑的豆花肯定更受歡迎。

若是別人有這意思，黎湘大概會想都不想的拒絕，畢竟豆花自家才剛推出，就算要推廣美食，她也不會在剛出來這會兒把方子賣掉。

「爹，明日我和娘一起去趟玄女廟吧，娘不總說要去玄女廟拜拜上香嗎？正好，我去談事，娘去上香。」

關氏立刻就應了。

「是是是，早就該去拜拜的。」

「那我也一起去吧，就妳們兩個，我不放心。」

可黎江若不在，鋪子裡幾乎就算是半關門了，除了關翠兒會算一點小帳，桃子杏子是完全應付不過來的。

「姑父，今日好多人都說明日還要來買豆花呢，這鋪子不能休息吧？」

「這……」

黎江知道鋪子生意重要，但媳婦女兒更重要，他正要開口說明日休息一日，就聽到四娃突然開口道：「大江叔，要不這樣，明日我和我師父陪著嬸兒和湘丫頭一起去，本來我們就是負責保護妳們安全的。」

「可是你們不是還要守夜嗎？」

「這沒什麼的，晚上我和師父輪流睡會兒就是，再說之前出去走鏢，兩天兩夜沒合過眼都有，一點都不累。」

黎湘心裡默默念了聲騙子，兩天兩夜不睡覺怎麼可能會不累？這小可憐還真是招人疼。

「爹，鋪子裡的生意不好耽誤，就讓四哥和他師父明日和我們一起去吧，柴鏢頭的身手好著呢，有他在你還不放心啊？」

「放心倒是放心。」

十個自己都打不過柴鏢頭，他跟著一起，肯定比自己去有用得多。女兒主意都定了，他也沒什麼好說的了，於是這事便這麼定了下來。

伍乘風回去把這事一說，柴鏢頭當場就笑出了聲。

「好哇你小子，學會給我攬私活了。」

「這怎麼能叫攬私活，保護黎家安全不是咱們本來就接的任務嗎？師父明日一起去吧，湘丫頭做的豆花可好吃了。」

柴鏢頭輕輕踹了他一腳。「別以為我看不出你那點心思。仗著我就你這一個徒弟，你就使勁作吧，哪天我再收一個去。」

「再收一個，那我也是大師兄。」

伍乘風明白師父這是應了，開心得很。

「你也就這幾日快活日子了，再過半月，咱們得往裕州走趟鏢，運氣好還能回來過年，運氣不好……」過年就得在路上。

「師父你已經接鏢了?!」

「嗯哼……」

伍乘風的快樂頓時飛得無影無蹤。

第二天一早，伍乘風師徒倆趕在黎家鋪子剛開門的時候就來了。

黎湘瞧著柴鏢頭倒好，精神十足，一連吃了兩碗餃子。伍乘風卻是沒精打采的，只吃了半碗便有些吃不下了，這是沒睡好？

這會兒鋪子裡頭人漸漸多了，她也不好多問，只好趕緊吃了早飯和娘一起出門，剛走出鋪子就看到柴鏢頭和伍乘風駕著一輛馬車過來。

「湘丫頭來，上車。」

黎湘都愣了。

「不是走水路嗎？這馬車哪兒來的？」

柴鏢頭可不是那種幹好事不留名的人，立刻解釋道：「走水路稍微快點，但下竹筏後還要走很長的路才能到山腳，不如坐馬車直接到山腳輕鬆，這不，乘風這小子非拉著我去找鏢局借了這輛馬車出來。」

伍乘風無言。「……」

明明說好不講的。

關氏看了女兒一眼，笑咪咪的先扶著四娃的手上了馬車。娘都上去了，黎湘自然也跟著一起。

「四哥你是不是沒睡好？」

「啊？沒有啊。」

伍乘風還沒有反應過來。

柴鏢頭一邊駕著馬車一邊替徒弟解釋道：「他那不是沒睡好，他是心裡有事。」說著便「順口」提了提再過大半月就又要出去走鏢的事情。

「那年前能回來嗎？」

黎湘心裡也跟著悶悶的。他才多大啊，就要天南地北的跑，幹的還是高風險的職業。

「不好說。這趟我們去的是裕州，一半走水路不遠，但是那邊天氣不好，這時候那邊都已經開始下雪了，等我們過去還不知道是個什麼情況。若是回來的時候天氣太冷河道結冰，那就沒法子，只能等到冰化才能回來。」

等冰化估摸著得耽擱到三月了，伍乘風也正是因此心裡才格外有些難受。

黎湘總算明白他早上為何是那副樣子了。眼看還有一個多月就要過年，卻得跟著師父押鏢出去，還不知道什麼時候才能回來。

裕州很冷啊，自己要不要給他做點東西帶去呢？

她在一旁琢磨著事情，關氏也不吵她，撩著簾子好奇的打量著一路的景色。這馬車坐著就是比騾車舒服，顛得人昏昏欲睡，黎湘起得早，這會兒犯了睏，乾脆趴在娘的膝頭小憩了一會兒。

也不知道過了多久，睡得她腰痠背痛正難受，馬車突然停了下來。

「乘風，去前頭瞧瞧出了什麼事。」

「嗯！」

馬車抖了一下，伍乘風跳下了車，黎湘掀開車簾四下瞧了瞧，發現這條路不是很寬，並排最多能行兩輛馬車，前面已經堵了，只看得見一輛車屁股。

「師父，前面有輛馬車斷了車轅，這會兒正在修，要耽擱一會兒了。」

「能修好就行，耽擱一會兒也沒事。不過，知道是誰家的馬車嗎？感覺周圍有點太安靜了，一點抱怨聲都沒有。」

不正常。

「是知州家的馬車呢，誰敢抱怨。」
伍乘風走到馬車一側，叫了黎湘一聲。
「湘丫頭，這會兒前面堵著走不了，要不要下來透透氣？坐這麼久挺難受的。」
黎湘正有此意，顛了一路，骨頭都快散了。
「娘一起下車去嗎？」
關氏搖搖頭，她還是喜歡待在車裡。
「妳自己去吧，別走遠了。」
黎湘點點頭，撩開簾子跳了下去。
這裡應該離玄女山很近了，又或者就是玄女山山下？滿目皆是鬱鬱蔥蔥的樹木，環境十分清幽。
只是這份清幽很快叫人打破了。
隔著幾輛馬車，兩人都聽到前面突然吵鬧起來，驚呼聲、哭喊聲，亂成一團。
黎湘不想去湊熱鬧的，結果剛準備返回馬車就聽說是一個小孩子吃果脯的時候被噎住，眼看就要不行了。人命關天的事，容不得人猶豫。
「湘丫頭妳去幹麼？」
「我去看看！」
黎湘提著裙襬從馬車中間穿過去跑到最前面，此時前面已經圍成了一團，她只能直接擠進去。好在那些夫人小姐要注意儀態，見她擠過來都紛紛讓開了。

「什麼人啊，不知禮數。」

伍乘風也跟著擠了進去。他人高，一眼就看到被噎住的是個大概才三歲左右的小女孩，臉已經憋得青紫了，十分嚇人。

「快去找郎中啊！」

抱著小女孩的年輕婦人急得近乎暈厥，可在這樣偏僻的地方，等找到郎中來，小女孩大概也不行了。

「把孩子給我，快！」

黎湘直接上手去搶孩子，那婦人沒什麼力氣，但她的僕婦凶得很，一把將黎湘給推開了，好在伍乘風在她身後扶住了她。

「妳再敢動手試試？」

「是她要搶我們家蘊姐兒！」

「妳沒看見她都快斷氣了嗎！把孩子給我，我有辦法救她！」

黎湘知道自己這話說得太滿，可是也只有這樣斬釘截鐵的話才能讓那婦人對她產生信任，願意將孩子交給她，孩子是最拖不起的。

她的這一句話叫那婦人頓時看到了一絲希望，立刻將女兒交到了她的手上。

這話說太快，伍乘風想攔都沒攔住，到底是一條人命，興許湘丫頭真有什麼法子也不一定吧。

黎湘直接讓娃趴在自己的腿上，用手掌根朝著她肩胛骨中間的位置連續拍打。興許是那塊果脯卡得不甚牢，黎湘才拍到第五下，一塊青綠色的果脯便從小女孩嘴裡咳了出來。

沒了這東西卡在喉嚨，小女孩急速的喘了兩口氣便哇的一聲立刻哭了起來，大概也是嚇壞了，黎湘趕緊將她還給了她娘，在她娘懷裡會安心些。

「謝謝這位姑娘！謝謝！」

那婦人急著安慰孩子，道了謝又去哄著娃。黎湘扯著伍乘風從人群裡退了出來，髮辮都有些散了。

「湘兒！妳這是幹什麼去了？」

關氏在外面看不到情況，急得不行，上前幫女兒理了理頭髮和衣裳，拽著她上了馬車。

「妳給我老老實實的待在馬車裡，哪兒也不許去。」

「是是是，哪兒也不去了。」

黎湘看了下窗外，鬆了一口氣。剛剛真的太衝動了，幸好是救了回來，若是沒救回來，只怕這下很難脫身，還要連累一家子。這會兒心裡頭虛得不行，她整個人都軟了。

「四哥，還有多久到玄女山啊？」

「快了，只要路一通，大概兩刻鐘左右就能到。」

兩人剛說完話，就瞧見前頭的馬車動了，柴鏢頭鞭子一揮，跟了上去。

最前面的那輛馬車裡一直哭鬧的小女孩大概是哭累了，抽抽噎噎的靠在她娘懷裡睡著了。

「夫人，讓奴婢來抱吧，您這病才剛好，等下還要上山，可是要勞累一番的。」

殷氏點點頭，將孩子交給了奶娘。

「方才當真驚險，日後果脯、豆子之類的東西一樣都不許出現在蘊姐兒跟前。」

「奴婢明白。」

「還有，方才可有注意到那位救了蘊姐兒的姑娘是上了何家馬車？先前只顧著蘊姐兒，都沒有好好道謝，實在失禮，得登門致謝才是。」

婦人精神有些不濟，交代了外頭的丫鬟一會兒去好好打聽後便靠在車上睡著了。

兩刻鐘後，馬車都在玄女山下停了下來，黎湘看著那長長一坡石梯，簡直絕望。

「我們就這麼爬上去？」這至少得爬半個時辰吧！

柴鏢頭一臉看好戲的表情。

「玄女山是不允許出現轎輦的，為表心中虔誠，需得自己一步一步走上去。」

關氏還從來沒有見過這樣長的石梯，她倒有些躍躍欲試。

「聽說經常上玄女山拜福祈禱很靈的，尤其是身體健康，湘兒咱們走吧。」

黎湘無言。「……」

這麼長的石梯，來來回回多爬幾次，那身體能不好嗎？

「走吧走吧。」

三個人跟著上山的人流，慢慢開始往上爬。柴鏢頭藉口要看著馬車沒有跟著上去，給了小徒弟足夠的表現機會。

關氏身體差，爬到一半就累得腿直抖，幾乎是走個十來階就要歇上一刻鐘，伍乘風想揹她，被她拒絕了。

「這山啊，得自己上去，四娃你扶著我些就好。」

伍乘風勸不動她，也只好這樣了。

三個人爬了足足一個時辰才到了玄女廟，黎湘都不敢往身後看，隨便找了塊乾淨的石頭就坐下去直喘氣。關氏也是，出了一身的汗，口乾舌燥、兩眼發黑。只有伍乘風，只是臉色微微有些發紅，都不見喘。

「各位香客喝杯水吧。」

廟前一直有人在煮水，看到有人上了山便會送出來，黎湘一連喝了三杯才解了渴，正想找個小尼通報通報，就見昨日傍晚來家裡的那個男人叫了個尼姑過來帶他們。

「黎姑娘，你們跟著圓寧進去就行，她會帶你們去見住持的。」

「嗯？你不進去嗎？」

餘生搖搖頭，沒再說什麼，轉身走了。

黎湘好一會兒才反應過來，他應當是個公公，難道廟裡不許這類人進去？

「黎姑娘，這邊請。」

「好的，好的，娘？走啊？」

關氏突然心裡頭虛得很，那什麼靜慈師太的是個大人物，她怕跟著女兒一起去見人會給女兒丟人。

「湘兒，我就不去了，我本來就是來給玄女娘娘上香的，一會兒你們談好了事，咱們在門口會合就是。」

黎湘見她那十分不自在的模樣，懂了，算了，現在還沒見就不自在，等下見了更難受。

「那讓四哥陪著妳，我一會兒談完事情就在門口等你們。」

伍乘風一口應下，三人便在門口分開了。

圓寧帶著黎湘左拐右拐的繞了幾座小殿，最後穿過一片竹林，在一棟臨水的竹屋外停了下來。

「師太，黎家姑娘來了。」

「請進……」

是道很溫和的聲音，還沒見到人，黎湘便對這靜慈師太有了些許好感。

「黎姑娘，妳進去吧，師太在裡頭等妳。」

「多謝圓寧師父帶路。」

她推開門瞧了下，沒有看到人。

「往右進來。」

循著聲音找過去，黎湘這才見到了傳說中的靜慈師太。和別的小尼一樣，她也是剃光了頭的，但美人哪怕是剃了光頭也還是美。

瞧著她只有三十來歲的樣子，遠山清眉，看見她那雙眼，整個人都能沈靜下來，黎湘一時都忘了和她見禮。

「黎姑娘，過來坐。」

黎湘回過神，有些不好意思的坐到了她的對面。這棟竹屋臨水而建，此時她們坐的位置三面開窗，有山有水有綠蔭，再有一杯清茶。

「師太好雅致。」

「不過是閒來無事罷了，黎姑娘，今日貧尼請妳來呢，是想和妳談談豆花的事情。」

靜慈不喜歡拐彎抹角，直接開門見山道：「貧尼想買妳製豆花的方子。」

說到豆花，她下意識的又嚥了嚥口水，趕緊喝了口茶掩飾過去。

山上清苦，廟裡的小丫頭們日日都是吃些素麵、菌菇、青菜，昨日吃了從山下帶回來的豆花，那幾個丫頭高興得跟過年似的，瞧著可憐巴巴的叫人心酸。

不可否認的是那豆花真香真好吃，若是放到齋菜裡，定然又是一道極為受歡迎的菜式，而且那豆花做出來，白嫩漂亮，實在太適合做齋菜了。

當然，也有一小部分原因是她自己也饞了，若是不買下來，日後想吃還要下山去買，實在費勁，左右她也不缺什麼銀錢，所以才動了買方子的心思。

「價錢嘛，黎姑娘只管開就是。」

一談錢，這屋子裡的氣氛立刻就少了幾分佛性。

黎湘沒有說賣也沒說不賣，考慮了一會兒才問道：「師太能保證這方子若是賣給你們，以後只在廟中使用嗎？」

「這是自然，黎姑娘若是不放心的話，貧尼可以簽契保證。」

靜慈師太說著話，起身便拿了竹簡和筆墨來，效率非常。

黎湘無言。「……」

價錢還沒談妥呢，就準備要簽契約了，她真是看走了眼，方才還覺得師太是個溫和淡然的人，明明這位靜慈師太就是個急性子。

「哎，黎姑娘妳看看？」

竹簡上寫滿了字，黎湘倒是幾乎都認得。靜慈師太言明只要黎湘將製豆花的方子教給了玄女廟，便絕不外授，否則罰賠五千……銀貝?!

太有錢了！

黎湘將竹簡放了回去。

「靜慈師太，既然您這麼有誠意，那我也不兜圈子，兩個賣法，您聽聽看。」

「兩個賣法？說來聽聽。」

「第一呢，五百銀貝，豆花的方子賣給您，咱們銀貨兩訖。第二嘛，還是五百銀貝，豆花的方子賣給您，連同它延伸出來的各種菜品，一起教會，每月還會幫忙出一道新的齋菜。」

靜慈輕輕敲了敲桌子。「第二個法子，是有何要求？」

「自然，要求便是在為香客介紹齋菜的時候，菜名前得冠上『黎記』兩字。」

玄女廟這樣的大廟，來來往往的夫人小姐不少，名氣也大，若是有它做宣傳……嘿嘿，互惠互利嘛。

靜慈師太很是沈默了一會兒，說實在五百銀貝對她來說並不算多，直接買下就是，但這丫頭說的第二種賣法實在有些叫她心癢癢。

豆花還能有什麼延伸的菜品？每月還替廟裡出一道新的齋菜？好大的口氣，這可是廚房小尼們最頭疼的事情。

「光說可不行，黎姑娘，貧尼得驗菜。」

黎湘眉眼彎彎，笑得很自信。

「那就麻煩師太帶路去廚房了。」

靜慈很快帶著黎湘去了廟裡的廚房。

這會兒臨近中午，已經有尼姑開始在做飯了，中午做的應該是粥，剛剛才洗過米。

黎湘打量了下廚房，乾淨整潔又敞亮，都是些愛乾淨的姑娘。

「黎姑娘，廚房裡的東西妳儘管用，只要妳能做出兩道玄女廟沒有的齋菜，味道又不錯的話，咱們就選第二種買法。」

只是兩種而已，小意思。

黎湘先去問了如今廟裡都有哪些齋菜，問完心裡便有數了。

她到存放食材的地方逛了一圈，挑了需要的胡蘿蔔和幾樣菌菇，還有一把香椿，她心想著也不用做多複雜，和一盆麵就能把兩樣新的齋菜做出來。

「師姐，她是要做麵片湯嗎？」

「瞧著有些像。」

幾個小尼姑圍在一起嘰嘰喳喳的討論著，靜慈坐在一旁時不時的看上兩眼，覺得沒什麼稀奇的，平日時廚房裡的小尼姑都是這麼做的，捏麵團子嘛，她也會。

黎湘彷彿聽不到周圍的聲音一樣，揉好麵團後放到一旁醒一醒，轉身開始切胡蘿蔔和菌菇。

餃子有肉餡的也有素餡的，光是這素餡，她就能調出幾十樣，每月一道新品，當真不是什麼難事。

廚房裡頭慢慢都安靜了下來，她們都盯著黎湘手上的動作，看著她將一堆胡蘿蔔和蘑菇剁碎、加了一堆調料進去，手快得她們根本記不住。還有那麵團子，被她搓搓搓的變成了長條又切成一小坨，只看見她拿著碗沿滾了滾，一隻手轉了轉，一坨坨麵團子就成了薄薄一層麵皮。

太厲害了！

「住持，這位黎姑娘做菜好像很厲害啊！」

靜慈點點頭，她也瞧出來了，難怪說起每月一道新齋菜她那麼自信，原來果真手藝不凡。

光看她這些俐落的手法，就知道該買的是第二種，不知道她這做的是什麼，又是什麼味道呢……

兩刻鐘後，黎湘包完了手裡的所有餃子，又去扯了一坨麵出來。這回她沒切小劑子，直接揉了揉，灑上一點麵粉將它擀開。別的都好，就是這廚房沒有擀麵棒，得用瓶子或者碗做起東西來有些費勁。

擀好一張大皮後，抹上一層菜油，撒上之前就切好的香椿再捲起來，盤好後重新擀開，直接上熱鍋裡頭去烙。喜歡油多的也可以抹點油在鍋裡，不過廟裡的話，應該還是以清淡為主。

黎湘一邊烙著素食版的蔥油餅——香椿油餅，一邊在鍋裡燒開水下餃子。

兩邊幾乎同時完工。

都做好了，她才調了一碗餃子的蘸料，一點香醋一點醬油就成，簡簡單單更能吃出素餡的鮮美。

「師太，這個是素餡餃子，這個是香椿油餅。您也瞧見了，都是用廚房裡的食材，絕對沒有葷腥。」

一旁的小尼姑立刻遞上了住持的專屬碗筷。

靜慈在兩道菜上看來看去，最後先挾了一塊香椿油餅。因為這東西太香了，那被烘烤過的麵香還有一陣陣香椿味，一個勁兒的往她鼻子裡頭鑽。

咯吱一聲脆響，香椿油餅被咬了一個豁口，靜慈吃得眼睛都瞇起來了。

太好吃了！

外頭的麵皮應該只加了一點點鹽，她這清淡口吃著正好，那酥脆的口感真是叫人無法不喜愛。裡頭加了香椿，又軟又香，就是吃一大口有點噎得慌，要是有碗湯就好了。

黎湘轉頭舀了一碗煮餃子的麵湯遞過去，靜慈喝著湯，直接將小半張香椿油餅吃完了。

吃完香椿油餅和那碗麵湯，她又挾了一個餃子，什麼都沒沾，先咬了一口。

「嗯！好鮮啊！」

胡蘿蔔的甜和蘑菇的鮮交織在一起，裡頭不知道還放了什麼東西，吃起來還有點油水，但這油水一點都不膩，和著餃子皮吃正正好。

最重要的是這一口下去的滿足感，滿滿一大口，吃完餃子她是真吃不下任何東西了。

「師太若是覺得這餃子略大了些也不要緊，可以把皮擀小一點，做得玲瓏些。」

「好好好。」

靜慈將剩下的香椿油餅和餃子都分發了下去，然後迫不及待的便拉著黎湘去簽約。

才五百銀貝，太值了！

第二十六章

黎湘再從竹屋出來的時候，身上多了份契簡，還有一個裝著五百銀貝的小包裹。為免走起路來叮叮噹噹的引人矚目，靜慈還特地分開一些裝，用布包好放進去。

兩人說好了，從明日起由山上派兩名小尼姑去她鋪子裡學習做豆花的手藝，等學成後再另外開始教授三道豆製品的菜式，至於每月一道新的齋菜則挪到月底教授。

因為黎湘最近實在太忙了，靜慈倒也好說話，依著她改了時間。

事情談完了，依舊是那位圓寧小尼帶著黎湘出去。

這會兒關氏早就拜完了玄女娘娘，和伍乘風在廟外等著，喝了一杯又一杯的水，肚子都餓了。

「嬸兒，我習慣出門帶乾糧，這塊粟米餅妳吃了吧？」

「不不，我不餓，四娃你餓了自己吃。」

伍乘風勸了幾回她都不肯接，只好又放了回去。

「興許湘丫頭餓了，一會兒給她吃。」

關氏心頭一動，側頭看著身旁比自己高了一個頭的四娃，突然問了他一句。「四娃，你喜歡什麼樣的姑娘？」

這個問題……伍乘風斟酌了又斟酌才答道：「喜歡孝順爹娘的、會做飯的。」別的也不敢說多了，怕她覺得自己要求太多。就這兩條件，聽上去不只黎湘，其實大多姑娘都是夠格的。

關氏又問：「你打算多大成親啊？」

伍乘風如今都已經十七歲了，按說已經可以成親，可是黎湘才十四呢，他自然不能表現出自己很著急的想法。

「嬸兒，我現在還不想成親呢，打算先好好幹，攢攢錢，過個三、四年再說吧。」

「是，成親太早沒什麼用，家都顧不過來。」

關氏心裡又添了分滿意。

「那你介意招贅嗎？」

伍乘風激動的一抖，嬸兒這是終於在考慮他了嗎?!

「我……」

「娘！我事情辦完啦！」

黎湘小跑出來，滿面春風，伍乘風只能讓到嘴的話又嚥了回去。

「辦好咱們就回吧，這時候也不早了，山下好像有賣吃食的，咱們先下山吃些東西。」

關氏自然是沒意見的，扶著欄杆便往山下走，結果也不知怎麼腿一直抖個不停，好幾次都差點摔下去，下山不同於上山，讓人揹也不會顯得燒香沒有誠意，伍乘風堅持，黎湘也在一旁勸著，闞氏只好厚著臉皮讓他揹下了山。

畢竟從石梯上摔下去可不是什麼小事，為小命著想，丟臉就丟臉吧。

上山花了一個時辰，下山也就走了兩刻鐘左右，三個人走到停靠馬車的地方，沒瞧見柴鏢頭，四下一看才發現他正在一家粥鋪子呼啦啦的喝著粥，吃得正香。

伍乘風無言。「……」

師父可真是舒坦。

「湘丫頭，咱們也過去吃點吧，一會兒路上要好久呢。」

「嗯嗯。」

三個人都坐到了柴鏢頭的那桌，嚇了他一跳。

「喲！你們下山啦，事情談得如何了？」

「都談好啦，柴鏢頭你點的什麼菜，好不好吃？」

桌上就剩三個空盤子，啥也看不出來，柴鏢頭尷尬的笑了笑，轉頭喊了一聲老闆。

「這位客官是要結帳了嗎？一共三十銅貝。」

「你什麼眼力啊，沒看到來了幾位朋友嗎？去再上三碗熱粥、兩碟小魚乾、一盤炒雞蛋、一盤滷肉。」

「好咧！」

老闆一走，黎湘便疑惑問道：「這家也有賣滷肉？」

「當然，而且，他家的滷肉味道和你家的一模一樣，不過要貴一些，一盤子才三、四兩便要收十五銅貝。」

眾人一驚。「！」

所以，這家店是大量買進他們的滷味然後高價賣出？

來這玄女廟上香的多是富貴人家，十幾個銅貝的東西他們還真不在乎，這粥鋪的老闆還真是會做生意。

若是黎湘之前還只是猜測的話，那當她嚐到滷肉後就可以確定了，這就是自家滷出來的肉。

可真厲害，十八一斤人家買回來能翻倍賣，黎湘酸溜溜的又吃下了一大口。

最後一結帳，四個人吃了近六十銅貝。柴鏢頭要去付錢，讓黎湘給攔了下來，哪有人家來保護自己還要花錢的，今日可是賺了不少，該她請客才是。

付完錢後四人便坐上馬車返回城裡，到家的時候她正要上樓去存放銀錢，結果看到後門蘇娘子正在殺鴨子，那鴨毛飛了一地。

嗯？鴨毛？

她腦子裡又回想起在馬車上時，柴鏢頭說過陣子要去裕州，那邊很冷。

「蘇嫂子，這些鴨毛不要丟，先幫我撿起來吧，我有用。」

「好咧。」

黎湘起先是想做件羽絨服給伍乘風的，可是回到樓上仔細一想，那鴨絨就只有鴨子胸脯上的一塊毛，要是想做羽絨服，還得再收鴨毛回來弄，未免有些太過興師動眾，自己和他的關係還沒有到要送衣裳的程度，她又不會做衣裳，到時候花錢買一堆鴨絨回來還不是得讓娘來縫，這樣不好……

想了想，黎湘最後決定做個小東西送他就行了。羽絨服輕是輕，但情意太重，還是做副手套比較適合吧！大冬天的在外頭趕車，一副羽絨手套能讓雙手舒服很多呢。

第二天黎湘就和蘇娘子她們說了，日後店裡頭再殺鴨子，胸腹上的毛都不要扔掉，全都留起來。

蘇娘子她們疑惑歸疑惑，還是照做了，七天便收了小小一袋子。

「湘兒，妳收這東西做什麼？我說這幾日屋子裡什麼東西臭烘烘的，原來是這個，是要做毽子嗎？」

關氏瞧了瞧，發現袋子裡的鴨子毛和她見過的不太一樣，仔細一看才看出端倪。

「怎麼留這麼多軟毛？不對啊，做毽子這毛不行。」

「娘，我拿這些毛肯定是有用的嘛，妳別管了，到時候做好了拿給妳看。」

黎湘把裡頭一些混進去的粗硬羽毛挑了出來，打了盆熱水回來，加上皂角仔仔細細的將鴨絨輕輕搓洗一遍，反覆洗過三遍才洗乾淨，臭烘烘的味道沒了，散發著淡淡的皂角香氣。

洗完就得晾曬起來，不過這東西一乾就太輕了，容易被吹飛，所以她直接拿到廚房灶臺前，藉著灶口的熱風抓起來直接烘乾。

烘乾後還不能用，畢竟是跟著鴨子風裡雨裡屎裡滾過的東西，誰知道有沒有什麼病菌，還是要消消毒才行。

這個時代要消毒，也只能是上鍋蒸了，黎湘把一整袋鴨絨都丟到了蒸鍋裡，蒸上兩刻鐘取下來弄乾後繼續再蒸兩刻鐘，這樣就差不多了。

這一套流程處理起來真是麻煩得很，幸好不是做羽絨衣。

晚上，黎湘磨著爹在布上畫了印，又關上門讓表姊幫忙裁剪縫製，最後萬事俱備，只欠東風，由她親手塞鴨絨，等鴨絨都塞滿了，關翠兒才將手套縫合好，翻個面就完成了。

墨青色的大手套，一看就是送給男子的。

「哇！表妹，這個東西好暖和呀，我才套一會兒便覺得有些熱了。」

關翠兒驚訝極了，她這兩日看著表妹折騰那些鴨毛，還以為是做什麼好玩的，沒想到！

「表姊，妳還記得咱們鄉下養過的那些雞鴨吧，冬天天那麼冷，鴨子還敢下水呢，身上的毛肯定是大功臣，所以我就想著把牠們的毛洗乾淨塞到布裡試試看，沒想到居然成了！」

「哦？隨便試試就做好了這雙大手套？」關翠兒忍不住抱著枕頭悶聲笑起來。「我可是妳表姊，就這麼糊弄我呀？哈哈哈哈哈，唉呀笑死我了！」

要給伍乘風的就說要給他的嘛，編這一套瞎話。

黎湘悻悻的將手套放進了自己的箱子。

「我這叫禮尚往來。」吃了人家那麼多糖葫蘆，還個手套而已。

「是是是，妳說的對，我肯定保密。」

黎湘看著表姊那揶揄的笑臉百口莫辯，乾脆也不解釋了，再一次慶幸自己只是做了雙手套，沒有驚動爹娘。袋子裡還剩一些鴨絨，這幾日再攢攢，攢多了給爹做雙護膝。

爹他常年在水上捕魚，得了風濕腿，一到陰雨天便會疼，天太冷了也會疼，有雙羽絨護膝應該能舒服些。

她開始想著要做什麼樣式、選什麼顏色的布料，結果迷迷糊糊睡著了，隔天一忙，別說護膝了，箱子裡的手套都叫她忘在了腦後。

整整七日，從玄女廟來學廚的兩個師父才把黎湘教的豆花和豆腐給學好，有她們兩人在，鋪子裡只能用兩口鍋輪流做菜，忙得不可開交。

好在現在總算是學會了，她們也能回山上交差了，之後再見面就是月底了，那時候自家肯定搬到新酒樓裡去了，那邊寬敞，八個灶臺怎麼都夠用。

今日酒樓的招牌做好了，人家親自給送了過來，還幫姜憫他們將牌子掛到了樓上，那層紅布等重新開張那日便能揭了。

樓裡的桌凳已更換了大半，黎湘挑了不少好養活的綠植擺放在樓裡，讓酒樓有煥然一新的感覺。

「小妹，我剛去看了後頭妳弄的那個茅房和浴室，真是太方便實用了。妳這腦袋瓜真靈，還有沒有什麼別的奇思妙想，比如妳嫂子現在肚子慢慢大了，適合她用的東西？」

黎湘神秘一笑，賣了個關子。

「還真有，已經讓師傅在做了，得等幾日才行。」

「已經讓人在做了？好丫頭，難怪妳嫂子那麼疼妳。」

黎澤在懷裡掏了掏，拿出兩個小陶盒出來。

「這是妳嫂子昨日去芙蓉閣挑胭脂的時候買給妳的，知道妳喜歡素淨，挑的都是很淡雅的顏色。這是胭脂，這是口脂，小妹妳會用吧？」

「自然是會的。」

她的化妝品有一櫃子那麼多呢，生病那些日子，多虧了化妝品幫她調整氣色，讓她看起來沒有那麼的蒼白，和醜。

「大哥，替我謝謝大嫂，等過幾日東西做好了，我抽空到宅子裡去瞧瞧她。」

「行，那妳先忙著，我今日得和爹去趟府衙，將這戶籍名字和酒樓名字給改改。」

「好咧！」

改了名字的大哥才算是完完整整的歸來了，爹娘肯定高興得很。

黎湘心情也十分不錯，轉到後面廚房裡瞧了瞧，灶臺什麼的都砌得差不多了，最後再清理一遍擦擦乾淨就可以使用。朱家做的櫥櫃碗櫃也裝好了，明日該讓苗掌櫃去採買東西回來將它們填滿才是。

看著酒樓一點一點在自己手裡越來越完整，這種滿足感真是比她賺一百銀貝都要舒坦。

忙活了半日，到傍晚瞧見伍乘風到鋪子裡來吃飯時，黎湘才想起自己樓上還給他備了雙手套。

「四娃，今日想吃點啥？」

「大江叔，來碗酸湯麵吧。」

伍乘風一邊說著話，一邊看著後廚的簾子，遮得嚴嚴實實的，趁著大江叔去後廚的機會也只看到了小小一片衣角，有些失望。

很快，他點的酸湯麵來了。

剛扒了兩口，嗯？怎麼有肉絲？再扒兩口，底下又冒出個煎蛋來，他愣了愣還沒反應過來呢，瞧見大江叔走過來了，趕緊將雞蛋壓進了麵裡。

是湘丫頭做給他的！

少年頓時滿足了，十分不捨的將這一碗麵給吃下肚，吃完也沒走，總想著和她再說上幾句話。眼瞧著要離開的日子越來越近，心裡總是很捨不得。

蹲了一會兒，沒想到還真叫他蹲到了人。

黎湘也不想出來的，可這傢伙不走，外頭蘇嫂子每次進廚房看著她都是欲言又止的樣子，表姊出來一趟後進去也是那副模樣，都不用說，直接把「外頭有人等妳」寫在臉上了。

廚房裡氣氛怪怪的，待著怪不自在，她索性休息一下，正好將手套拿給這傢伙。
「哎，這是送你的手套，多謝四哥這些日子一直照顧我、幫我。」
「手套？」
伍乘風接過東西，輕飄飄的沒什麼重量，聽著像是套手上的，他直接試了試。剛戴上幾息功夫便能感覺到手指迅速暖和起來，他驚呆了。
「這是什麼東西做的？怎麼生熱得這麼快？」
黎湘也沒瞞他。
「就是用鴨子胸口的那塊絨毛洗乾淨弄乾後塞到棉布裡做的。鴨子大冬天還能下水，有一半功勞都是靠身上的毛來保暖，中間這些鴨絨生熱最是厲害，你不是馬上要去裕州了嗎？我前幾日回來看到家裡在殺鴨子，所以就幫你做了這個。」
伍乘風聽完一顆心撲通撲通跳個沒完，也不知是為了黎湘對他的好，還是因為這鴨絨的商機，總之他回到鏢局的時候整個人都還是懵的。
大劉見他傻兮兮的抱著個黑不溜秋的東西，上前扯出來，還沒瞧上兩眼就被拿了回去。
「什麼東西啊？這麼寶貝。」
「好用的東西，你別拿啊，拿了我跟你急。」
伍乘風將手套放進箱子裡，匆匆忙忙的跑了出去，不過大概是不放心大劉，沒一會兒又跑回來將手套揣進了懷裡。

大劉無語。「……」

這小子，神叨叨的，幹麼去了？

伍乘風一陣風似的跑到了師父的房間裡。

「師父師父，有筆好買賣做不做？」

柴鏢頭下意識的捂住了錢袋，非常堅定的拒絕了。

「不做！」

「師父，真是很好很好的買賣！」

伍乘風將懷裡的手套拿了出來，只遞了一隻過去。

「師父你戴上看看。」

柴鏢頭有些嫌棄，接過來卻感到意外，輕飄飄的，和他以為的棉花手套完全不一樣，裕州那邊也有這種護手的套子，不過不是五指的。

他伸手試了試，有點小，但——很暖和！

柴鏢頭不笨，立刻就明白了徒弟的意思。這東西這麼輕又如此保暖，若是做多一點拿到裕州賣，絕對能大賺一筆。

雖說他們是押鏢，但帶一點私貨，只要馬車能放下那都是沒問題的。

「這套子裡的是什麼東西？」

「是鴨絨，就是鴨子胸脯那塊軟毛。我手裡的這雙應該是整個陵安第一雙鴨絨手套。師父，怎麼樣，要不要一起做？」

伍乘風拿回手套，寶貝的又收了回去，柴鏢頭想都沒想就點了頭。

「做，幹麼不做？」

他取了十個銀貝出來，伍乘風也拿出十個銀貝，兩人合夥，賺到錢後就對分。

「師父你就坐等著收錢吧！」

伍乘風拿著錢，第二天便一刻不閒的開始走街串巷的收鴨毛。因為如今大家還不懂鴨絨的價值，加上他只收胸脯那一塊，所以價錢給得也不高，一隻鴨子的鴨絨四、五個銅貝便能收了。

收了兩日，他突發奇想，又去查看了下鵝毛，發現大鵝胸前的軟毛比鴨絨更多更厚，乾脆連鵝絨也一起收了回去，總共收了好幾大袋，弄得屋子裡全是臭烘烘的味道。

「小伍啊，你這臭烘烘的毛到底啥時要搬走？太臭了！」

伍乘風白了抱怨的弟兄一眼。「再臭會有你那腳臭嗎？我讓你每天洗腳你洗了嗎？」

「那不一樣，我都聞習慣了。」

伍乘風無語。「……」

「那你就再習慣習慣吧，我還得再收幾日。」

這才收回來十五斤，也就瞧著多，一上秤就那麼一點，幸好他也不趕著做成成品帶走，這樣太費時費工了。

師父說裕州那邊皮子貴，棉布卻和這邊差不多，他們到了那邊再買布做衣裳填鴨絨就是。

不過湘丫頭給自己的手套一點味道都沒有，自己收的這些卻臭得很，應該是洗洗就能去除的吧？

隔天，伍乘風出去收鴨絨的時候特地去了趟酒樓，詢問鴨絨的處理方法。

「你收了鴨絨準備賣到裕州？」

黎湘真真是佩服，自己才拿出一雙手套，這人就已經想那麼長遠了。裕州在現代就和東北差不多吧，到那兒賣羽絨衣絕對賺錢。

「你鴨絨先收回去，回去後拿熱水加皂角洗一遍，要輕輕搓，不可用蠻勁把羽毛給搓死了，洗完了接著洗，直到搓洗出來沒有髒水為止，然後等晾乾了再上鍋反覆蒸兩刻鐘，弄乾即可。」

伍乘風頭一次聽這複雜的過程，再想想自己屋子裡那十五斤鴨絨，突然覺得自己收夠了，十五斤夠他洗好幾天的。

他捨不得請人洗，所以一回鏢局便自己忙開來了，大劉閒著沒事，加上也想早點把屋子裡臭烘烘的味道給去了，幫了不少忙，打水倒水，兩個人忙了五、六日才將所有的鴨絨都給清洗乾淨消毒完。

眼瞧著出發日在即，伍乘風又去扯了些布回來，自己裁剪做了幾個貼身的背襟，塞了不少鴨絨。

他從小到大衣裳壞了都沒有人補，還是在碼頭扛包的時候跟人學的，複雜的衣裳他不會做，但是簡單的背襟倒是不難。

一共做了五件，自己和大劉一件，師父一件，剩下兩件到時候做為樣品，拿到裕州人家一試穿就知道這東西的好處。

就這麼五件，才填了不到兩斤鴨絨，比起尋常棉衣動不動一斤兩斤的棉花可太舒服了。

伍乘風滿心歡喜的穿著自製小背襟又守了黎家一夜，結果天亮後回到鏢局卻傻眼了。原本均勻遍布在背襟裡的鴨絨現在都掉到了最底下，最上頭兩層棉布，最下頭一堆鴨絨，不解開衣裳還以為是大肚子了呢。

大劉笑得不行，他身上那套也是。

怎麼辦，只能再重新加工唄。

伍乘風照著縫被子的方式，將衣裳分成了好多格再縫上線攔著，鴨絨便不會再掉到最底部了。

黎家開始準備搬家了，其實離酒樓重新開張還有一段時間，但酒樓後院已整修得差不多了，黎澤那邊一直在催他們搬過去。

黎湘瞧著鋪子租期差不多也到了，乾脆就關店，開始做清理工作。這麼好的表現機會，伍乘風自然是要把握的，小到廚房打掃，再到大物件的搬出，任勞任怨從不喊累。

黎江瞧著心裡倒是對他滿意了不少，不管怎麼說，四娃是他看著長大的，品性不錯，又能吃苦，一點沒有他那爹的德行，還是很可以的。

「大江叔，這個碗櫃裡的碗要清出來再搬嗎？」

「要要要，不清出來都碎了等下。」

黎江上前跟著一起忙活起來，駱澤和關福則扛著鋪子裡的桌椅板凳進進出出放到外面的騾車上，這會兒鋪子裡就他們幾個男的，黎湘早就帶著娘和表姊她們坐著馬車到了酒樓裡。

「娘，這是妳和爹的房間，進去瞧瞧。」

關氏心中激動，推著門的手都在發抖，半年前誰曾想過她還有這樣的一天呢。如今兒子找到了，女兒出息了，家裡不光有酒樓，還有她和丈夫獨居的大屋子。

她手上使了使勁，推開了房門。

一進門便是一間小的會客廳，桌椅都擦得錚亮，這是黎湘特地叫人隔出來的，臥室太大會顯得很空，一點都不溫馨。這間會客廳也確實是有這個必要，因為旁邊那個原來給酒樓眾人開會的房間已經改成了大哥大嫂的屋子。

「娘，左邊，去開門。」

關氏腳下輕飄飄的，聽話的去開了左邊的門。

進門右手便是一個面盆架，上面已經擺放了漂亮的銅盆和乾淨的帕子，隔著不遠還有一張八仙桌，放著黎澤事先買回來的水果，角落裡還有一座燈架，顯然以後並不再是只點油燈。

最叫關氏驚訝的是，屋子靠窗竟然有一張梳妝檯！

哪怕那鏡中只能看到模模糊糊的自己，她也是愛不釋手，也不怕女兒笑話自己在鏡子前照個不停。

「湘兒，這梳妝檯貴不貴啊？妳房間有嗎？要不搬過去？」

「娘啊，妳就別操心這些了，我和表姊屋子裡都有呢，大嫂也有。這屋子喜歡嗎？」大半佈置都是她弄的呢，她可有成就感了。

「喜歡！太喜歡了。」

關氏照完了鏡子又去瞧了自己的床和大衣櫃，真真是滿意得很，臉上的笑就沒有停止過。

「娘妳先看看，我帶表姊去瞧瞧她們的房間。」

黎湘轉頭帶著表姊和桃子姊妹出去了。

主屋左側的廂房被她改成了三間，不大，卻格外溫馨。

「我住這間，表姊妳住中間，桃子杏子妳們倆住那間。哎，這是鑰匙，自己收好啊，平時出來記得鎖門。」
「謝謝師父！」
桃子杏子乾脆極了，接過鑰匙便迫不及待的跑去開門。關翠兒比較矜持，黎湘直接把鑰匙遞給了她。
「表姊，咱們就不要客套了，妳帶小舅母看屋子去，順便把包袱裡的衣裳都收拾收拾，我也去收拾我的東西。」
「嗯嗯！」
沒有誰不喜歡新屋的，尤其是帶著梳妝檯的新屋子，幾個姑娘開心得都要瘋了，關上門在床上滾來滾去的抒發心中的歡喜。
黎湘則是淡定多了，畢竟這屋子她進進出出都不知道多少回了。她把自己的衣裳都整理了下，以前在鄉下穿的那幾套暫時都放到衣櫃最底層，以後應該也是做抹布的料，新做的衣裳都掛了起來，上下衣分別放好。
這衣櫃還有她特地請朱師傅做的隔層，專門存放自己的小金庫，床上也有一個，那個比較大，但是取錢時會麻煩些，還要將褥子那些都掀起來，現在暫時也用不上。
她把自己攢的銀貝放了進去，鎖得牢牢的，再把掛著的衣裳一拉過來，便什麼也看不出來了。
不錯不錯，朱進寶的手藝是真的好。

收拾完東西她才鎖上門出來，旁邊兩間屋子關得嚴嚴實實的，幾個人應當是在說悄悄話，黎湘也沒叫她們，自己去了廚房準備做搬家過來後的第一頓飯。

今日人可是不少，不光有苗掌櫃、姜憫他們，還有自己這邊一大家子，和大哥、大嫂、金花他們。

這麼多人，炒那麼多菜太麻煩了，正好新換的桌子和鍋子還沒用過呢，那就煮火鍋吧！

「阿布，去找兩個人過來幫忙洗菜。」

「洗什麼菜？阿湘姑娘妳吩咐就行，我來。」阿布拿著籃子就準備去挑菜。

黎湘看了下，指了白菜、蓮藕、蘿蔔和冬菇，蔬菜這幾種的話就差不多了。肉食嘛，她準備切些豬肉片和魚片，常見的那些牛肚、牛百頁等等的，這裡都沒有。

今日就只有豬肉了，但花樣可以準備多一點。

黎湘先切了一些肉條出來醃製，準備炸小酥肉，又讓夥計殺了魚，正好表姊和桃子姊妹倆都來到廚房，刮魚泥的活兒就交給她們了。

「表妹，是要包餛飩嗎？」

「不是，咱們做點魚丸。」

這魚丸可不是現代吃的那種一點魚肉成分都沒有的丸子，純手工製作，魚肉含量百分之九十以上。

趁著表姊她們刮魚泥的功夫，黎湘洗了兩個豬肚，切成條放進鍋裡，又扔了兩把蓮子進去慢慢燉著。

火鍋湯底有辣的也有不辣的，豬肚湯一般是拿來做不辣的湯底，中間鍋子裡的湯少了還可以拿來添湯。

「表妹，魚肉都刮乾淨了，妳看，就這一盆，夠了嗎？」

黎湘瞧了下點點頭，做出來一桌兩盤是夠的。

「表姊，蔥薑蒜……」

「桃子她倆已經去切啦。」

深知黎湘做菜習慣的兩人一忙完手裡的活兒就開始準備蔥薑蒜等調料了，桃子在切，杏子在外頭洗，姊妹倆配合得十分默契。

黎湘瞧著還挺開心的，接過表姊手裡的盆子，轉身拿了五個雞蛋，敲了蛋清加了鹽粉進去，因為是要做魚丸，所以蔥薑這樣有顆粒的東西最好不要加，以免影響口感。

桃子切好蔥薑後，黎湘一樣抓了一點，切得更細之後加水進去，泡出來的蔥薑水再加到魚泥裡就好。

「師父，這……都成魚泥湯啦，捏都捏不起來，怎麼做丸子？」

「師父給妳變戲法呀。」

黎湘笑了笑，抱出了自己新製的芋頭粉。芋頭和蓮藕一樣，都是澱粉含量極高的食物，之前她也是一時沒想起來，後頭才改用芋頭做澱粉，蓮藕比芋頭貴多了，拿來做澱粉不划算。

她抓了一把乾澱粉出來，淋了一點點水在手上沁濕，然後把已經半濕的澱粉掰碎丟到魚泥裡，才攪和七、八圈就能明顯感覺到魚泥開始黏稠起來。

「好厲害啊師父，這個澱粉不是要加熱後才會變黏稠嗎？為什麼沒燒火也可以？」

「因為它會吸水呀。」黎湘逗著桃子，順便讓她去給兩個鍋裡加上大半鍋水。院子裡有水井就是好，再也不用跑那麼遠去排隊打水了。

「師父，要燒火嗎？」

「先不燒，等我丸子都擠進去再說。」

做魚丸得涼水下鍋，若是水滾下鍋，便很容易散掉，黎湘手腳麻利的一手擠、一手拿著勺子把涼水舀進鍋裡。

一盆魚泥做了兩鍋，她一擠完便讓杏子生了火，煮好再撈起來放涼就行。做完了魚丸，又忙著去炸小酥肉，弄完後，阿布的菜也洗好了。

差不多二十來人要吃晚餐，得分四、五桌。

黎湘和表姊一起將洗好的菜分盤，蔬菜有三、四盤，肉片、魚片各兩盤，還有小酥肉一盤、豆腐一盤、魚丸再一盤，還有剝開的一些鵪鶉蛋。

這一堆放到桌上將桌子佔得滿滿的，萬事俱備，就差火鍋湯底了。

不辣的有豬肚湯，辣的就要黎湘來現炒。

她直接拿了一個大碗去抓了大把大把的乾辣椒、花椒和八角、桂皮，鍋燒熱後下油將蔥薑蒜和蒜苗爆香，再將碗裡抓的這些乾料倒下去一起翻炒，辛香麻辣的香味瞬間傳遍了廚房。

「師父師父，阿湘姑娘做菜感覺好厲害啊。」阿布眼裡都是羨慕的光芒。

姜惘也是，既羡慕又敬佩。她做菜的動作如行雲流水一般順暢，加調料也彷彿根本不用思考，手腳俐落，做出來的東西還那麼好吃，真是太厲害了。

「表妹妳要的排骨。」

關翠兒端著一個大碗放到灶臺上，黎湘拿起就倒進鍋裡，水加了滿滿一鍋，還丟了幾個冬菇進去一起煮，湯底會更鮮一些。

一群人還在廚房裡忙呢，院子裡突然嘈雜起來。

關翠兒聽到了爹的聲音，跑出去一瞧，是爹和姑父他們搬著大件東西到了，都是些鋪子裡的桌椅板凳，還有置辦的碗櫃和一堆碗碟。

「翠兒，去問問湘兒，這碗櫃要不要搬到廚房去。」

「要的要的，表妹特地在廚房裡留了位置。」

關翠兒讓開門口，駱澤和伍乘風兩人便抬著碗櫃進了廚房，廚房裡這最後缺的一角也補上了。

「來的正好，去洗洗坐下歇歇，很快就吃飯啦。」黎湘打開鍋蓋，加了些鹽進去。「對了表姊，叫我爹把那個石磨給搬進來，我有用。」

吃火鍋怎麼能沒有飲料呢？她打算煮一、兩鍋豆漿，喝了最是解辣。

兩刻鐘後，外頭該整理的整理完了，廚房裡也忙得差不多，黎湘先給不吃辣的苗掌櫃和幾個夥計弄了豬肚湯底，鐵鍋下面是一個特別訂製的中間凹進去的陶底，裡頭放著燃燒的木炭，鍋裡的豬肚湯便宛如還在廚房灶上一樣，咕嚕嚕的直冒泡，幾塊炭火能吃好長時間。

「苗掌櫃，這是我調的蘸料，你們自己舀。另外桌上的菜你們想吃什麼便自己放進去煮，熟了撈出來沾上蘸料吃就可以了。」

這樣新奇的吃法，苗掌櫃還真是前所未見，更令他驚奇的是，桌子上居然有洞，他之前也是一直都沒有發現，不知道這丫頭還有多少驚喜是他沒發現的。

「苗掌櫃，你要吃什麼？阿湘姑娘說可以放了。」

「急什麼急，沒瞧見東家他們還沒動筷子嗎？」

豈止是沒動筷子，連鍋都還沒有上桌。

黎湘這會兒正在廚房挨個兒加鍋底，紅紅火火的一鍋湯，瞧著便知道肯定辣。

「好香啊師父，這個鍋底咱們要學嗎？」

「當然了！明日就開始教妳們。」

酒樓年末的招牌菜，只靠她一個人怎麼行？

「端出去吧，小心點別碰到人了。」

自家桌上那一鍋黎湘是自己端出去的，大嫂還懷著孕，她也不放心讓別人去端。

大堂裡的壁燈很快一盞一盞的亮了起來，所有人面前都是熱氣騰騰的鍋子，一個個燙菜的燙菜、吃肉的吃肉，好不爽快。

「東家啊，這鍋子真是妙極，冬日裡吃飯，再也不會剛上桌沒一會兒就涼掉了。」

苗掌櫃一心惦記著酒樓的生意，連吃飯都還在琢磨，黎澤很給面子的應和了一聲。

「等重新開張了，這鍋子就是咱們黎記的招牌菜了，苗掌櫃你要多費心了。」

「應該的、應該的！」他可是拿著酒樓分紅的人呢！

苗掌櫃挾了一顆圓滾滾的魚丸咬了一口，又鮮又彈牙，吃起來有魚味，可這口感卻完全變了，不像魚肉那麼易碎，一口咬下去滿嘴都是肉，真是滿足，他對酒樓真是越來越有信心了。

一屋子的人吃得熱火朝天，熱鬧極了。

「小妹，這蘿蔔好好吃啊！」

硬硬脆脆的蘿蔔在鍋子裡已經被煮得很軟，吸飽了鍋裡的湯汁，咬一口，既有火鍋的香辣，又有蘿蔔獨特的清香，汁水豐沛，實在好吃。

金雲珠吃得滿嘴都是紅油，一副胃口大開的模樣，見她喜歡吃蘿蔔，黎澤又給她挾了兩片到碗裡。

「大嫂，這鍋很辣，妳別吃多了，廚房裡還給妳燉了好吃的呢。」

聽見還有好吃的，金雲珠稍稍收斂了下，只吃了幾顆魚丸和蘿蔔，幾乎都是素菜。

「阿澤，你們晚上還回去嗎？」

黎澤正要開口，桌下的腿便被捏了一把，金雲珠先開了口。

「娘，這兒可有我們的床鋪？若是有的話，那肯定要留下來住上一晚了，小妹還給我燉了好吃的，我可捨不得走。」

關氏大喜，臉上的笑容瞬間多了起來。

「當然有了，都是妳小妹佈置的，被褥也是新的，就在我們屋子旁邊。雲珠，妳吃完了娘帶妳去瞧瞧。」

「嗯嗯！」

金雲珠應得爽快，彷彿這根本就不是什麼大事，只有黎澤才明白，她一向是認床的。當初嫁過來那床還適應了好久，現在才剛睡踏實，又換到新的地方，黎澤有些擔心，幾次想開口都叫雲珠給打了岔，瞧見爹娘那高興的樣子，他也不好再多說什麼了。

兩刻鐘後，吃飽火鍋喝飽豆漿的金雲珠和關氏去看屋子了，看了好一會兒，等關氏再出來的時候，兩人變成了一人，另一個已經躺在床上呼呼大睡了。

黎澤無言。「……」

床上的人睡得正香，黎澤只能輕手輕腳的退了出去。

「小妹，床上放的那個是什麼東西？那麼大一個……」

「那個啊，就是我上次說要給大嫂已經在做的東西啊。大嫂不是總說腰痠得很難受嗎？我就給她做了那個枕頭，可以托著腰，等她肚子更大了，還可以托著肚子，應該會睡得比較舒服。」

黎湘知道金雲珠是千金大小姐，什麼都不缺的，所以送禮只能從實用性上想辦法。那個孕婦枕頭她在廣告上見過不少次，畫了樣子人家裁縫便能做出來，再往裡頭填充棉花就是。

「大嫂喜歡嗎？」

「……」

黎澤神色複雜，點了點頭。他有預感，有了那個大枕頭，自己的地位就要一落千丈了，雲珠豈止是喜歡，瞧那抱著就能睡的樣子，簡直比丈夫還親。

「小妹，謝謝妳。」

「欸，咱們又不是外人，謝來謝去做什麼？對了大哥，我聽苗掌櫃說酒樓裡的供菜商找齊了，但是這兩日有兩人又反悔了，寧願給違約金也要反悔，這裡頭應該是有人搞鬼，你記得查查。」

「好，我明白了，妳去歇一會兒吧，忙了這麼久。」黎澤摸摸小妹的頭，轉身去了大堂找苗掌櫃。

他剛走，伍乘風便過來了。

「湘丫頭，再三日我們便要出發去裕州了，年前也不知道能不能回來。」

「啊？這麼快？那酒樓開張的時候你都看不到了……」

黎湘心裡有點失望，不過人家這是正經工作，也沒法子，想想心裡還有點擔心，走鏢那是在刀口上舔血，運氣好一路順風，運氣不好……

她打了個激靈，回過神嘆了一聲道：「那你路上多注意安全，東西多準備些。」

「我知道。」

「要不你出發前來酒樓一趟吧？我幫你準備點易放的乾糧？」

黎湘完全是一時衝動說出來的，話一出口就有些後悔，幫人準備乾糧什麼的太容易叫人誤會了，還是該收錢？

那糾結的模樣實在可愛，伍乘風笑了笑，沒說來也沒說不來，不捨的看了她幾眼，這才又去找黎江他們道別。

雖然還有三日才走，可這幾日就要開始做準備工作，鏢局裡拘得嚴，他也不好再出來。

兩刻鐘後，關福帶著妻子和駱澤也走了，畢竟滷味鋪子還得繼續開，他們得回去守著。

廚房裡忙活收拾的夥計也陸陸續續的離開了，很快，酒樓後院裡便只剩下了黎湘一家。

幾間屋子都點了燈，影影綽綽的很溫馨。

桃子姊妹倆先去體驗了浴室一番，浴室裡燈火亮著就代表有人，也不怕人打擾。

「姊，妳瞧這地上好奇怪，咱們沖洗的水流下去卻不見了蹤影。」

「應該是流到院子裡了，師父之前有說給浴室做了什麼下水道，這水流到院子，就和咱們洗菜的水一樣流出來，裡頭自然就乾爽了。」

桃子擦擦頭髮，勞累了一天，洗個熱水澡真是渾身舒坦，一想到房間裡還有那麼大一張床，手上動作也加快了許多。

「小妹妳快點，說不定一會兒師父也要洗呢。」

「知道啦！」

杏子拿著帕子將頭髮一裹，麻利的穿好了衣衫，再把桶裡剩下的水都沖掉，這才和姊姊一起出了浴室。

外頭很冷，不過回到屋子關上門，立刻又暖和了。

她倆洗完了，關翠兒也提水去簡單洗了洗，一家子輪流洗完，黎湘是最後去的，洗到一半聽到外頭有大嫂說話的聲音，看來是醒了。

金雲珠很是興奮，拉著丈夫就要去找小妹。

「阿澤你不知道，那個大枕頭抱起來太舒服了。前面有得靠，後面也有依託，整個人都能放鬆下來，我都不知道自己怎麼睡著的，小妹好厲害，我得去謝謝她。」

「小妹在沐浴呢，妳等會兒。」

黎澤瞧她那恨不得把大枕頭抱出來的樣子，心中莫名吃味。

「妳以前晚上可都是抱著我睡的。」

「你又沒有枕頭軟，抱起來硌得慌。」

「……」

更難受了。

黎澤感覺自己現在就像是失寵了的妃子一樣。

「大哥大嫂，找我呀？」

黎湘端著盆子出來，頭髮還帶著濕氣。

金雲珠立刻上前親親熱熱的拉著她，跟她一起回了屋子，丟下後頭的黎澤真是百感交集。

以前擔心妻子和爹娘、小妹處得不好，現在，處得太好，他卻失寵了。

「大哥，我廚房裡燉了一盅湯呢，麻煩你去端一下。」

「誒！知道了！」

黎澤認命的當起了苦力。

金雲珠睡了一會兒，肚子裡的那點東西也消化了不少，一聽有湯喝，口水都忍不住了。

小妹做的湯肯定和家裡的廚子做的不一樣。

端到手上後也確實不一樣，有樣食材她不認得。

「小妹，這排骨我知道，冬菇我也認識，這個圓圓的一小顆是什麼東西？」

黎湘不用看都知道她問的是什麼。

「那個是干貝，海物。嫂子妳沒吃過嗎？」

金雲珠搖搖頭。

「我爹以前是不讓家裡買這些東西的，後來聽說多吃魚蝦孩子能聰明，才開始買一些海魚、蝦乾回家讓廚子做。」

只是那些海物都是乾貨，一點都不新鮮不說，還有股鹹腥的味道，反正她是一向都不吃的。

「海魚、蝦乾我見得多，這東西是真沒見過。」

她試探著先喝了一口湯，非常驚訝。

濃郁鮮香，一點都不腥，好喝！

「大嫂，那個干貝可是好東西呢，滋陰補腎，還能養胃，每一個扇貝就只能取出這麼小小一粒，可謂精華。」

「扇貝？就是貝殼嗎？」

「嗯。」

金雲珠看看盅裡的干貝，原來這東西是從貝殼裡弄出來的？

咬了半顆嚐嚐味兒，咦？和螃蟹肉差不多的口感，但是味道卻又不一樣，一點都不腥，還香得很。吃上幾顆干貝，喝下一口湯，再啃兩塊燉得軟爛的排骨，實在是太滿足了，其實搬到這後院裡來住好像也不是不行嘛。

金雲珠吃飽喝足後在院子裡走了幾圈，這才回去自己的房間。

黎湘出去巡了一下，爹娘屋子裡的燈已經熄了，桃子姊妹和表姊的也熄了。不過他們肯定都還沒有睡，剛搬來，連她這麼淡定的人都有些小小激動而睡不著呢。

時間過得好快啊，一轉眼就是三個月過去了，從剛剛來這兒的負債，到進城租鋪子再到酒樓，彷彿在作夢一般。

之前她的目標就是盡快賺錢買個酒樓，然後再找大哥。現在酒樓有了，馬上要開張了，大哥也找到了，那她的新目標是什麼呢？一時居然有些茫然啊……

第二十七章

平平靜靜的一夜後，桃子姊妹倆早早就起了床。因著昨晚天暗，院子裡略有些髒亂也看不太出來，她倆起床看到了便打水開始收拾。

等黎湘起床的時候，院子已經清理好，又是漂漂亮亮的模樣。

「桃子杏子，昨晚睡得怎麼樣？」

「特別好！師父，床好軟好大，翻身再也不擔心會掉下去了。」

杏子開心得很，桃子也連連點頭。

「睡得好就行，杏子，去洗手和點麵出來，咱們早上吃餛飩。」

「好咧！」

「桃子，去把肉餡剁出來，我記得廚房還有不少冬菇，洗乾淨切碎備用。我去洗把臉。」

桃子應了一聲也進了廚房。

很快關翠兒也起來了，四個人在廚房裡忙活了一通，煮了一鍋鮮香美味的冬菇肉餡餛飩。

一早起來就有好吃的，任誰心情都會非常不錯。

金雲珠吃了一碗半，吃完便回屋子抱著書簡看，絕口不提回宅子的事情，黎澤真是有些看不懂她了。

不提回宅子，也不說要在這兒住多久，他還不好問。

「金花，妳回趟宅子將夫人慣用的東西都拿過來，平日愛看的書簡也帶一些。」

「……」

「姑爺，小姐還是回宅子裡待得更舒服些吧，您不能因為想孝順爹娘就讓小姐陪著您在這兒過日子呀！這院子多小，小姐還懷著身孕啊。」金花一臉不忿。

黎澤哭笑不得。

「妳自己進去看看妳家小姐，看看她要不要回宅子裡去。」

金花撇撇嘴，輕手輕腳的進了屋子去看小姐，剛進屋就愣了，小姐身下那是個什麼玩意兒？瞧著靠得還挺舒服，小姐以前總說看書找不著好姿勢，難受得要命，所以現在這是……

「小姐？」

「金花啊，正想找妳呢。妳回趟宅子把我慣用的那些東西都收拾一下拿來。另外再把這篇鴛鴦記的中冊和下冊拿來，下午我要看。」

「……」

小姐妳變了。

「還愣著幹麼，回去拿呀！」

金雲珠催促了兩聲，金花只能嘆著氣從院子出去了。回到宅子裡收拾著小姐的胭脂水粉、素衣羅衣，還有各種書簡，一大堆的東西收拾出來，她才想起黎家那小屋子根本擺不下。

想想小姐這麼多年來何時住過那樣小的屋子，何時受過那樣的委屈？金花心裡難受得很，姑爺就是仗著小姐喜歡他而已。

小姐也真是的，姑爺都不是柳家少爺了，也不讓人和老爺那邊說，整個陵安都知道的事情又能瞞得過多久？不行，她得和大少爺先通通信說一聲，小姐還懷著身孕，哪能擠在那種小地方。

金花一邊收拾著東西，一邊找了人給金府傳信，府上有特地訓練過的飛鴿，想來過不了幾日大少爺就能收到信了。

金花幹的事情金雲珠一無所知，金雲珠現在覺得待酒樓裡挺好的，後院小是小了點，但房間佈置得舒服，吃得也舒心，若是嫌吵，三樓的房間也裝修好了，她舒舒服服的靠在軟榻上看著窗外的風景，無聊便看看鴛鴦記，還有水果和各種零食，簡直不要太舒服。

黎澤見她十分享受，並不是因為顧及著自己，這才放了心，問了苗掌櫃些事後便匆匆出了門。

這會兒，黎湘正把酒樓裡的人集合在一起開會。

如今酒樓開張在即，廚房裡的人手卻太多了，桃子姊妹和表姊、燕粟加進來後，還有姜憫師徒和兩個夥計，加上自己一共九個人。

廚房沒必要這麼多人手，所以她打算清兩個去前面跑堂。

「你們有自薦的嗎？廚房和跑堂工錢是一樣的。」

一聽工錢是一樣的，當場便有一個夥計舉了手。

「阿湘姑娘，我想去當跑堂！」

廚房裡的東西他怎麼學也學不會，跑堂還能多見見市面，運氣好的話還有賞錢，他可是早就想去了。

「行，那你站到跑堂那邊去。」

黎湘又看了看姜憫幾人，表姊、桃子她們是不可能去跑堂的，姜憫也不能去，就阿布和另外一個夥計了。照理說阿布是姜憫的徒弟，也不好去的，可阿布有天分，她比較看好阿布。

她是這樣想的，另外一個夥計卻以為黎湘是想讓他去，糾結了好一會兒，正要下定決心時，旁邊的阿布突然站了出來。

「阿湘姑娘，我也想去！」

黎湘點點頭，看了下姜憫的神色，見他還挺高興的，顯然是沒有意見，這師徒倆應該是溝通過，這樣就好辦了。

「行，那你也過去吧。」

如今跑堂四個、掌櫃一人，採買之前辭了，暫時可以由爹頂上，大哥也經常在酒樓裡，前面足夠應付，廚房人也夠了，只要再培訓培訓就行。

「那咱們現在分成兩批，跑堂還是由苗掌櫃管，苗掌櫃，你負責教阿布他們該注意的東西，其他人跟我進廚房。」

以後大家要一起做事，廚房裡一些規矩就要事先講在前面。黎湘把桃子她們剛來的時候培訓的那套拿了出來，一樣的要求，每天早晨都要檢查儀容儀表、廚房的各種歸置等等，另外她還確認了下姜憫的廚藝。

酒樓的食牌還沒有掛上去，明日就得將菜名都拿出去製牌，所以她要先了解姜憫的廚藝，到時候不光是她的拿手菜要掛，姜憫的也要掛，像那酥黃獨就可稱之為一道佳品。

不過姜憫會的還是糕點類要多一些，除此之外就是包子了。他自己琢磨著調了不少味道不錯的包子餡，還是很有天賦的，黎湘乾脆又教他做餃子、水晶包和各種餅，日後讓他專攻麵食。

對麵食很有興趣的杏子湊了過來。

「師父，燒賣和水晶包是什麼東西？」

「妳想學就在一旁看著唄。」

黎湘去舀了半盆澱粉出來，又分了大半到另外的盆裡，加了點麵粉進去，開始倒水和麵。其實用無筋麵粉會更好，但是要弄那東西真是太費勁了，實在沒有必要，麵粉加得不多，影響不大。

「先加涼水，和至黏稠，看到了吧？能掛筷子就成。」

姜憫和杏子點點頭，記在心裡。

「現在加開水。」

黎湘舀了一瓢水慢慢加進去，迅速攪拌，盆裡的麵漿很快便凝了起來，這時她才將另外一小半澱粉加進去，和成絮後添上一點豬油開始揉麵。

其實也就是開頭複雜些，中間揉麵、擀皮什麼的，和做餃子差不多。

「師父，這麼薄是餃子皮吧，怎麼叫水晶包呢？」

黎湘一頓。「……」

「不能用皮來定義食物，餃子和包子的區別是在於包的手法。」

皮擀好了，一旁關翠兒調的餡也好了。

胡蘿蔔碎末和冬菇碎再加上炒好的雞蛋碎和著調料拌的，還沒開始蒸就能聞到那鮮香的味道。

黎湘做得小，一顆包起來大概也就嬰兒小拳頭大小，玲瓏可愛，上鍋蒸個一刻鐘左右就可以了。

姜憫也包了幾個，試試這皮的手感，和包子是完全不同的感受。他想蒸出來大概就是薄薄一層皮而已，結果一開鍋嚇了他一跳。

「這、這也太漂亮了吧！」

杏子都看呆了，誰也沒想到這皮蒸出來竟然會是半透明的，那晶瑩剔透的皮裡紅的黃的黑的都有，當真是漂亮極了。

「師父師父，賞我一個嚐嚐味吧！」

黎湘嗔了她一眼，拿著筷子挾了蒸籠裡的水晶包放到盤子上，一共裝了四盤。

「這盤拿到三樓去給我娘和大嫂，這盤給苗掌櫃他們嚐嚐鮮，剩下的你們分了吧。」

「謝謝師父！」

杏子歡呼一聲，立刻端著兩個盤子出去了。

「姜大哥嚐嚐看，看和你包的包子有什麼不一樣。」

黎湘遞過筷子，姜憫立刻接了過去。他挾起一顆吹了吹，直接丟到嘴裡，燙是還有點燙，但他的心神都在那皮和餡上。

這水晶包的皮吃起來並沒有普通包子那般鬆軟，而是十分勁道，加上裡頭十分增色的冬菇和胡蘿蔔，味道一點也不比他包的包子差。

「好吃！」

黎湘點點頭，笑著道：「那你照著我剛剛的做法來做，不明白的地方問我，盡快將這水晶包學會，然後再學其他的。」

畢竟還沒幾日就要開業了，時間還挺緊迫的。

姜憫應了一聲立刻去收拾了案板，拿著盆子去舀麵粉，廚藝這東西有人教可是天大的好事，他得抓住這個機會。

黎湘站在他身邊略微指導了下和麵的比例，看他做得不錯，又轉到另一邊去教表姊和桃子做菜。

表姊和桃子要學的東西真是太多太多了，她這一身手藝到現在也才教出去一點零頭。

幾人就這麼在廚房裡頭學著教著，一連教了兩日，其中姜憫學得最快，燒賣、包子、餃子，還有基本的一些蔥油餅、捲餅等等都學了個七七八八，桃子和杏子還有關翠兒則學了五、六道家常菜，如今還在練習中。

他們練，一家子就跟著吃，味道不好也只能將就，畢竟不能浪費食物。

這會兒黎湘正把表姊炒的一盤糖醋排骨端出來準備給娘嚐嚐，突然聽她念叨起怎麼最近都沒看到四娃了。

對喔，上回他好像是說三日後就要出發了。

黎湘這也才想起他，連忙放下盤子和娘說了一聲後便出了酒樓。

永明鏢局就在街尾，很快就到了，她在外頭瞧不出什麼，見門口正好有兩個鏢師出來，便上前詢問了一番，得知今日沒有隊伍出發後才稍稍安了心。

她就怕自己記錯了，這會兒伍乘風已經走了。

回去的路上她拐了個方向，去菜市場買了些肉，畢竟家裡廚房的已經吃得差不多了。

「表妹，妳怎麼又買這麼多肉……」

關翠兒心疼得很，每次做廢了她都想把手剁了，太糟蹋東西了！現在表妹又買這麼多肉，難道又要教她們做肉食？

黎湘尷尬的笑了笑。

「這不是拿來給你們練菜的，我有用。」

她把買回來的肉肥瘦分開，切了些肥膘和肉末出來，還剁了小半盆的辣椒。

關翠兒心裡隱隱猜到了些什麼，這肯定不是做給家裡人吃的，不然表妹就會讓她們幫著一起剁餡切辣椒了，這麼不好意思還事事親自動手，一看就是做給外頭人的。

啊哈，她知道了……嘿嘿！

關翠兒看破不說破，回到灶臺上去繼續練習菜了。

黎湘用的是最裡頭的灶臺，不特別注意的話看不到她在做什麼菜，瞧著廚房裡的人各自忙著自己鍋裡，她也鬆了一口氣。

她把剁碎的辣椒和薑蒜末和到一起，加了些鹽進去，然後下肥膘開始熬油，等熬得差不多了，下辣椒和薑蒜末進去翻炒，再加肉末一起熬，中火炒一會兒，等裡頭的水分都沒有了後，再加點醬油進去，那香味真是又辣又勾人。

這是在做辣肉醬，成本不高，就幾十銅貝，送人的話也不會顯得太重。她擅長的也就吃食，別的也想不出要送什麼了，出門在外，風餐露宿的，吃點好吃的心情才會好，伍乘風肯定會喜歡的。

黎湘做好了小半鍋辣肉醬，找了三個乾淨罐子裝起來。這是用豬油熬的，所以天一冷便會凝結，路上也就不容易灑出來了，等到要吃的時候架個火一熱就行。

第二天一早起來，她又蒸了不少饅頭，趕在爹娘還沒起床之前溜出酒樓。好像有點偷雞摸狗的感覺，可她明明是去做好事。

黎湘提著大包東西，走著走著便沒了勇氣，正打著退堂鼓呢，就聽到伍乘風叫了她一聲，朝她小跑過來。

「湘丫頭，妳怎麼在這兒？我正準備去酒樓和你們說一聲要走了呢。」

他看到黎湘歡喜得很，眼裡都是亮光。

這樣的眼神，倒是叫黎湘那幾乎退走的勇氣又冒了出來。

「我、我是來給你送行的啊。這些是我娘讓我做的，她知道你今日要走了，一直念叨著呢。」

黎湘把東西都塞到伍乘風的懷裡，拉了自家娘做擋箭牌。

伍乘風還真信了。

「那我得去謝謝嬸兒。」

黎湘哪裡能讓他去見娘，連忙拉住他道：「我娘和我爹去看我大哥大嫂了，你去了也見不到人，你那邊不是急著要走嗎？先去吧，我娘那兒我會幫你說的。」

「這樣啊……」伍乘風抱著饅頭和罐子，頗為遺憾的轉過身。「那我就不過去了，湘丫頭，妳記得幫我和大江叔他們說一聲，等我回來了再去看他們。」

「好……你自己路上小心啊。」

「嗯嗯。」

「那個包裡是饅頭，熱的冷的都能吃，罐子裡的是辣肉醬，要生火熱一下才行。」

「好……」

伍乘風十分寶貝的抱著懷裡的東西，一步三回頭的走了。

黎湘嘆了一口氣，有心想勸他不要再去走鏢了，可惜也沒什麼立場。人嘛，都有自己的理想、自己的目標，他既然進了鏢局，肯定也有他自己的考量，希望他一路平安吧。

看著伍乘風越走越遠，黎湘也回了家，剛進廚房呢，就聽到爹娘起床的動靜，真是虛驚一場。

「表妹，妳剛剛去哪兒了？」

黎湘一驚。

「我？我就出去走走啊，轉一圈又回來了。」

「哦……出去走走啊。」

關翠兒捂嘴偷笑了下，沒再繼續發問。

廚房裡的人陸陸續續都來了，又是忙碌學菜的一天，酒樓後院風平浪靜，可外頭卻是麻煩重重。

臨開業了，幾家談好的供菜方突然違了約。酒樓不比小鋪子，一日日早起出門採購就是，鋪子就那麼點，所用也不會多到哪裡去，酒樓就不一樣了，若是自己去一點點採買，那真是要累死。

黎澤查了兩日便有了頭緒，居然是城中一家酒樓使的絆子，雖然不知道他們為什麼會對自家這個還沒開業的酒樓出手，但這不是最重要的，重要的是得趕緊找到新的供菜方。

較大的供應商就那幾家，黎澤沒再去接觸，那些人逐利為先，就算現在談定了也會被人高價挖走。他直接讓自己新買的兩個人手去了陵安城周邊鄉鎮走訪，談了不少散戶，每日統一的時辰將菜肉送到一處，再由他們去載回來。

這些散戶太多了，收買了一家還有下一家，鄉下沒有幾戶不種菜的，有心之人若是錢太多了儘管收買就是，全面壟斷是不可能的。

黎湘查看了下哥哥讓人帶回來的蔬菜肉品，都是非常不錯的質量，也就放心了。

「對了，大哥，重新開業的日子爹去算了，說後日便是個不錯的吉日。」

「那就依爹的意思，後日開門。」

黎澤對酒樓是完全放權的，若不是供菜的那些傢伙反悔，他怕爹和妹妹處理不了，他也不會回來插手。

「既然後日開門的話，那妳記得去原鋪子那邊掛個牌子，把鋪子搬遷到這兒和開張日期都寫上去，那邊的熟客我記得也挺多的。」

黎湘點點頭，正有此意。

「還有要請的客人我也會盡快列個名單出來……」姑姑、姑父是必須要請的，以前生意上的兩個夥伴如今也還在來往的也要請，還有……好像也沒了，如今自己不是柳家的少爺，那些人避著自己都來不及呢，哪會赴什麼約？就這樣吧。

黎記酒樓開業的日子就定在了後日，廚房裡的氣氛也越加緊張，他們都怕自己能耐不足拖累了酒樓，尤其是桃子姊妹和燕粟，他們學的時間不是很長，會的也不是很多。

不過黎湘這會兒可沒空照顧他們的情緒，眼下她正在指揮著將酒樓裡的食牌都掛上去呢。

食牌分為三個種類，小炒、湯類還有麵食。

當然，不光有食牌，還有菜單，二、三樓每張桌子都有一份迷你木製菜單，棕色的底墨描的字，看得十分清楚，最底下還有一行紅字——每月上三道新菜式！

新鮮感也有了。

一切準備妥當後，黎記酒樓便正式開張了。

噼哩啪啦的一連串爆竹聲招來了不少看熱鬧的路人，有那麼幾個吃過黎家小食的人，看著酒樓的招牌有些疑惑。

「黎記酒樓？和那個黎家鋪子有什麼關係嗎？」

「欸，二位兄臺定是好幾日都沒有去過黎家小食了吧，那邊早就關門了，這家酒樓就是黎家小食。」

「是黎家小食?!那倒要進去嚐嚐了，今日可是全天半價呢！」

以前他們去，那鋪子裡就幾張桌子，擠得很，吃飯的食客也是形形色色都有，若不是為了那點口腹之欲，他們還真是不想去。

現在好了，黎家小食搬到了酒樓，位置寬敞了不說，檔次也提高了不少。

「走走走，去瞧瞧有沒有什麼新菜！」

一群人烏啦啦的進了大堂，苗掌櫃笑得臉上褶子都多了幾層。

「客官幾位？」

「客官吃點什麼？」

「客官裡面請！」

他和另外四個夥計一樣，都在門口招待著客人。

黎江本身在鋪子做的就是招待客人的活兒，現在也差不到哪兒去，酒樓裡的跑堂從四個一下變成了六個，櫃檯裡就只有會計一人守著，心慌慌的。

「好傢伙，這黎記酒樓的食牌真多！」

大堂裡的眾人都認同的點了點頭。

「以前在別的酒樓那食牌都看膩了，整面牆就一、兩道沒吃過，現在，是只吃過一、兩道……」

看著那麼多菜名就想都點了，可惜肚子不夠大，只能裝那麼多。

「小二，給我來份水晶包和肉包！」

這是位之前經常到茶樓吃包子的客人，他的眼睛一直看著麵食那塊，最感興趣的便是水晶包了。

「水晶我倒是瞧見過幾次，晶瑩剔透、美輪美奐，這水晶包是什麼意思？難不成是把水晶包了進去？」

眾人哄堂大笑。

「怎麼可能，一顆水晶都能買幾百籠水晶包了，老闆又不傻。」

說起老闆，眾人瞧了瞧正在門口迎客的黎澤，紛紛小聲說起了自己這些時日聽到的八卦。

不管他們說的是什麼，菜他們點了，人氣他們帶來了，那就得好好伺候著。

很快的，阿布便端著兩個蒸籠和小茶壺到了大堂裡。

「三號桌，您的水晶包和肉包好了！另外這是本店今日贈送的飲品，豆漿，搭配包子更美味，您慢用。」

三號桌的客人很是愣了愣，下意識的提了下那茶壺，不是很重，照著桌上放的杯子來看，大概能倒上五、六杯的樣子，一個人喝也算是足夠了。

「豆漿，贈送的飲品？」

他好奇的倒了一杯出來，墨色的杯子裡瞬間被注滿了奶白色的豆漿。

「咦，居然這麼白？」

「這豆漿究竟是何物，做出來的飲品居然和牛奶差不多？這位兄臺如何？好喝嗎？」

鄰桌的兩人心癢難耐，三號桌的男人也不小氣，一人給他們倒了兩杯。

「十分不錯！你們嚐嚐。」

他一口喝光了一杯，直接打開了他心心念念的包子籠。作為第一個被上菜的客人，他的一舉一動自然被不少人看在眼裡。

當那蒸籠一揭開，大堂裡都寂靜了好幾息的功夫，瞧著那漂亮的水晶包挪不開眼，小是小了點，可真真是漂亮得很，當場便有六、七位客人也要了水晶包。

柳嬌和秦六來的時候，大堂裡正吃得熱火朝天，好評如潮，點菜的聲音絡繹不絕，給苗掌櫃忙的，大冬天還出了一腦門的汗。

「苗掌櫃辛苦了。」

「不辛苦不辛苦，姑太太您三樓請。」

苗掌櫃笑得格外真誠，忙才好，忙就說明賺錢多，這樣年底分紅他也能分得更多，他巴不得再忙一些呢。

柳嬌看著這熟悉又陌生的酒樓，很是感慨。

「世事無常，變化可真多。」

秦六一聽就知道她又在傷感黎澤不是柳家人的事情，他緊了緊手，小聲提醒道：「今日大好日子呢，多笑笑，別叫小輩跟著一起難受。」

「知道啦。」

柳嬌露出個笑臉，跟著他一起進了三樓的雅間。

他倆是貴客，自然是由黎澤親自招待。他一走，黎記酒樓門口便停了輛富麗堂皇的馬車，下來了一對父子，臉色十分難看。

不過也只有一瞬間，他們很快調整好臉上的表情，進了酒樓。

「二位客官，大堂沒有位置了，可要稍坐還是上二或三樓用餐？」

「自然是上樓去，挑間最好的包間。」

苗掌櫃點頭應是，立刻帶著二人去到三樓角落裡那間雅間的隔壁，風景也是很不錯的。

「客官想要點什麼？桌上這是咱們黎記的菜單。」

「菜單？呿，沒什麼意思，你看著上幾道招牌菜就行，銀錢不是問題。」

苗掌櫃眼一亮，銀錢不是問題？

「好咧！您二位稍坐，菜很快就上來！」

真是太好了，他就喜歡這樣送錢的客人。

「爹，咱們不先去見見那黎家人？」

「不急。」

金源站在窗前，看著遠處的風景，一路的火氣稍稍平復了些。之前收到女兒懷孕的消息他本來是很高興的，可沒過多久就聽到了柳家的變故，偏偏女兒那邊一點消息都沒有傳回家。

果真是嫁出去的女兒潑出去的水，擔心自己會為難柳澤，所以便什麼都瞞著，把他氣得不行。當爹的哪裡還坐得住，自然是立刻殺了過來。

進城的時候派出去打探消息的人回了，說是柳澤已經找到了親生爹娘，並將他們接到了自己僅剩的一座酒樓裡，金源便讓車夫直接來到此處。

他氣的不是別的，是女兒發生這麼大的事都不通知娘家，當初會同意將她嫁給柳澤，那便是已經考察過柳澤的人品了，錢嘛，那是小事，人品才是最重要的，金家又不缺他柳家那點錢。

可也不知女兒那腦子是怎麼想的，有事也不說，都懷了孕，難不成還能讓她和離嗎？這死丫頭，真是氣死他了。

「正軒，你覺得這酒樓如何？」

「還好吧，佈置得還算精緻，也挺乾淨，位置也還不錯。剛剛看樓下都坐滿了，生意應該很好。」

金正軒不甚在意，只是一間小小酒樓而已，他現在比較擔心妹妹。柳家出了這樣的事情，柳澤想必也受了不小的打擊，一家子日後就只能靠個酒樓，想想都心酸得很。妹妹從小就沒吃過苦，她那麼喜歡柳澤，肯定不忍讓柳澤難做，自己有委屈也不會說出來。

「爹，要不我去找找小妹？」

「急什麼，都到陵安了，一會兒見過淮之了，再跟他一起去宅子裡。」

金源得來的消息是女兒已經搬到了她的一處嫁妝宅子，心裡稍稍有些滿意，好歹她還知道自己有嫁妝宅子住。

父子倆正說著話呢，突然聽到門外傳來了一道特別熟悉的聲音。

「金花，我那卷鴛鴦記終卷忘了拿了，妳去幫我拿一下。」

這麼熟的聲音，還有金花那獨特的名字，父子倆一時都愣了。

「小姐，您什麼時候搬回宅子裡啊？這酒樓人多吵雜，實在不利於養胎。」

這話金雲珠不愛聽。

「怎麼就不利於養胎了？我問妳，我在宅子裡一天都在幹麼？」

「就，看書簡……」

「對啊，我在宅子裡是看書簡，在這兒也是看書簡，都是在屋子裡，有什麼區別嗎？在這兒我吃得好睡得香，想見姑爺就能見，在宅子裡能行嗎？」

金雲珠不想多費口舌，直接開了門。

「金花，妳從小跟在我身邊，我想妳應該很了解我才是，日後不要再讓我聽到妳說這些話了，不然，妳就回金府去服侍三小姐她們吧。」

聽到回去服侍三小姐，金花打了個哆嗦，不敢再說什麼。只是她想到自己送出去的信，現在已經到了大少爺手上，等他們一來……小姐會不會生她氣，真的將她趕走啊……

「雲珠。」

本就驚惶的金花突然聽到老爺的聲音，嚇得手一鬆，一盤子零嘴都砸到了地上。飛鴿傳書有這麼快嗎？大少爺收到信再趕過來不是應該還有好幾日嗎，怎麼現在就來了？

金雲珠也傻眼了，看到隔壁房間出來的兩人，心撲通撲通直跳。

「爹！大哥?!你們怎麼來了？」

聽聽這是什麼話？金老爺的臉又黑了不少。

「怎麼？妳夫家我和妳大哥不能來？」

「哪會呢……」

金雲珠尷尬的笑了笑，立刻將父兄請進了自己的包間。聽爹那話的意思，顯然是知道這酒樓的來歷，也知道了柳家的事情，她得好好哄哄才是。

「金花，趕緊把地板上的東西收拾下去，給我換份新的上來。」

她一邊說一邊給金花使眼色，只不過金花現在心慌得很，沒有注意到。

金雲珠只能悻悻的關上門，回到屋子裡。

這間屋子是黎湘費心佈置過的，怕強光太刺眼，掛了兩層紗帳，微風一吹十足夢幻，金雲珠最喜歡了。還有軟榻上的抱枕，真是坐再久都不會累，也不用擔心靠在牆上會很涼。

「爹、大哥，你們坐……」

金老爺環視了下屋子，突然開口問道：「這屋子，是淮之給妳佈置的？」

「不是，是小妹，就是他的親生妹妹。」

說到黎湘，金雲珠頓時像是打開了話匣子。

「爹你不知道，小妹她手藝可好啦。我剛懷孕那會兒吃什麼吐什麼，一天天餓得不行，還是吃了小妹做的飯才好起來。我現在每日吃的飯食、零嘴、補品，全都是小妹親手做的，又好吃又營養，爹你瞧瞧我是不是胖了？」

還真是……

金老爺看著女兒那明顯圓潤的小臉兒，心裡舒坦多了。至少從臉色就能看出來，女兒懷孕後過得還算不錯。

「還有，爹你摸摸看這個，這是小妹給我特製的抱枕，我房裡還有個更大的，有了它我都不認床了，晚上睡得可舒服了。這個是拿來墊腰的，有了它，我看一天書都不累。」

金雲珠嘰嘰喳喳的，三句不離小妹，金正軒都有些吃味了。

「那黎家小丫頭果真待妳這般好？她可是圖什麼？」
也不怪他這般小人之心，實在是自家妹妹這些年身邊出現了不少別有居心的姑娘，妄想著和她交好來謀取利益。
「大哥，你這話可不許再說啊！小妹她是真疼我，不是因為我是金家姑娘，而是因為我是她大嫂。他們一家都待我很好的，之前讓他們搬到宅子裡去住，他們都不肯，阿澤也從來沒有拿過我一個銅貝。」
金雲珠說完，瞧見爹還是臭著個臉，立刻上前拉著他的袖子撒嬌道：「哎呀爹！女兒現在不是過得挺好嗎？你幹麼不高興？等下讓我婆婆他們看到了，還以為我們家很嫌棄他們呢，您可不是這樣小氣的人，對吧？」
「哼！」
「爹～～不生氣了嘛，我知道你肯定是氣我沒有第一時間往家裡傳信，可我也是怕你們擔心啊！想著這邊都穩定下來了再跟你們說，今日酒樓開張，我準備明日就往家裡去信的，沒想到爹和哥哥這麼疼我，早早就來了。」
金雲珠殷勤的又是倒水，又是給爹捶背，說了一堆好話，金老爺沒忍住偷偷笑了下。
「好了好了，別忙活了，坐下歇會兒。」
金正軒搖了搖頭。
「爹，你這一路火冒三丈的，我還以為你怎麼也要訓她幾句，沒想到雲珠幾句話就把你火氣消掉了。」這也太不堅定了。

金老爺瞪了兒子一眼，正要說話，突然聽到一陣腳步聲朝著這邊走了過來。

「岳父、大哥，你們來了怎麼也不通知我一聲，我好去接你們啊。」

黎澤還是如以前和他們相處那般，笑得很是大方，一點沒有因為身世的變故而有自卑的情緒。

金正軒暗暗點頭，妹夫這心性他還是認可的。

「淮之這回可是不該，發生了這麼大的事情，該早些告知我們才是，明明是自家的事卻是由外人的口中知曉，不知道的還以為咱們起了什麼齟齬。」

「啊？岳父沒收到信？」

黎澤看了看妻子，見她一副心虛之態，哪還有什麼不明白的？

「那可能是我疏忽漏掉了，大哥說的是，以後有事必定第一時間通知你們。」

金家父子倆也瞧明白了，敢情瞞著自家都是女兒私自做的決定，這還有啥好怪的？不能打也不能罵，只能順水推舟的過去了。

「行了，這事不說了。我瞧著你們現在過得挺好，放心了不少，一會兒下去拜訪妳公公婆婆去。」

金雲珠開心的點點頭，她就知道爹只要哄好了，最是講理的。

「爹，今日酒樓裡頭剛開張，他們都忙著呢，你和大哥在這兒歇一歇，晚些時候咱們再去。」

金家父子都沒意見，正好他們也還想多和金雲珠說說話。

黎澤待了一會兒便被金雲珠給推了出去。

「外頭要忙的事多，你且去忙吧，爹這兒有我陪著呢。」

「是，淮之你忙去吧，今日開張，你這個當家的哪有閒坐的道理。」

岳父這麼體貼，黎澤還真是有些不習慣，不過樓下也是真的忙，他也就不推諉了，很快下了樓。

他剛走，阿布幾人便送菜上來了。

因為知道這間雅間裡的客人是東家岳父，所以一看到雅間裡頭沒人了，便直接將飯菜送到金雲珠的屋子。

「好香啊！」

金雲珠聞著味道，肚子就已經開始咕咕叫了。

「夫人，阿湘姑娘說了，您這兩日有些上火，吃點魚羹正好，不過桌上的辣菜是一律不能吃的，還有這盤油炸的小酥肉也不能吃，若是實在想吃的話，最多只能吃兩根。」

「啊?!」

辣菜不能吃，油炸的也不能吃，那這一桌子菜，豈不是只能看了?!

金雲珠委屈巴巴的看著自己面前的那碗魚羹，極不情願的答應了一聲。「知道啦。」

的。

算了，忍兩天就行了，上火了對肚子裡的小傢伙不好，小妹做的魚羹味道也是非常不錯

金雲珠主動給父兄分好了碗筷。

「爹、大哥，你們快嚐嚐看，小妹的手藝真的很好哦！」

金正軒看著低頭默默喝著魚羹一眼都不看桌上其他菜的妹妹，當真是意外極了。雲珠從小嬌慣長大，哪怕她並不如別的一些姑娘跋扈，性子也還是傲得很。從小除了爹和自己的話，沒見她聽過誰的。

當然，後來和淮之認識後，也會聽淮之的話。

沒想到這黎家的小丫頭居然也能鎮住她，說不讓她吃，她便連看也不看了。

「雲珠，這會兒又沒人看見，想吃就吃唄，上火多大點事，喝副涼藥就行。」

金雲珠一聽這話，放下碗便說教起來。

「大哥你糊塗呀？是藥三分毒，藥豈是能多喝的。」

再說，不聽小妹的話，她可是會斷自己小零食的，看書沒有小零食，那還有什麼樂趣？

「唉，大哥你不懂。」

金正軒也就是開開玩笑，見小妹果真勸不動也就算了。

他回過頭，這才仔細的打量了下桌上的菜式，忍不住心中驚詫。桌上的這五道菜他居然從來沒有見過，想他多年來出入酒樓何其多，吃過的菜式更是數都數不清，何曾見過這樣式

的？

「爹？」

金老爺拿著筷子也是一臉茫然，他和兒子一樣，都沒見過眼前這些菜，連下手都不知該從何下起。

「雲珠啊，這些都是什麼菜？」

「啊……」

金雲珠才反應過來，爹和大哥都沒吃過這樣式的，連忙逐道介紹道：「這是炸小酥肉，這個是水煮魚，這個是鍋貼魚片，這個是乾鍋排骨，這個是回鍋肉……」

都是她好喜歡吃的菜！介紹得她口水都忍不住跟著泛濫起來。

「小妹手藝真的很好，爹你嚐嚐嘛。」

她拿過公筷，挾了一塊排骨到爹的碗裡。

以前她只知道排骨是拿來燉湯的，可自從被小妹投餵後，她才知道原來排骨居然還能拿來炒菜，還有那麼多她聽都未曾聽聞過的菜式。

果真是人外有人，天外有天。

「爹，好吃吧？」

金老爺面色複雜的點點頭，又咬了一口排骨。女兒一直說那黎家丫頭手藝有多好有多好，他以為最多也不過就是比外頭的廚子好上那麼一點點，沒想到……

簡直是太驚喜了。

這乾鍋排骨不知是怎麼做的，外面一層略有些焦，不像往日燉湯的排骨那般滋潤，可是卻意外的香，吃起來甚至比湯鍋裡的更好吃，香中帶辣，對他這樣喜好肉食又喜辣的人真是太太太合胃口了。

難怪嘴刁的女兒三句不離小妹，那丫頭的手藝是真不錯，有這手藝，陵安遲早會有這小酒樓的一席之地。

他看了看兒子，父子倆相視一眼，都是一樣的想法。

黎家好像沒他們想像的那麼差。

「快吃呀，一會兒涼了就不好吃了。」

「好好好。」

父子倆暫時將那些亂七八糟的想法丟到一邊，專心吃起了桌上的菜，越吃便越是驚訝。

肉條竟然還能這樣炸，居然一點都不柴，魚片也是嫩滑無比，簡直就是入口即化！

為什麼平州都沒有這樣的廚子！

金老爺莫名有種前半生都在吃草的感受，瞧瞧這一桌子菜，香的、辣的，這才叫菜，吃完回味無窮。

怎麼辦，還沒回去，他就已經開始難受了，平州可沒有這樣的廚子。

「嗝……」

金老爺打了個飽嗝，依依不捨的放下了筷子。五道菜他和兒子都快吃光盤了，再不能吃了，幸好那水煮魚和乾鍋配菜不少，瞧著不至於太空，不然真是要在親家面前丟人了。

苗掌櫃很快帶人上來收了碗筷。

他真是可惜得很，本來是想給這兩人上一桌子招牌菜的，結果上樓時遇上東家，知道樓上客人原來是他岳家，哪還敢動那心思，只能老老實實的上了幾個菜。

聽說金家是平州的富商，那家財可比柳家要多得多，之前東家去求親的時候便受了不少刁難，也不知道金老爺他們這回來會不會鬧出什麼事，苗掌櫃特意去廚房和黎湘說了一聲。

「我知道了，謝謝苗掌櫃。」

黎湘一時也沒什麼別的想法，只能是兵來將擋，水來土掩。想來能將金家做那麼大，金老爺和他兒子應該不是那等鼠目寸光之輩，大嫂現在和大哥過得好好的，只要不傻，應該不會想拆散他們。沒什麼好擔心的，晚些時候見到人自然就知道了。

「師父，外頭問豆漿喝完了能不能再添？」

「再添半壺吧，開張討個喜，明日起就要收錢了。」

黃豆不貴，一斤大概能磨出六斤豆漿，一天下來也費不了什麼錢。燕粟很快將這話告訴了外頭跑堂的。

雖然續上的半壺不多，但這的確是件讓客人非常有好感的事，吃完的客人出去一宣傳，下午來的食客比上午還多。

麵食類賣最好的就要數水晶包了，主要是顏值夠高，瞧著比那普通包子上檔次多了。

姜惘和燕粟兩個人一起忙活才不至於手忙腳亂，黎湘這邊就要輕鬆多了，人多力量大，她要做的菜其實都不怎麼費時，只要配菜準備好了，爆炒、香煎、油燜都快得很。

桃子姊妹倆無疑是非常好的助手，加上表姊一起掌勺，應付酒樓裡的客人綽綽有餘。

不過一整日做下來，到底還是累的，可是關了酒樓門卻也不能休息，還要招待金家父子倆。

黎湘打起精神，準備了一桌的酒菜送上去。

「表姊，我去換身衣裳和爹娘上樓去了，你們想吃什麼自己做，吃完收拾好了便休息吧。」

關翠兒點點頭，帶著桃子姊妹倆去準備酒樓眾人的晚飯。

黎江和關氏緊張得不行，仔細瞧還能看出關氏的手在微微發抖。倒不是怕那金家人，就是緊張，特別的緊張。

黎湘換好衣裳出來，瞧見娘那樣子便拖著她走在後面，有爹頂著、自己陪著，她的壓力應該就沒那麼大了。

這也可以理解，娘嘛，從小在鄉村長大，突然要面對一個鉅富的親家，她生怕自己哪裡做得不好給大哥丟了人。

可再怎麼擔心也還是要見人的，黎江很快帶著妻女上了三樓，角落的門沒關，走近了便聽見兒子和他岳父正在說笑談論著給小孩準備的東西。
聽起來氣氛還是滿輕鬆的，他直接走了過去。
黎澤看見人連忙起身將兩人帶了過去，正要介紹呢，那金老爺已經笑容滿面的走過來和黎江夫妻打起招呼。
「爹、娘！」
「親家公親家母，這次來得突然，也不知你們今日開業，真是打擾了。」
「沒有沒有，金老爺你來了我們高興還來不及，怎麼能說是打擾。」
黎江順口喊了個金老爺，說完才覺得不妥，正尷尬著，突然叫一旁的金老爺拍了一下。
「欸！咱們是親家，可不興叫老爺，我聽淮之說你今年四十有二，我呢虛長你幾歲，以後我叫你黎老弟，你叫我金大哥就成。」
兩個人的關係瞬間親近了不少，金老爺拉著黎江坐到一旁，又看向親家母身邊的小姑娘。
是真小，才十四的年紀，水靈靈的紮了個側辮，瞧著乾淨俐落得很。
「這就是今日給咱們做了一桌好菜的黎湘小丫頭吧？」
黎湘笑著點點頭，大大方方喊了聲金伯伯。
金老爺心中詫異了下，面上卻沒露出分毫，還是笑得十分和氣。
「湘丫頭可真是能幹，這手藝比起平州許多廚子都要更勝一籌，我現在都愁啊，等回去就吃不著湘丫頭的菜了。」

「那爹你不要回去好了，反正家裡的生意有大哥嘛。」

金雲珠一開口，桌上的人都笑了。

金正軒敲了她一個腦瓜崩，笑道：「妳是想累死妳大哥啊？」

「大哥你那麼厲害，肯定累不著的。」金雲珠一邊拍馬屁，一邊和黎湘給桌上眾人分好了碗筷。「吃飯吃飯，這天兒冷起來了，一會兒菜該涼了。」

有她在中間活躍氣氛，金老爺又十分給面子的捧場，兩家人的頭一次會面還是十分和諧的。

最叫黎湘滿意的是金家父子並沒有因為大哥的身世有所變化，而對大哥有所嫌棄，對自己家爹娘也足夠尊重，這樣就夠了。

一桌飯吃得賓主皆歡，吃完飯，金家父子便跟著金雲珠兩口子回了他們的宅子，畢竟酒樓不是客棧，也沒多餘的客房給他們住。

安頓好爹和大哥的住處後，緊繃了一日的心弦鬆懈下來，金雲珠這才覺得有些累。

「金花，去打水來，我要洗漱。」

「是……」

金花一走，黎澤便坐到了妻子身邊，一雙眼定定的瞧著她。金雲珠最怕他這樣看著自己了，心虛問道：「怎麼了嘛……」
明知故問。
黎澤伸手捏了捏她日漸圓潤的臉蛋，好氣又好笑。
「我記得咱們剛從柳宅裡搬出來，我便讓妳給岳父他們去信說清楚來龍去脈，免得叫他們擔心的。」
「我這不是忘了嘛，你也知道我懷孕後記性不好。」金雲珠反正就是不承認她是故意的。「也不知道是哪個多事的去我爹跟前嚼舌頭，真是討厭！」
端著水的金花一進門就聽見這話，手抖得不行，盆裡的水都灑了小半出來。
多年主僕，金雲珠如何不了解她。
「金花，妳有事瞞著我。」
「奴婢……」
金花小心抬頭看了一眼，心虛得不行，腿一軟便跪了下去。
「小姐！金花知錯了！金花不該瞞著您偷偷給大少爺傳信，金花下次再也不敢了！金花也是擔心您啊。」
「什麼?!」
金雲珠一拍桌子，火氣蹭蹭往上漲。
這可是自己的心腹、陪嫁丫頭，居然在明知道自己不願意通知娘家的時候給娘家送信，說難聽點，與背主也差不多了。
「好好好，妳是個有主見的丫頭。」
金雲珠聲音變冷了下去。
「既然如此，那我爹他們這次回金家的時候，妳便跟著他們一起回去吧。」
「小姐！」
金花嚇得臉都白了，扔下手裡的盆子一路跪到了金雲珠身邊。
「小姐！奴婢知道錯了！奴婢不想回平州，奴婢只想跟在您身邊伺候！」
她想過小姐會生氣，但沒想到小姐會這樣生氣。方才小姐說讓她回平州老家，絕對不只是一句氣話，金花頓時慌了。
「小姐，奴婢真的只是一番好意，陵安城和平州來往商販那麼多，老爺他們遲早要知道的。」
金雲珠失望的閉了閉眼。
口口聲聲的說著自己知道錯了，卻還是下意識的在狡辯，跟著自己這麼多年了，以前怎麼沒發現她還有這毛病。
「金家奴才第一要牢記的是什麼，還記得嗎？」
金花一愣，結結巴巴的背了出來。
「不得、不得、不得背主……可奴婢沒有背主！小姐，奴婢只是心疼妳。」

金雲珠揮揮手讓她出去。

「我不想和妳多費唇舌，出去，出去，讓金書進來伺候。」

金花還待要說什麼，瞧見小姐那難看的臉色，也只好閉了嘴出去換了金書進來。全程黎澤都沒有講話。金花是雲珠的婢女，怎麼處置當然得她自己來拿主意。

雖然他對妻子這樣瞞著岳父的行為也不贊同，但打著為她好的名義去做違背她意願的事，金花實在不該。

「消消氣兒，別上火。」

金雲珠點點頭，就著金書打來的水洗漱了一番，爬到床上便抱著枕頭睡了。

黎澤無言。「……」

他現在連個枕頭都不如了。

第二十八章

第二天一早，酒樓裡又早早的忙碌了起來，不過這回黎湘不用再操心給孕婦另外準備飯食了。

大嫂的娘家人來了，這兩日她定然是住在宅子裡的，也就中午和晚上應該會過來吃。

「打起精神來，今日沒有半價，可能沒有昨日那麼忙，但也不能鬆懈。」

黎湘挨個檢查完所有人的個人衛生後，這才放他們進了廚房。

這時候新鮮的菜肉也都送來了，阿布領了幾個跑堂來來回回搬個幾次就全搬進了廚房裡，趁著酒樓還沒有開門，他們洗菜的洗菜、磨豆子的磨豆子，居然沒有一個人在偷懶，工作態度十分積極。

因為黎湘說了，馬上就年底了，之前說好的分紅今年也有算在其中，就算只有兩、三個月，那也是錢，按勞分配，偷懶的肯定分的少，誰也不想當那個最懶的。

最閒的黎湘有些不好意思的進了廚房裡，煮了幾個蛋給他們一人分了一個，算是小小獎勵。

等苗掌櫃一來，酒樓便打開大門開始迎客了。

早上賣最好的當然是麵食，什麼水晶包、肉包、菜包，饅頭也好賣，這些很多都是打包帶走，像吃麵條才會坐在大堂裡慢慢享用。

今日酒樓仍舊提供甜豆漿，不過開始收錢了，要一銅貝一壺。滿滿一壺可夠兩人喝飽呢，很是划算，要的人也不少，這東西完全是薄利多銷，純粹就是添個彩，黎湘倒沒有要靠它賺錢的想法，真正賺錢的還是各種炒菜湯羹，像那水煮魚，一份就要八十八銅貝，可實際上的成本大概也就三十左右。還有那一籠水晶包，一份二十銅貝，成本卻只有三個銅貝不到。

昨日哪怕全面半價，酒樓也掙了二十銀貝，今日客人應該會少點，不過沒關係，只要在掙錢就行。

「阿湘姑娘，二樓福字房有兩位客人，沒點具體的菜，只是讓妳做拿手的湯羹，說是給小孩子吃的，不能見辣，也不要太大的食物，我瞧著那小娃娃才兩歲多的樣子。」

黎湘點點頭。

「知道了，我馬上做。」

自家酒樓的食牌很多都是大家沒有試過的新菜品，那些客人不知道該點什麼很正常。

「小孩子吃的湯羹……」

那就是魚羹或瘦肉羹了，不過魚羹肉質更細嫩一些，吃魚對孩子的好處也不少，黎湘選了條花鱸讓燕粟拿去宰了。

花鱸刺少味道又鮮，魚肉纖維比較粗，適合拿來做魚羹。

「師父，魚殺好了，刺也剔出來了。」

燕粟一臉的求表揚，黎湘笑著接過魚，誇了他兩句。

「殺魚都快成你的絕技了，今兒你就洗洗菜打下手吧，一身的魚腥味，可別去包包子了。」

「好咧！」

燕粟求之不得，他還是對炒菜這類感興趣。

黎湘只取了一半的魚，劃了道口插上薑片和蔥，又淋了點料酒，放到鍋裡蒸熟。魚肉熟得快，大火一盞茶就行了。

取出來後挑掉薑片和蔥，直接把魚肉扒拉成碎，連同著之前蒸出來的湯汁一起攪拌均勻。當然，魚皮也是要去掉的，不然湯羹就會有股腥味。

這會兒廚房沒有那麼忙，除了正在燒火的小夥計還有正在做麵的關翠兒，一個個都圍在灶臺邊瞧著黎湘做羹。

「先下點油將蔥段爆香。」

黎湘一邊說一邊將蔥段扔進油鍋裡，刺啦一聲，水氣被鍋裡的油炸掉。等油鍋裡的蔥都乾癟後撈出來，加大骨頭湯進去。

「這個湯不拘是什麼，雞湯、鴨湯都可以，清水也行，只是清水到底沒有高湯做出來的香。」

因為知道是個特別小的孩子，所以黎湘把切絲的香菇和筍切得特別特別細，加進去一起煮，煮開了才將盤子裡和了湯汁的魚肉倒進去。

魚肉本來就很碎了，加上滾水不停，魚肉也被沖得更碎，這時才加醬油、鹽和蝦粉進去。

「桃子，兌半碗澱粉水給我。」

她一邊叫桃子，一邊自己拿了顆蛋出來打進碗裡，打散後淋進鍋裡。

「師父，澱粉水。」

黎湘接過碗，慢慢將澱粉水淋下去攪拌勾芡。

「火熄了吧，不用燒了。」

她話一說完，小夥計便退了柴火，杏子也趕緊拿過一個陶盆出來盛羹。

半條魚做了挺大一盆，黎湘撒了點蔥花，這才讓人將湯羹送上去。

二樓的福字包間裡，夫妻倆都是愁眉苦臉的，看著坐在桌上懨懨的小女孩，那心別提多疼了。

自從前些時候女兒在去玄女廟的路上被果脯卡到窒息後，回來就再也不肯吃飯吃零食了，連稍微硬一些的東西也不肯吃，最喜歡的水果和糖糕也沒了誘惑力。廚房做的湯起先還喝一點，後來也不肯喝了，最後只能給她找了個奶媽喝奶。

可是三歲的孩子光喝奶哪夠，才喝幾日精神便萎靡了下去，沒法子，家裡人又到各家酒樓去買拿手的湯羹，可是女兒就是吃不進去，常常是吃一口便忍不住吐出來。

李大人想著自己當初在試菜大會上吃過的那三道新奇的食物，想到那個錦食堂的廚子，那樣的手藝，做的湯羹會不會更加好吃呢？為了女兒他去問了，一問才知道那做菜的廚子竟有自己的酒樓，這才抱著試一試的心態帶著妻女過來。

「蘊兒，過來娘抱抱。」

小蘊兒乖乖伸了手，眼裡一點神彩都沒有。

「客官，您點的湯羹好了。」

阿布敲了敲門，聽到裡頭讓進了才端著湯羹和碗勺進去。他知道分寸，沒有打量客人，老實將湯羹放到桌上後介紹了一下。

「這道菜名叫鱸魚羹，是用魚肉和香菇、冬筍所做，非常營養，客官請慢用。」

介紹完了，他便帶著餐盤退出去，把門關上的時候他飛快看了屋子裡一眼，頓時嚇了一跳，趕緊將門給關上了。

雖然裡頭的人穿的是常服，可他絕對不會記錯，那位是李大人，陵安的一把手呢。

嘖嘖嘖，這麼大的官還會到外城來吃飯，阿湘姑娘的手藝真是厲害。

阿布迫不及待的下了樓，他要去廚房和阿湘姑娘說一說，叫她也高興高興。

他走的時候屋子裡的李大人正舀了一小碗羹到碗裡輕輕吹著，鮮黃的蛋絲在碗裡轉來轉去，逗得小蘊兒眼睛也不由自主的跟著轉起來。

李大人聞著魚羹的香味，心裡莫名的有了信心，女兒這回肯定能吃進去！

「來，給我餵吧。」

李夫人抱著女兒，拿過碗，舀了小小一勺放到唇邊試了試溫度，正正好。

「蘊兒，來，張嘴，咱們吃點好吃的好不好？」

小蘊兒看到伸到自己面前的勺子，條件反射的挪過了頭。她不喜歡吃這些東西，她害怕嘴裡包著東西的感覺。

「乖啊，咱們蘊兒最聽話了，就吃一口好不好？吃一口就不吃了，不然娘要哭啦。」

一聽娘要哭，小蘊兒立刻轉過頭來，瞧見娘果真是一副紅紅的眼，頓時有些急了。

「娘，不哭……」

她看了看眼前的勺子，小心的湊過去聞了聞，不是她討厭的味道。

「娘，一口？」

「嗯嗯，就一口，好不好？」

李夫人慢慢將勺子挪到女兒嘴邊，在她那期待無比的眼神下，小蘊兒總算是張口將勺子裡的魚羹吃了。

「好吃嗎？」

夫妻倆只覺得心都要提起來了。若是這次女兒再吃不進去，那就得每日灌藥強行餵飯，他們實在是不想這樣。

小蘊兒原本只是含著魚羹，並沒有想要吞下去的想法，可是魚羹包在嘴裡好滑呀，它自己在不停的往喉嚨裡頭鑽，嘴巴動一動，還沒嚐夠味就全沒了。

香香的！

「娘，還要。」

這麼長時間了，這還是夫妻倆第一次聽到女兒說還要吃東西，高興得跟什麼一樣。

「好好好，咱們蘊兒還要吃呢，真好。」

李夫人擦了擦淚，趕緊又舀了一勺，李大人則是又從盆裡舀了一碗出來涼著。

這魚羹食材剁得非常細，加上魚肉軟嫩，都不用嚼，裹在羹裡輕輕一抿便進了肚子。

不到一炷香時間，一碗魚羹小蘊兒已經吃完了。

「還要吃嗎？」李夫人端著另一碗試探著問。

小蘊兒猶豫了下，伸頭又吃了一口才搖頭道：「娘，不吃……」

「飽了是吧？」

李夫人摸摸女兒的肚子，有點鼓，又見她點頭，心知不好再餵了，和之前比起來已經吃很多了。

「相公，蘊兒這是好了對吧？」

李大人瞧著十分激動的夫人，雖然也很想說女兒已經好了，但女兒的病恐怕沒那麼簡單。

「先帶蘊兒回去休息，咱們到飯點再看看。」

說完他把碗裡的魚羹幾口吃下，那味道、那口感，難怪女兒肯吃了。若是中午女兒肯吃家裡的飯食了，那便好，若是不能，那只怕是要長期來這酒樓訂飯菜。

想想就是一大筆的花費，不過只要能治好女兒的毛病，花再多錢也行。

「夫人，這魚羹味道十分不錯，要不要吃一碗再走？」

李夫人點點頭，她也想知道能讓女兒有所好轉的魚羹是個什麼味道，興許說家裡的廚子也能做出來？

「咦？這魚羹裡的配菜都切得好碎啊，一樣是蘑菇，還有一樣是什麼？」

「是冬筍。」

李大人是個非常資深的食客，他看得出來魚羹裡的食材，只是看出食材也沒什麼用，一般人是琢磨不出做法的。

夫妻倆來得快，去得也快。

阿布才剛在廚房說完李大人在酒樓的消息，一轉眼再去大堂時就得知二樓福字房的客人走了，要他去收拾桌子。

他打開房間門一瞧，盆裡的魚羹還剩一小半，真是有些浪費。不過阿湘姑娘有規定，不能偷吃客人的飯菜，可惜了。

他把魚羹和碗勺都收拾到餐盤裡，又擦了擦桌子，這才關上門出去。結果沒想到，中午還是這間屋，他又看到了李大人。

「二位客官要吃點什麼？」

李大人皺著眉頭，想都沒想又點了一次魚羹。黎湘聽見還挺詫異的，古代當官的都這麼閒適的嗎？

「就點了一道魚羹，別的什麼都沒點？」

阿布點點頭，端著翡翠兒剛做好的一盤炒菜出去了。

這回魚羹端出去沒多久，樓上就傳了話下來要見黎湘。大中午的，食客正多，廚房裡正是忙得腳不沾地的時候，黎湘哪裡會去。

既然是私服出來吃飯的，吃完走就是了，還要見廚子，搞那一套莫名其妙的東西幹啥？

原本她對這李大人還挺有好感的，真是，敗好感得很。

她不肯去，阿布也只能老老實實的將話傳到了樓上。

李大人這才反應過來這會兒是人家廚子最忙的時候。

「是我唐突了，那便麻煩你轉個話給做這魚羹的黎師傅，我晚上快打烊的時候再來見她，有要事相商。」

他也是沒辦法了，誰叫女兒就只吃得下這位黎師傅做的飯菜？今日是他休沐才得空陪著夫人出來，改日他一忙，夫人身體又不好，來的都是奶娘、僕婦等，也不知道能不能將要求說清楚，所以想著先談一談，能不能給女兒量身訂製一個菜單，傍晚再來吧。

李大人帶著妻女又回了家，剛進屋子裡坐下，就瞧見妻子那陪嫁奶嬤嬤臉色不太好的進來。

「怎麼，還沒打聽到？」

「夫人，馬車倒是打聽到了，是永明鏢局的馬車。可夫人您去玄女廟那日，他們鏢局的馬車是被一位姓柴的鏢頭借出去的，至於是帶了什麼人，鏢局裡的人並不知曉。」

李夫人有些聽不懂這話的意思。

「那妳直接去找那柴鏢頭問不就好了？」

奶娘尷尬的笑了笑，答道：「就是不巧了，那柴鏢頭剛出發押鏢去裕州了。」

李夫人嘆了一聲。

這大概就是沒有緣分吧！她一直想要報答那位救了女兒的恩人，卻始終打聽不到人。

「算了，人沒在永明，打聽了也沒有用。嬤嬤，妳帶蘊姐兒下去哄她睡會兒午覺吧。」

「是，夫人。」

奶嬤嬤很快抱著小蘊兒出了門。

李大人坐到夫人身邊，熟練的幫她按了按頭，輕聲說道：「傍晚我一個人去就行了，妳在家好好休息休息。」

「不要，現在哪有事比蘊兒重要。」

李夫人生怕丈夫說真的，傍晚都沒敢睡太死，早早便讓丫頭叫起了自己，趕著和丈夫一起去了黎記酒樓。

這會兒剛過戌時，酒樓裡燈火通明，離打烊還有一會兒，不過正好夫妻倆也沒怎麼吃飯，帶著女兒準備吃完飯再下去見見那黎師傅。

阿布一日見三回李大人，當真覺得稀奇得很。

往年一年到頭才難得見到大人一次，今日真是奇了怪了。

「阿湘姑娘，那李大人還真是又來了，依舊是一家三口，不過這回不光點了魚羹，還點了個回鍋肉和一盤滷味，另外又點了魚頭豆腐湯。」

黎湘累了一天，沒什麼精氣神說話，點了下頭便開始忙活著做豆腐湯。回鍋肉表姊會做，滷味桃子去切，魚頭豆腐湯嘛，她們還都沒有學會，應該說是和豆腐有關的菜品，她們還都沒開始學。

「阿粟，把中午做魚羹剩的那個魚頭拿去劈開，然後把魚骨都給我拿來。」

燕粟應了一聲，立刻找出中午剩的那些魚頭魚骨，清洗乾淨後一刀劈開，又將剩下的大塊魚骨剁小一些。

「師父好了。」

黎湘接過盆子，手中鏟子動了動，將鍋裡的油淋了一圈，放下薑片爆香後把魚頭放下去煎。

煎魚的焦香勾得她肚子咕嚕嚕直叫，在廚房哪有餓肚子的道理？她直接切了塊白嫩嫩的豆腐，沾著醬油吃了墊墊肚子。

沒有焯過水的豆腐有一丟丟的豆腥味，不過可以忽略不計，大概是因為原料好，做出來的豆腐味道也好。

黎湘吃了兩塊豆腐，人也精神了不少，瞧著鍋裡魚頭煎得差不多了，便將魚骨也倒進去翻炒，然後才加清水進去，水開再下切成塊的豆腐，加上調料、撒上蔥花即可出鍋。

做完了這道湯，廚房裡很是清閒了一會兒，因著一天她做的菜最多，其他人也心疼她，外頭再有什麼單子都是自己能做的就做，不能做的才去叫黎湘。

半個時辰後，酒樓打烊了，廚房裡卻還忙活著做眾人的晚飯，關翠兒一把將表妹推出了廚房。

「這裡有我和桃子她們就行了，自家人的晚飯妳操心什麼？」

「行行行，我知道啦。」

黎湘轉身準備拿個椅子在院子裡坐會兒，一轉頭就瞧見了兩大一小在等著她。

剛剛忙起來她都忘了，酒樓裡還有尊大佛呢。

「妳就是做魚羹的黎師傅?!」

李大人簡直不敢相信，那跑堂的居然說這個才十幾歲的丫頭就是那位廚藝高超的師傅，怎麼能這麼厲害……

黎湘假裝不知道他的身分，拿了板凳出來請他們一家坐下。院子裡的光弱，借的都是廚房的光亮，李大人勉強看清楚了她一眼，李夫人跟在自家相公身後，一直到坐下才看到她。

「妳……」

怎麼這麼眼熟？在哪兒見過？

「抱抱……」

小蘊兒朝著黎湘伸出了手。

黎湘詫異的指了指自己，問她。「要我抱？」

「抱抱……」

「不行，我在廚房待了一整天，身上都是油煙和髒東西，不能抱妳。」

這小丫頭當初被果脯卡住後哭得唏哩嘩啦狼狽得很，這會兒安安靜靜瞧著還真是可愛。這樣不吵不鬧的小萌娃她是最喜歡的，可惜身上實在不乾淨，人家也未必想讓自己抱他們的孩子。

小蘊兒有些不開心的撇撇嘴，回頭去望著她娘。

李夫人仔仔細細的將黎湘打量了一番，總算想起她為什麼眼熟了。

「黎姑娘！妳就是那個救了蘊兒的姑娘對不對？」

當日場面太過混亂，她又一心撲在女兒身上，對救命恩人只有個模糊的印象，要不是剛剛女兒要抱她說了話，聲音也那麼耳熟，自己還真是有些想不起來。

「相公！當日蘊兒在路上被果脯卡住了喉嚨，便是這位黎姑娘所救！」
「竟有如此緣分？」
李大人當場便起身朝她做了個揖。黎湘最怕應付這樣的場面，雞皮疙瘩都要起來了，趕緊說起了正事。
「只是舉手之勞而已，兩位就不必介懷了，不知道你們這晚上要找我說什麼事？」
「嗯……說的是小女的事。」
李大人將女兒自從卡了喉嚨後發生的一連串事都跟黎湘說了。
「她現在也就妳做的吃食能勉強吃一些，所以今日才一連來了三趟。」
這樣一說，黎湘懂了，小丫頭這是有心理陰影……
這麼小的娃，講道理也聽不進去的，還是只能誘導著她從流食開始吃起，慢慢再調整飲食。
李大人的意思是想讓黎湘每日給小蘊兒特製些好吃又有營養的流食，這不難，熬粥煮湯煮羹花樣多得很，而且，他給的價錢也很美麗，一月十五銀貝，小娃娃一天才吃多少，左右都是做飯給客人，這活兒她自然接了，且說遠一點，還能和當官的打好關係。
「表妹，剛剛那個真是李大人嗎？」
回到廚房，關翠兒忍不住問，她只在門口看到一點側臉，好奇得很。
「應該是的，阿布那記性妳還不知道？」

黎湘記起上回去玄女廟聽伍乘風和柴鏢頭說起，堵路的正是李知州家的夫人，那應該錯不了。

誒，也不知道伍乘風他們這會兒是在哪裡，有沒有客棧住，這麼冷的天要是露宿野外，那可太難受了。

此時的伍乘風一行，還真如她所猜想的那般露宿在野外。

幾十個鏢師各自分成了十幾個小團體，圍繞著他們要押的貨物生起了火堆輪流守夜。他們走南闖北慣了，隨手薅些乾草往地上一堆就能當凳子當床，反正火堆有人守著，冷倒是不會太冷，就是吃的實在難受。

伍乘風和大劉也生起了火，兩個人走了大半日都沒吃東西，餓得肚子咕咕直叫，正準備放木架烤饅頭呢，就看到柴鏢頭過來了。

柴鏢頭是有馬車的，可以在馬車上休息，不過偶爾也會出來巡視一圈。到底是心疼徒弟，想著荒山野嶺的也沒什麼吃的，就把自己帶的滷肉分了點出來給兩人。

「謝謝師父！」

伍乘風開開心心的接了。

「師父，我這有饅頭和肉醬，你要不要吃點？」

「不用了，我車裡有吃的。」

饅頭又冷又硬，肉醬又鹹又黏，柴鏢頭很是嫌棄的回了馬車上。雖然他自己也備了饅頭，不過現下還有滷肉沒吃完呢，先容他瀟灑幾日。

「大劉，火小一點，等下饅頭都烤焦了。」

「知道啦。」

大劉將柴火挪得離饅頭遠一些，看著那包了滷肉的葉子包直嚥口水。之前在城裡時時都能看到鏢局裡頭的人吃，偶爾也能蹭上兩塊，那味道至今難忘。他有錢，但不捨得買，那些錢都要拿回去給媳婦養家的。

「柴鏢頭對你真好，看來我今日也能跟著沾沾光了。」

「你哪次見我吃過獨食，真是的。」

伍乘風沒好氣的瞪了他一眼，跑到師父馬車裡把自己帶的辣肉醬拖了一罐出來。他記著黎湘的話，這是要放在火邊烤烤才能吃的，所以一直估算著裡頭的油都化開燒熱了才打開。

一開蓋子，那香辣的味道便傳了出來。

「好香啊！」

大劉瞬間來了精神，滷肉都不盯了。

「這就是你那小情人給你做的醬？」

「欸！說話注意著點啊，再亂說，等下不給你吃。」

姑娘家的名譽也是能隨便拿出來打趣的嗎？

瞧著他不像是開玩笑的樣子，大劉立刻閉上了嘴，乖乖蹲到一旁去燒火。很快的，放在架子上的饅頭外皮都有些焦黃了，一股柴火味夾雜著麥香，還挺好聞的。

伍乘風掰開了一個饅頭，拿勺子舀了兩勺辣肉醬夾進去。大劉還以為是給他的，眼巴巴的接過去正要咬。

「這個拿去給我師父。」

「……」

大劉悻悻的把饅頭送去給柴鏢頭，好在回來的時候伍乘風又給了他一個，裡頭夾的辣肉醬雖然沒有柴鏢頭那個多，但他已經很滿足了。

這樣冷的夜裡，吃一口暖烘烘的肉醬饅頭，香氣濃郁的肉醬辣呼呼的，還能暖身子，簡直不要太舒服。

不過只有一個，如果吃完還餓，就得吃自己帶的粟米餅，那辣肉醬有油又有肉，他臉皮再厚也是不好意思一再去討的。

伍乘風吃了兩個饅頭，又喝了點熱水，肚子飽得很，這才收拾罐子準備放回馬車上，結果正好瞧見師父瞇著眼很享受的在吃肉醬饅頭。

嘖，嘴上說不要，身體卻很誠實嘛。

伍乘風退後了點，咳了兩聲才抱著罐子過去，瞧見師父正「睏得不行」的模樣，只覺得好笑得很，放下罐子便趕緊出來了。

一回自己那塊地方，就有好幾個鏢師過來問他剛剛那陣香味是什麼。

「方才我聞著還有些辣的感覺，乘風，你是不是帶辣椒醬了？」

伍乘風都不敢點頭，一點頭這些傢伙保證蜂擁而上把辣椒醬給瓜分了，他只說了是肉醬，長輩送的。

一說肉醬，其他人倒是不好再問了，畢竟問了也沒用，人家長輩送的肉醬你好意思去白吃嗎？

第一天他們忍了。

第二天，也忍了。

第三天……

「到底是什麼肉醬那麼香啊……他這一天兩頓的吃，我饅頭都不香了。」

「我也好饞啊，他離我最近了，那肉醬和咱們平時買的都不一樣，不是暗沈沈的，是那種油亮亮的紅色，看就知道特別的好吃。」

幾個人摸摸肚子，終於在晚上吃飯的時候摸了過去，纏著伍乘風要買。

「我這一共就三罐，賣給你們了我吃什麼？」

再說了，那是湘丫頭的一番心意，儘管是關嬸兒讓她做的，那也是過了她的手，他才捨不得拿出來賣呢。

不過到底都是鏢局的人，他還是給他們的饅頭一人加了勺肉醬，結果幾個人一嚐，更堅定的要買了。

「那要不然賣我們一罐，你留兩罐吃？」

那幾個人一副買不到肉醬就不肯走的架勢，伍乘風一陣頭疼，他給大劉使了個眼色，讓他去糊弄，然後大劉湊過去在他們耳邊說了一句話。

「那是人家心上人給他做的吃食。」

「哦～～我懂我懂，我們懂了！」

幾個人識趣的回到了自己的位置，開始八卦起伍乘風究竟是和誰好上了，之後的一路倒是再沒有問他要過肉醬了。

三罐辣肉醬，伍乘風自己吃，加上每天給師父的，還有大劉時不時蹭一點，路才走一半，就已經全都吃完了。

如今已經進了裕州境內，一路開始有了積雪，也是他們運氣好，沒有遇上正下雪的時候，不然一路頂著風雪趕路那才叫難受。

「明日就能到靈南鎮，今晚咱們就在這附近住上一晚，等到了鎮上我包個客棧讓你們好好歇歇。」

領頭的雇主是裕州人，準備充足，裹了一身狐皮大氅，除了臉有些凍紅了，其他還好。他這話倒是叫鏢師們心裡舒服多了，立刻忙活著找適合過夜的地方。

這冰天雪地的，鏢師們來此難免受凍一些，儘管身體底子很好，但南方的棉衣是真扛不住北方的凍，穿幾件都還是冷，也就柴鏢頭師徒倆和大劉彷彿沒事人一樣，行動間一點不見僵硬，還精神得很。

等隊伍安頓下來後，此行的雇主找上了柴鏢頭。

「不知王老闆找我來所為何事？」

王老闆盯著他的胸口，好一會兒才說道：「不知柴鏢頭能不能將衣裳脫了讓我瞧瞧？」

此話一出，守在外頭的伍乘風和車夫驚得下巴都要掉了。

這是什麼虎狼之言？

柴鏢頭也疑惑了那麼一瞬，不過很快反應過來王老闆真正要看的是什麼東西，他拉開車簾，招了小徒弟過去。

「把你那準備的成衣拿一件過來讓王老闆瞧瞧。」

伍乘風秒懂，立刻跑回師父馬車上，將自己備的羽絨背襟取了一件出來拿給師父，真不知那王老闆是怎麼看出他們身上衣裳有古怪的。

「王老闆，你瞧，我這裡頭穿的就是這個。」

「這是……」

像棉衣又不像，王老闆接到手上只覺得輕飄飄的沒什麼重量，冷冰冰的手裹在那衣裳裡竟然很快感受到了暖意。

這東西……

「王老闆，可看出了什麼？」

「沒有。」

王老闆直接脫下了身上的外衣，將手上的背襟穿上，幾乎是一穿上身，他就感受到了比大氅還要溫暖的感覺，除了手臂還涼沁沁的，背上、胸前暖和得不得了，彷彿穿了兩件狐皮衣裳，可重量卻要輕得太多，穿上竟是不想脫下來了。

「柴鏢頭，若是我所料不錯的話，這衣裳裡頭塞的應該不是棉花吧。」

「自然，棉花保暖的效果絕對沒有它好。」

王老闆眼睛亮得驚人。

「不知道這裡頭填的是何東西，柴鏢頭可能明示？我身上這件能否賣予在下？」

「這個啊，是我那徒弟折騰出來的，賣不賣得問他的意思。」

柴鏢頭撩開車簾，把王老闆的意思說了，伍乘風猶豫了下，彷彿很難割愛。

「王老闆，這是我準備拿到城裡賣的一件樣品，來的時候也沒準備多的，您要買走了，我賣羽絨的時候都沒東西展示了。」

「嗯？羽絨？」

這個新鮮的詞語瞬間被王老闆給抓住了。

「就是塞在這裡頭的東西呀，可比棉花保暖得很，想必王老闆您也感受到了，這東西不光保暖，還輕，您說像這樣的天氣，那些個夫人小姐誰願意穿得那麼臃腫？我這羽絨必定好賣得很。」

王老闆點點頭，他何嘗不知道呢？就自家娘子，年年冬天都要抱怨天冷穿得跟個熊一樣，醜得很。

若是自己將這羽絨拿去製衣……

「小兄弟，不如你直接將羽絨賣給我如何？」

伍乘風好似心動了，但馬上又拒絕了。

「王老闆，這都快到地方了，我半路賣給您算怎麼回事，何必多此一舉呢？」

「不不不，我覺得很有必要，你們將我的貨物送到後，肯定要趕在大雪之前離開吧？若是在城中逗留，年前怕是就回不去了，將羽絨賣給我，你也好早日拿錢回去不是？」

柴鏢頭原本還在看戲的，結果聽了這話反應過來。

是啊，他們得趕回去過年。王老闆這話正中紅心，他們還真是耽誤不起日子。

伍乘風心裡也是明白的，不過是裝著不情願要抬抬價錢。

「我上沒有爹娘、下沒有妻子，一個人自由自在，在哪兒過年都是一樣，不過能跟隊伍回去自然是最好的，王老闆您說的也有道理，不知道您準備出多少錢買我的羽絨呢？」

伍乘風拍拍身上那件羽絨衣，特意將醜話說在了前頭。

「這羽絨很難處理，一點一點收起來到我手裡現在也才十幾斤，十分珍貴。您瞧這背襟不小吧，我做了五件，才填了不到兩斤的羽絨，十幾斤能做好幾套衣裳了。」

王老闆莫名有些遺憾，才十五斤，那真是太少了點。

不過，物以稀為貴……這羽絨製成的輕薄又保暖的衣裳，那些夫人小姐絕對趨之若鶩，十五斤便十五斤吧。

「伍小兄弟，多少錢一斤，你開個價。」

伍乘風看了眼師父，見他比了三個手指頭。

三銀貝一斤！

嗯，就這東西現在在裕州的稀有度，這個價也不算很高，要是能賣出去的話，這次不算佣金，還能多賺個幾十銀貝。

伍乘風覺得不錯，便也舉了三根手指。

王老闆談的那都是上千上萬的買賣，瞧見這三根手指頭，壓根兒沒想過會是幾個銀貝的事，開口就道：「三十銀貝一斤？」

他算算啊，十五斤，保守估計能製十套衣裳，自家夫人一套，剩下的拿到店裡頭去讓那些女眷競價，整個裕州獨一份的羽絨衣裳，至少三百起價，賣出去兩件就能回本，還能將店裡的名氣打出去。

不錯不錯。

「三十便三十吧，伍小兄弟，你們一路護送我到裕州也是辛苦，只要驗貨沒問題，咱們一手交錢一手交貨。」

王老闆那爽快的樣子，直接將師徒倆給震住了。

天地良心，他們將羽絨說得那般珍貴，原本只是想賣三銀貝一斤，沒想到這王老闆這麼的財大氣粗，竟是直接將價錢升了十倍！

伍乘風到底年輕，還是柴鏢頭先反應過來，立刻替他應了。

「王老闆，這天已經快要黑了，你驗貨也驗不清楚，不如等明日到了鎮上客棧後再做交易？」

「沒問題。」

只要能在到達目的地前拿到那批羽絨就行。

師徒倆和王老闆說好後便回了馬車，連王老闆身上的那件羽絨背襟都忘了拿回來。

伍乘風拍拍臉蛋，還是有些不敢置信。

「師父我沒作夢吧，那王老闆真的要三十銀貝一斤買咱們的羽絨？」

「王老闆的皮毛生意遍布裕州，幾百銀貝在他眼裡是小意思，他說的定然是真的。」

柴鏢頭難掩激動，雖然他自己已經有了上千銀貝的家底，但誰不喜歡錢多呢？小徒弟做了這筆買賣，他至少能分上二百，可是筆不小的數目。

「小伍啊，這筆買賣做完，有什麼打算沒？」

「嗯？打算？」

伍乘風沒明白。

「就是成家買房子啊。」

柴鏢頭懶懶的靠在車廂上，勸道：「幾百銀貝是個不小的數兒，省吃儉用在鄉下一輩子也夠用了，在城裡嘛，可以買個外城的小宅子，再打一份零工，勉勉強強也能過。鏢局的日子不舒坦，一年有一半的時間都在外頭風餐露宿，我還是覺得你該踏踏實實安頓下來成個家，謀別的生路。」

就算一時找不到別的活兒，那黎家丫頭不是還有酒樓嗎？小徒弟可以去當跑堂嘛，總之不管幹什麼，都比走鏢安全。

柴鏢頭以前是想找個徒弟將自己的武藝傳下去，覺得伍乘風適合便帶了，可相處下來，他是越來越心疼這個孩子。

明明有爹娘卻宛如孤兒，一個人吃苦受累的攢著那一點點銀錢，從來不捨得給自己花什麼錢，卻對他這個師父孝敬得很。

他的心也不是鐵打的，這樣好的孩子值得他更操心一些。

「師父年紀不小了，最多再幹個五年便要從這鏢頭的位置上下來，這些年我受過的傷那真是數不勝數，有幾次都差點沒命。我呢，只有一身武藝，除了靠這個吃飯，也沒別的活兒可幹，你不一樣，你腦袋瓜靈，辦法也多，適合做買賣。等羽絨都賣了，你自己考慮考慮，要不要從鏢局裡退出去。」

柴鏢頭一番話是切切實實在為伍乘風考慮的，伍乘風也聽了進去，沒有答覆，而是認真思考了一晚上後才告訴師父自己的想法。

「鏢局的活兒我肯定沒有打算長幹，起初會跟著您進去，也是實在無路可走想有個落腳的地方。不過，只要師父在鏢局做鏢頭，那我也會在鏢局裡老老實實的做我的鏢師，直到您退下來。」

不過四、五年而已，他覺得沒什麼，總要陪著師父幹幾年，正好大江叔一直想晚些給湘丫頭辦親事，四、五年，那時湘丫頭十八、十九歲了，他去求入贅機會會不會更大些？

柴鏢頭哪知小徒弟這心意都是分成兩半的，心裡還感動得很，晚上到客棧賣了羽絨後，分錢時還主動少拿了零頭，只取了二百整數。

這錢他拿得毫不心虛，畢竟沒有他的馬車，小徒弟那一身行李趕這麼久路可不容易，而且沒有鏢頭允許，他想夾帶私貨根本就不可能。

趕了這麼久的路，總算是有個客棧能洗熱水澡，睡上個好覺了，可伍乘風躺在床上卻怎麼也睡不著。

冷是有點冷，不過和露宿在外頭那根本沒法比，他現在準確來說應該是興奮，躺下去沒一會兒又爬起來數錢，摸著那冰涼涼的銀貝，一絲睡意都沒有。

師父只拿走了兩百，他現在手上有兩百五十銀貝，加上自己的那些積蓄，這些錢做嫁妝應該是可以的，至少沒有之前那樣寒酸了。

唉，也不知道湘丫頭在幹什麼，有沒有想過他……

黎湘這會兒正忙著準備明日臘八節要做的臘八粥呢，哪有功夫去想他。

最近真是忙得不得了，自家酒樓裡忙，忙完了還要被于老爺子拉去錦食堂檢查各種食材、查漏補缺、商量場地人手，這是錦食堂時隔幾年後重新拿到承辦權的第一年，實在由不得馬虎。

她現在就是後悔，早知道自家這麼快就能有酒樓了，她才不和錦食堂簽什麼契，現在搞得兩頭忙。

好在明日便是臘八，很快就要解脫了。

第二天天還沒亮，黎湘就起床了。

今日她沒空回酒樓，表姊她們也要忙一天，臘八粥嘛，自己給他們做好了再走。

到廚房一瞧，昨晚泡的紅豆、綠豆、蕓豆那些都泡得差不多了，她又去櫥櫃裡舀了粟米、黍米和蓮子等食材出來加水泡上。

豆類太硬，難熟，所以要泡久一些，粟米這些就稍微泡泡就行了，對了，還有紅棗和桂圓乾得拿出來洗乾淨、去掉核。

黎湘一個人靜悄悄的忙著，先把豆子都放到鍋裡煮，加了滿滿一鍋的水。煮臘八粥一定要把水加足，絕對不能快燒乾了才加水進去。

「表妹？怎麼起這麼早？」

看到廚房裡有亮光，關翠兒還以為是桃子姊妹倆起來了，沒想到竟是表妹。

「這是在煮臘八粥？」

「嗯嗯，我今日不是要去錦食堂嗎？估計要忙活一天，總不能叫別人都吃著我做的臘八粥，自家人卻吃不到吧，就想先做好了再去。表姊，妳幫我把蓮子拿過來一下，可以下鍋了。」

黎湘攪了攪鍋裡，煮了小半時辰，豆子已經煮得差不多了，這時放泡過的粟米和蓮子、紅棗等入鍋，再慢慢煮上兩個時辰。

當然，黎湘是等不到煮好了，她把料都配好下鍋後便把灶臺讓給表姊盯著，自己則是洗漱後換了衣裳，直接去了錦食堂。

要說做臘八粥，其實就是把泡過的食材分批放到鍋裡加水煮熟，煮熟了在碗裡加點糖，盛粥攪一攪便是一碗臘八粥。可瞧著挺簡單的，但其實沒有那麼容易。

就像滷味配方一樣，多一味少一味，分量重或輕都會影響最後的味道和口感，怎麼把握好其中的比例，那就要看廚子自己的本事了。

黎湘這回到錦食堂只帶了燕粟一人，他好歹在這裡做過兩、三個月的學徒，對錦食堂的廚房可比自己了解的多。

兩人的腳才剛踏進廚房，就聽到一聲冷哼。

哦，是燕粟之前跟的那位吳師傅，氣性小、瞧不起女子，還見不得自己帶他以前的學徒。

「大家早上好呀！」

黎湘怎麼說也是錦食堂的三掌櫃，廚房眾人除了吳均之外都很給面子的和她打了招呼。

「昨日我讓你們泡的那些豆子都泡好了嗎？」

其中一個廚子正要回答，吳均卻突然笑了。

「還以為妳有多大點本事，能把臘八粥做個什麼花樣出來，沒想到啊，不還是一樣要泡那些豆子。」

黎湘對這樣自負的人從來都沒有什麼好臉色。

「那好多菜都要加鹽、蝦粉和醬油，那做出來的菜味道也一樣嗎？無知……」

「妳！」

吳均被噎得說不出話來，偏偏還不能把這人罵出去，心裡別提多嘔得慌了。

黎湘沒再理他，跟著廚房管事去看了看昨晚泡的豆子，除了那吳均，這廚房的其他人態度還算很配合、很好的。

「三掌櫃，這些豆子都按照妳的要求洗乾淨泡足了時辰，灶臺上的其他東西也都先收了起來，東家說了，就這六個灶臺，廚房裡的人隨您使喚，只要能將中午的施粥順順當當的應付過去就成。」

「知道了。」

施粥到午時，這六口鍋熬上兩輪，應該可以應付過去。不過為了保險起見，黎湘又讓夥計在院子裡臨時搭了兩個灶臺一起熬粥。

「燕粟，去拿兩個盆給我。」

「師父要大的還是小的？」

「就咱們煮水煮魚那樣大小的盆就夠了。」

燕粟點點頭，直接找到櫃子打開，拿了兩個大小正好的陶盆出來。他叫的那聲「師父」很是響亮，廚房在場的人都聽得清清楚楚，吳均被一眾人盯得煩躁得很，在燕粟經過的時候忍不住嘲諷了一聲。

「呿，燕粟，你這麼大個人了怎麼跟著個小丫頭學廚藝，簡直就是叫人看笑話！」

「你誰呀？麻煩讓讓。」

仗著有幾分手藝便瞧不起人，如今自己又不是他的徒弟了，自然不必再忍他。燕粟抱著兩個盆，直接無視吳均回到了灶臺上。

這師徒倆根本就不理會吳均，他再挑事也只會顯得更加可笑，廚房裡一時倒是清靜了下來。

黎湘拿著盆開始往裡頭抓料，紅豆較綠豆要多一些，這樣煮出來的臘八粥不光顏色漂亮，豆香也更加濃郁。綠豆的味道是比較清新的那種，所以煮的時候抓少一些。

八口鍋都燃起了火，每口鍋都是一整鍋的水在煮豆子，這時可以看出黎湘的煮法和其他廚子的煮法是不一樣的。

一般廚子喜歡備齊了材料一起煮，不會像黎湘這樣，煮起來還分先後，有那膽子大的便湊上來和她討教做粥的技巧，見黎湘幾乎有問必答，一個個都湊了上去。

孤零零的吳均氣怒。「……」

一群瞎子，居然相信那個黃毛丫頭的話，同樣的材料做的臘八粥，再出彩也出彩不到哪兒去！

一個半時辰後，第一批臘八粥出了鍋，廚房裡的人自然是最先喝到的，一人一小碗，碗裡都放了糖，攪拌攪拌就行。

「三掌櫃熬的這臘八粥好黏稠啊！和咱們熬的明顯不是一個樣。」

「顏色也好漂亮，這要放到日頭下一照，定是紅紅火火好兆頭。」

「我來嚐嚐味道！」

廚房眾人迫不及待的開始吃起來，吳均也有一碗，他縮在眾人後頭，趁著人不注意偷偷嚐了一口。

清香軟糯，甜蜜又順滑。

香味似乎還是臘八粥的香，可口感真是比他們以前做的要好吃太多了，光是這黏稠感，他們就很難熬出來。

在老百姓眼裡，粥熬得清說明用料少，熬得黏稠說明用料實在，這一鍋粥拿出去，必定能為錦食堂贏得一片讚譽。

她，是真有兩把刷子的。

吳均只覺得嘴裡的臘八粥都變得有些苦澀起來。

「都吃完了嗎？吃完趕緊把鍋裡的臘八粥騰出來，咱們還得繼續煮呢。」

「吃好了吃好了！」

本來也就一小碗，幾口就能喝掉的東西，眾人收拾了碗，又趕緊來幫忙舀粥騰鍋。

「三掌櫃，您這臘八粥我們瞧著就放了幾次料，也沒別的了呀，為什麼熬出來會如此黏稠？而我們熬的臘八粥不管用了多少料，總是水水的？吃起來就像是熬好後再兌了水，口感十分的差。」

「是不是熬煮的時候見鍋裡少了水，又加水進去一起熬？」

眾人一愣，水少了當然要加啊，不然鍋糊了怎麼辦？

「不能加水嗎？」

黎湘搖搖頭答道：「倒也不是不能加，是要一開始就加足了，另外就是豆子泡的時辰要足，熬的時辰也要足。只要做到了這三點，你們也能煮出這樣的臘八粥來。」

「謝謝三掌櫃指點！」

幾個廚子大大方方的道了謝，躲在後頭的吳均也豎著耳朵將這幾項要領給記了下來。

很快，二掌櫃便帶人進來搬走了廚房裡的第一批臘八粥。

黎湘只管監督做，至於在哪兒施粥她沒問過，地點官府也不管，只要在這節日裡把粥施出去就行了。

於是錦食堂這些熱騰騰的臘八粥，很快被拉到了城中最熱鬧的街市上。

第二十九章

陵安城最熱鬧的街上擺了錦食堂熱騰騰的臘八粥，二掌櫃剛把官府給的牌子立上，便瞧見不遠處東華的人也立了塊牌子擺了施粥的攤，這明顯就是要和自家打對臺。

「二掌櫃這怎麼辦？咱們要換地方嗎？」

「不換。」

這麼多粥搬來搬去一會兒就涼了，再說他對黎湘那姑娘有信心，總之她做的臘八粥再差也差不到哪兒去的。

「敲鑼吧。」

聽到那哐噹一聲鑼響，東華的人都笑了。

「三掌櫃，那錦食堂的人居然敢在咱們附近施粥，真是膽大。」

「可不是嘛，跟咱們打對臺，等下攤子前一個人都沒有那就尷尬了。」

三掌櫃笑了笑，也吩咐了夥計敲鑼。

兩家打起了對臺，自然就有那好事的人去對比了下兩家的臘八粥。

「這根本不用比呀。」

一碗在陽光下赤紅發亮黏乎乎的臘八粥，和一碗材料看著挺多、但顏色暗沈沈而且很水的臘八粥，是個人都能看出來今年是錦食堂完勝。

「往年東華樓的臘八粥也是這樣，吃著也覺得還好，可今年吃了錦食堂的，才吃出了味兒來。」

「對對對，吃了錦食堂的臘八粥，看著東華的就有些反胃了。」

「算啦算啦，免費施的粥就不要要求那麼多了，只能說錦食堂實在吧。」

路人知道今日有施粥，都是拿著碗出來的，幾乎都在一邊吃一邊討論。

「這話就不對了，雖然這粥是免費的，但那是官府給了酒樓銀錢的，只能說是官府免費施的粥。」

「啊呀，那收了錢還做成這樣，嘖嘖嘖……」

東華樓的人看著眼前排隊寥寥無幾的人，又因為這一番話跑了兩個，一個個臉黑得不行。

同樣都是臘八粥，原本他們打的是誰難吃誰尷尬的主意。畢竟他們東華一向用料精貴，廚子也是行業裡的佼佼者，做出的臘八粥肯定要比錦食堂那破落戶要好。

結果現實打了他們的臉。

不遠處錦食堂的攤子前排了長長的隊伍，那尾巴就在自家攤子跟前，卻沒有人來看上一眼。臘八粥在一點一點涼掉，宛如他們涼掉的心一般。

得知了此處的情況後，東華大掌櫃迅速下令讓人將這攤子撤了，把攤子擺到了外城去。

原本是內城外城各一處的，現在東華兩處都搬到了外城，因為外城討生活的百姓多，他們不在乎臘八粥味道好不好吃，只要料足、能填飽肚子，便會開開心心的來領上一碗回家。東華的人幾乎都是強撐著笑臉將粥給施完的，午時過後，收拾攤子各回各家。

東華大掌櫃一回到酒樓便被夥計請到了廚房去，裡頭安靜如雞，實在不太尋常。

果然，他一進門就看到東家正背著手站在裡面，在他面前放著一碗赤紅的臘八粥，雖然已經涼掉了，卻也依舊能看出是很黏稠的粥。

「來，都來看看錦食堂的臘八粥，再看看你們做的。」

廚子們面面相覷，一時都不知道該說什麼好。這沒啥好狡辯的，人家做的就是比他們的更出彩。

「一個個都啞巴了？我那麼高的工錢雇你們，你們就是讓我在外頭丟人？知不知道今日城中居民都在討論什麼？人家都說你們這臘八粥是煮好用水兌的！」

這話廚子們就不愛聽了，他們可是實實在在用料煮出來的。

「東家，你說這話前可得去查查廚房採買的記錄，我等都是按照往年的標準來做的，一顆豆子都沒有私自昧下。」

說話的是這東華廚子裡的老人，在東華也待了十七、八年了，他的話自然是很有分量，奈何他老闆現在一肚子火，根本沒心情顧及他們的想法。

「我管你們有沒有昧下，總之你們叫我這回在李大人面前丟了醜，我不管，你們必須把這臘八粥給我做得和錦食堂一模一樣，過兩日我來瞧瞧成果，若是明年臘八再這樣，別怪我扣你們工錢！」

「你！」

眾廚子大多是被高價挖來的，簽的契約時限也是非常長的，幾乎就是個長工了，他們對東家是敢怒不敢言，只能在背後罵他兩句，又趕緊去研究錦食堂的臘八粥。

大掌櫃跟在東家的後頭慢慢上了樓。

「老丁啊，我讓人去打聽了下，說是這次錦食堂的臘八粥都是那個黎湘丫頭做出來的。」

「又是那丫頭?!」

大掌櫃皺了皺眉，覺得有些棘手。

「東家，這丫頭是挖不過來的，她跟她那哥哥合開了一家黎記酒樓，就在外城呢，聽說生意很是紅火。」

哪有人會願意放棄做老闆，而來東華當個普通廚子？

「不能挖就看著辦，總之不能越到我東華前面去。」

「明白……」

忙活了一上午，黎湘的差事差不多算是完成了，下午其實是沒什麼事，要回酒樓也行，但她想著難得出來一趟，有些事正好趁這個空檔去辦。

早上她出門時便就已經做好了準備，帶齊了東西。

「燕粟，你回酒樓幫忙吧，我要去你姊姊那兒一趟，快的話一、兩時辰就能回去。」

「師父是要去做衣裳？」

「你聽話回去就是了，不該問的別問。」

黎湘想到自己要去做的東西，臉有些熱。

和燕粟分別後，她就直接坐上竹筏去了燕粿的布坊。

以前燕粟還沒拜自己做師父的時候，娘便是在她家裡買布，如今有了燕粟這層關係在，兩家自然更為親近，黎家上上下下穿的都是在這兒買的，包括之前做給大嫂的那些抱枕、小玩意。

「燕粿姊！」

「誒！阿湘？怎麼這個點過來了？」

燕粿笑容滿面的迎了出來，這會兒店裡頭她丈夫朱文才也在，朱文才是個憨厚的性子，一聽黎湘說找燕粿有事，便停下手裡正裁製的布出來招呼客人，讓妻子陪著黎湘進了裡屋。

裡屋是裁剪、縫製和給客人量衣的地方，還算寬敞。

「燕粿姊，前幾日我找妳做的護膝做好了嗎？」

「還差一點呢，妳不是說要讓阿粟把什麼羽絨帶過來讓我縫進去？」

黎湘拍拍自己帶的包袱笑道：「這不是親自帶來了嗎？」她把乾淨的羽絨拿了出來，看著燕稞將羽絨都塞進護膝裡頭，然後縫好翻出來。

「好啦！」

「燕稞姊妳手藝真好，再幫我做點別的東西吧。」

黎湘又拿了塊木板出來，上面是她用木炭畫的內衣內褲。之前和娘溝通過簡易版的，娘也做過兩身，穿是能穿，但鬆鬆垮垮的，沒有她預想的鬆緊帶效果，說了幾次娘也不明白，她只好來找燕稞做了，畢竟人家是專業的。

這東西燕稞一見便來了興趣，拉著黎湘就著細節討論了半個時辰，討論完了，兩人又一起做了一堆塞棉花的月事帶。表姊捨不得做，她是非做不可的，用草木灰她是渾身都不舒服。

等黎湘再從布坊出來的時候已經是快傍晚了，她直接乘筏子，不過不知道為什麼才行一盞茶工夫，綁竹筏的繩子就散了，幸好河道不寬，靠岸很快，竹筏上的人都沒出什麼事。

一行人上了岸，有在岸邊等竹筏的，也有直接轉身準備走回去的，黎湘跟著等了一會兒，一直沒有竹筏過來，算了下酒樓的距離也不是太遠，乾脆沿著河道一邊等筏子一邊慢慢往家走。

光天化日的，河邊街道人也不少，黎湘放心得很，走著走著還有心情逛逛路邊的攤子，給酒樓裡的人買了一些炒栗子。表姊他們一天到晚都在酒樓裡，說實在也挺悶的。

「姑娘，來看看頭花吧？」

黎湘淡笑著搖頭拒絕了，她不喜歡戴那些花花綠綠的頭飾，當然首飾她是愛的，比如玉飾、銀飾等等，頭花嘛，就算了。

誒？前面有個賣首飾的攤位，好像東西還挺漂亮的。

黎湘走快幾步，打算去看看，表姊生辰就快到了，她老早就想給她準備個小飾品，結果一直也沒空出來買。

她走得稍快了幾步，步履穩重，也特意避開人走，沒想到就這樣還是撞到了人。

「哎喲喂！疼死我了！臭丫頭妳是怎麼走路的！」

一個渾身酒氣的大漢就躺在黎湘腳下，一副被她絆倒的模樣。

碰瓷？

黎湘腦子裡瞬間冒出了這個詞來。她確定自己走路的時候有避開周圍的人，怎麼會突然冒出個醉漢來被自己絆倒？

「喂！妳這是什麼態度?!」

男人聲音一大，周圍的人立刻都看了過來。

黎湘儘管十分的不願意，卻還是向地上的人道了歉。這人一身酒氣，她又孤身一人，若是發了酒瘋拉扯起來必定是自己吃虧，好漢不吃眼前虧，該慫就得慫。

「大叔你沒什麼事吧，我扶你起來？」

「怎麼沒事？有事！我腿傷了現在動不了，先賠錢再說！」

黎湘無語。「……」

要錢要得這樣明目張膽？

「大叔，你要是傷了，我可以現在雇輛車送你到醫館看傷，藥費我來出。行吧？」

「不用妳假惺惺的，妳把錢賠給我就行了。」

地上的男人滿臉都寫著「無賴」兩字。

「堂堂一個大男人，竟然當街訛詐一位小姑娘，要不要臉啊？」

周圍的人也不是傻的，一時倒是有好些人幫著黎湘說話。不過那醉漢臉生得凶，又帶著一身酒氣，凶巴巴的將路人一罵，他們便不敢再說什麼了。

仗義幾句是可以，若是要把自己搭上，那就還是算了吧。就在眾人都安靜下來時，一個白衣公子走到了黎湘身邊。

「光天化日的，這位兄臺未免也太不講理了些，正好我和官衙的劉捕頭有些相熟，不如我讓人去請他過來和你聊聊？」

這人雖是在和地上的男人說著話，眼神卻有意無意的瞄向黎湘。

若是尋常鄉下來的小姑娘被這醉漢一纏心生慌亂，自然不會注意到周圍的眼神，可黎湘從一開始就很鎮定，起先她以為只是簡單的碰瓷，直到這個白衣男人出來，地上的醉漢明顯和他有眼神上的交流，不能說熟識，卻一定是認識，她就覺得有些不對了。

黎湘安安靜靜的看著這個男人在旁邊唱戲，見他先是抬出了捕頭壓人，然後曉之以理動之以情，最後還很大方的給了那男人幾百銅貝，叫他好好生活。

真是感天動地的大好人啊。

醉漢終於從地上爬起來「一瘸一拐」的走了，周圍的人也散了，那白衣男人這才「優雅」的轉過身，自以為是的安慰她道：「姑娘莫怕，他已經走了。」

黎湘抬頭將他打量了一番，穿得人模狗樣，臉長得也算是俊秀，就是眼睛暴露了他的別有用心。那雙眼沒有平和沒有淡然，只有算計，看著自己，就彷彿是看著一塊香噴噴的蛋糕。

「今日之事多謝公子，天色不早我得趕緊回家了，公子也請回吧。」

管他現在在算計什麼，反正不理他就好了。

黎湘道了謝便走，絲毫沒有想再多說幾句的意思，白衣男人完全沒料到她會是這樣的反應，畢竟自己剛剛替她趕跑了訛詐她的醉漢，於情於理都該好好道謝，再互通下姓名吧？

賈猷帶著任務來的，自然不能叫她就這麼走了，連忙跟了上去。他跟得不是很近，看著倒像是順路一樣。

黎湘不知道他打的什麼主意，生怕再出來個醉漢，乾脆下了河梯老老實實等竹筏，河道需要竹筏運人，不可能會沒有竹筏過來，耐心等等肯定有的。

這下賈猷尷尬了，停下來吧，顯得他不懷好意，走吧，任務沒有絲毫進展，他不甘心，回去還不知道要被那些傢伙如何嘲笑。

之前大掌櫃挑人的時候自己好不容易才壓了他們，如今怎麼能毫無進展的就回去？這黎湘小丫頭年紀輕輕便有那般手藝，還有個酒樓和滷味鋪子，不說那兩鋪子，光是滷味方子便值很多銀錢了，只要將她的心抓到手，日後便嫁雞隨雞嫁狗隨狗也是東華的人了。自己立下大功，說不定還能將二掌櫃換下來坐坐呢。

可惜，來的時候信心滿滿，現在卻有些吃癟，這個小丫頭好像沒那麼容易搞定，自己幫了她，她卻連名字都不曾告訴。

賈猷朝暗處招了招手，很快便有一、兩個小混混模樣的人從巷子裡拐了出來，嘻嘻哈哈的朝著黎湘去了。

至於他嘛，自然是假裝什麼都不知道的路過了河梯，只等著身後傳來她的驚呼聲再回頭去「幫忙」。

那兩個小混混很快走下河梯，兩人彷彿也是要等竹筏的樣子，說笑兩句後便將目光放在黎湘身上。

「喲，今日運氣真是不錯，出門竟然能遇上這樣標緻的小姑娘。」

「小姑娘，妳叫什麼名字呢，告訴哥哥好不好？」

呸！見鬼的哥哥！

黎湘真是不知道該說那白衣裳的男人蠢還是傻，以為鄉下小姑娘智商都很低嗎，又找了這兩貨來挑事。

「我姓黎，叫黎湘，家住黎記酒樓，隨時歡迎二位小哥賞臉去吃飯。」

「……」

兩個人互相看了一眼，心想這丫頭怎麼一點都不害怕？

「吃飯倒是沒問題，就是不知道這吃飯有沒有姑娘妳陪呢……」

其中一人說話間還朝黎湘伸出手，看著像是要去摸她的辮子，黎湘直接側身躲過，警告了一聲。

「說話就說話，別動手動腳，小心我不客氣。」

「喲！是個小辣椒啊～～我喜歡！」那人嘻嘻哈哈的又朝她伸出手。

啪的一聲，一包栗子砸在他的臉上，還沒等他反應過來呢，腰側便挨上重重一腳，直接被踹進了河道裡。

另一個人都看傻了，下意識的要去拉兄弟，才發現河道邊水淺，只到他腰際，正回過頭凶巴巴的想去抓黎湘的時候，發現她絲毫不害怕，眼睛正盯著自己的下三路。

那眼神看得他毛骨悚然。

「你還愣著幹麼，收拾她呀！」

水裡那個喊了一聲，跌跌撞撞的捂著腰爬了起來。

他這一喊，另一個才反應過來，賈家那個還等著來英雄救美呢，得欺負她才行！

「小丫頭脾氣太辣了些，得治治才好！」

說著他便要去抓黎湘的兩隻手，黎湘躲了兩下，假裝要往石梯上跑，那人上前便拽著她的手往後面拖，力氣還挺大的。

她估算了下距離，琢磨著差不多了，便往後狠狠踢了一腳。

「嗷！」

一聲慘叫，抓著黎湘的手立刻便鬆開了。

「真當姑娘家好欺負的啊？呸！」

黎湘扯了扯衣裳，跟個沒事人一樣上了石梯，朝著來時的方向走去。這裡離秦宅不遠，眼下這個情況她還是不要一個人走了，找秦六爺幫忙去。

此時慢慢挪著步子的賈猷覺得有些不太對勁，怎麼這麼長時間了都沒聽到黎湘的叫喊聲，他忍不住回頭瞧了瞧，居然發現不遠處正在過橋的黎湘！

怎麼回事？

他跑到石梯處一瞧，兩個混混一個渾身濕透捂著腰，一個臉色慘敗捂著蛋，哪裡像是欺負了人，整個一副被人欺負了的樣子。

「怎麼讓人給跑了？」

「賈、賈少爺……您叫我們來，可沒說那丫頭是有身手的啊！您瞧瞧她把我這兄弟給踢的，日後搞不好就要斷子絕孫，這錢……」

事情沒辦好，還張口要錢。

賈猷聽完，臉立時黑了下來，丟下一串銅貝又罵了聲廢物才氣呼呼的走人了，這錢也不敢不給，萬一這兩廢物出去亂說什麼，他也別想有啥好果子吃。

兩個計劃都沒有達到目的，賈猷已經惱羞成怒，乾脆直接順著橋追了上去，結果好不容易追上了人，卻眼睜睜的瞧見她進了一處宅子。

秦宅？

她不是住在酒樓裡嗎？來這兒做什麼？搬救兵？

賈猷沒有走，而是找了個隱蔽的角落蹲了下來，他就不信那丫頭還能在這宅子裡待一輩不成。

「青芝姊姊！」

黎湘一進院子就看到了正在練劍的青芝，不知怎麼就鼻酸了。方才其實她心裡也怕得很，只是不敢露怯，現在到了安全的地方才敢露出幾分情緒來。

「怎麼了這是？眼睛都紅了。」

青芝也有一陣子沒有瞧見黎湘了，原本還挺高興的，然後就瞧見丫頭一副委屈巴巴的樣子。

她收了劍走過去，問道：「是誰欺負妳了？」

黎湘點點頭，把剛剛在路上遇見的事說了一遍。

「那兩人一看就是被人指使來的，我有點害怕，瞧著離秦宅不遠就過來了。夫人呢？」

青芝指了指後院。

「夫人這會兒應該是在和主子做糕點，我去和她說一聲再送妳回去，放心。」

黎湘點點頭，心裡踏實下來。青芝的本事她是知道的，一般的醉漢、小流氓絕對不是她的對手。

很快，青芝便回來了。

「湘丫頭，主子請妳到後院去，說是有些話要跟妳說，等說完我再送妳回去。」

「哦，好。」

黎湘跟著青芝進了後院。

兩口子也是有情致，做糕點特地弄了個爐子在花園裡做，瞧著悠閒得很。從前的柳夫人清清冷冷一身仙氣，如今的柳夫人，整個人溫和了許多，也接地氣了許多，臉上一直掛著笑。

「湘丫頭，快過來坐。」

柳嬌招招手，黎湘便聽話的坐了過去，剛坐下，面前便有一小碟子糖糕放過來。

「吃點東西壓壓驚。」

黎湘心情不佳，吃著糕點，嘴裡也覺不出什麼滋味來。

「謝謝秦叔，對了，青芝姊姊說你們找我有話要說，什麼話啊？」

「方才青芝簡單的說了下妳剛剛在外頭遇上的事，很明顯妳是叫人盯上了，為的是什麼嘛，我想妳心裡應該也清楚得很，今日臘八，我聽說錦食堂出了不小的風頭，把東華都壓了下去，是誰派的人，我差不多也想到了。」

秦六給她倒了杯菊花茶，繼續說道：「東華那個東家姓時，來路不怎麼正，就是有個好妹妹，嫁給榮王做了小妾，後又母憑子貴做了側妃。有這個關係在，他在陵安做點小買賣，大家都給面子得很，不過他手裡真正能頂事的沒幾個，酒樓裡有點廚藝的師傅都是花錢從別處挖過去的。」

黎湘聽到這兒，頓時想起當日在東華樓做完三道甜品時，那東華二掌櫃到後廚去找自己說他東家想見自己說說話。

當時她就猜到可能是要挖角什麼的，只是自己都有鋪子了，便直接拒絕了。

「他之前有想找我談話，我拒絕了，難道因為這個，他們就找人算計我？」

「不，那時候應該還沒有，這位時老爺可沈不了這麼久的氣，我想應該是今日錦食堂將東華壓下去的事才叫他動了心思。不過這手法略有些溫和，不太像他，妳不知道，當年一個廚子不肯受他招攬，沒多久就被人打折了雙手，還抓不到人。這其中的貓膩，大家都心知肚明的。」

秦六對這姓時的一向不甚苟同，不過生意場上嘛，逢場作戲誰不會呢，目前秦柳兩家和時家關係還算和緩。

「今日之事，大概只是個美男計，若是妳上勾了，那等妳出嫁後，黎記酒樓自然便沒了威脅，也不用冒多少風險。」

輕飄飄的話聽在黎湘耳朵裡卻是沈甸甸的。

說得簡單，他們算計的可是一個姑娘家的一生，比打斷雙手又好到哪兒去？

「秦叔，那依你看，我現在該怎麼辦？」

「這……」

秦六頓了頓，柳嬌立刻瞪了他一眼。

「這事吧，簡單點就是我去和他打個招呼，看在我的面子上，他應該不會再為難妳或者想法子為難妳家裡人，但他肯定也不會那麼容易放棄，還會有別的法子來整治妳家酒樓。像他那樣的人，使些銀錢斷了妳家的供貨應該不是什麼難事，所以我勸妳，暫時先在外城好好把酒樓經營著，別再摻和內城錦食堂的事了。」

「不會不會，我去錦食堂就是幫忙做個臘八粥，做完就沒我什麼事了，再去得是明年……」

黎湘心裡有些發澀，縱然她的手藝在這個時代很厲害出眾，可有些東西是真的難以撼動的，王侯之家，皇親國戚，哪怕只是沾個邊，都是小老百姓惹不起的。

「秦叔，謝謝你告訴我的這些，我都記著了。」

「行，那讓青芝送妳回去吧，明日我親自去趟東華樓，妳且安心。」
「嗯嗯！」
黎湘幾口把糖糕吃完，茶水也喝完了，又和夫人道了別，才跟著青芝一起出了秦宅。
幾乎是在一出門，青芝便感覺到了那道窺視的目光。
「居然還敢跟著妳。」
青芝拾起一顆石子，運力一彈。
「哎喲我的眼睛！」
賈猷捂著眼一陣哀嚎，痛得不行。
「青芝姊姊……」
「沒事，咱們走吧。」
青芝拉著黎湘，一路將她送回酒樓後才返回秦宅。
此時天色都已經暗了下來，她要再不回來，黎江便就要出門去找了。
「回來就好，吃晚飯了沒？餓不餓？」
「餓！」
黎湘打起精神，沒叫家人看出異樣。
「表姊，我想吃妳包的小餛飩了，妳幫我做一碗吧。」
「好好好，這就去。」

「蒽幫我多放點哦～～」

「知道啦！」

關翠兒立刻轉身進了廚房，跟著她一起進去的還有駱澤，不注意還真是看不到他。

「咦，駱澤是什麼時候過來的？」

「他啊，滷味店一賣完就過來了，現在不像之前，鋪子挨得近，想見個面還要走上好一會兒呢，難得過來一次，妳可別進去。」

關氏拉著女兒去了她的房間，母女倆說起了悄悄話。

「昨兒個我去看了妳小舅母，她那腿已經有反應了，郎中說堅持吃藥再經常按摩的話，用不了多久便能站起來。聽說這段日子都是小駱在前前後後的照顧，妳小舅舅他們夫妻倆對小駱可是滿意得很，妳小舅舅親口說了，過陣子就要給妳表姊和小駱訂親。」

「啊？訂親！這麼快啊？」

黎湘一時都忘了今日發生的事，心神都飄到了表姊和駱澤身上。

「那表姊也同意了是嗎？」

「這有啥不同意的，小駱說了，就算成親了，日後也還是跟妳舅舅他們住一起，生娃也會有個隨關姓。」

關氏很是羨慕，小駱是個好孩子，又是真心喜歡翠兒，兩個人登對得很。但反觀自家的女婿呢，還沒個影子，四娃好像有點可能吧，卻又是個走鏢的。

走鏢多危險的活啊，哪怕是入贅，她也有些不太想讓女兒招個這樣的。

「湘兒，妳和四娃……」

「娘打住打住，正在說表姊呢，怎麼又說到我頭上了？我和四哥什麼事都沒有，人家現在正忙著押鏢呢。」

黎湘最怕爹娘說起這個，藉口要去看桃子姊妹，眨眼便沒了影子。

「這丫頭，真是的。」

關氏憋了一肚子的話，只好回房間去和自家丈夫說了。

今日發生的事黎湘沒有和家裡的任何一個人說，因為說了也只是叫家裡人跟著擔心而已。

如果明日秦叔叔去東華樓能夠說好，那便相安無事，若是他說和不了，那家中便要生事了……

不過想來東華的人應該也不敢明目張膽的害人，頂多是在酒樓裡生生事，或是像秦叔叔說的那樣，想辦法中斷自己酒樓的菜肉供應。

算了，走一步看一步吧，先聽聽秦六叔那邊的回應。

黎湘懸著心整晚沒睡，凌晨才瞇眼了一小會兒，上午做菜忙碌著，倒是將這事暫時給忘到了一邊，直到青芝過來她才又想起來。

「青芝姊姊，妳來啦！」

「嗯嗯，這不怕妳惦記著睡不好覺嗎？得了信就趕緊過來了。放心吧，是好消息。」

一聽是好消息，黎湘整個人都鬆了一口氣。

「那就好，這次真是要多謝秦六叔了，青芝姊姊也謝謝妳！對了，妳現在不急著回去吧？」

青芝點點頭，她的時間其實自由得很，尤其是現在主子整日和夫人在一塊兒，她跟在夫人身邊倒是礙眼得很。

「我不急。」

「那妳上我屋裡坐會兒？廚房煙火氣重，我去做點吃的給妳，順便給夫人他們帶些回去。」

青芝下意識的嚥了嚥口水。

雖然她跟著夫人搬回了秦宅，但她也會偷偷溜出來買些黎家滷肉和小菜回去嚐嚐。湘丫頭會的菜式那真是五花八門，個個都對她胃口得很。

「我不坐了，正好出來想去看個朋友，大概兩刻鐘後回來。」

「好，兩刻鐘回來正好差不多能吃上。」

黎湘送走了青芝後，立刻回到廚房開始忙活起來。她自然是要先準備做給青芝的吃食，青芝和夫人不一樣，更加喜辣，所以可以給她做道辣子雞和水煮肉片，湯嘛，廚房裡有現成的雞湯，準備起來還是很快的。

她一邊做著菜，一邊讓杏子單獨和麵，這麵和做包子餃子的麵不一樣，剛開始和便加了油和蜂蜜進去，和好後醒上一刻鐘後揉勻，再繼續醒上一刻鐘。

等青芝回來，菜也做好了，趁著她吃飯的功夫，黎湘將醒好的麵團拿出來切成劑子，搓成了長條，細細的長條對折攪在一起再捏個頭合上，一個小小麻花便成型了。

這樣冷的天氣，炒菜什麼的做了拿回去給夫人他們到時候也是涼掉，還是做點小零食更好。

油炸的麻花口感酥脆，目前在陵安黎湘還沒有發現有這類的吃食。自她進城後，秦六叔和夫人對她相助良多，她也沒什麼可回報的，只有一手廚藝尚可見人，可以做些吃食給他們。

青芝吃飯很快，黎湘的麻花炸得也快，三層食盒很快便裝得滿滿當當的。

黎湘送走了人，深呼吸一下，頓時一陣神清氣爽。東華樓那邊消停了，自己也不用再提心吊膽，舒服！

俗話說，過了臘八便是年。

這眼看著日子一天天過去，年味也是越來越濃了，最近擺攤的人越來越多，好些老遠地方跑來的就為了賣一把年貨。

黎湘倒不操心菜、肉，只是抽空出去挑了些堅果零嘴回來，光是生瓜子她便買了不下十袋，將廚房櫃子占得滿滿的。今日又和賣魚的老闆訂了一批魚，一家子午飯都是草草吃的，淨忙活著殺魚了。

到年關的時候，江上的漁船都不出去，到時候想吃魚就得自己去釣，酒樓裡只有肉、菜怎麼行，所以她準備做點鹹魚備著。

這麼多的魚要處理可是得費不少的功夫，還要清洗乾淨，劃上刀口，杏子最是坐不住，黎湘便打發她去收拾廚房了。

一家子在院子裡輪流忙活了半個時辰，才將那一百斤的魚通通清理出來，剩下的便用鹽醃上，黎湘這回沒炒椒鹽，而是去買了一批竹子，將鹽都倒進竹筒裡烤製後才拿出來醃魚。

這還是她自己無意間發現的小技巧，在竹子裡烤製的鹽自帶清香，醃的魚不光不腥，還帶著淡淡的竹葉香氣，味道非常不錯。當然，聞不慣竹葉的人就會覺得很奇怪，所以她醃製的時候做了一半一半。

一條條鹹魚被放進缸裡，每日翻上一翻，只等著三日後倒了血水再晾曬幾日就好了。

「湘兒，快過年了，到時候酒樓裡肯定很忙，所以我想明日便帶著妳大哥回村子裡一趟，把族譜給改過來。」

「回村裡……」黎湘頓了頓，接著點頭道：「對，是該回去。」

現在供奉在黎家祠堂的族譜記錄的還是大哥生於何年卒於何年，太不吉利了。

「那記得給老村長他們帶點東西吧，還有平時一起捕魚的幾個叔叔，早些年咱們家欠了他們不少的人情，帶些臘肉臘腸給他們。」
黎湘記著恩，也不會忘了怨。
「不過，這次爹你和大哥回去，肯定會有不小的麻煩。」
黎江還沒反應過來，下意識的問會有什麼麻煩。
「關家那邊……」
啊，怎麼把這茬給忘了。
黎江嘆了口氣，真是想想就教人煩得很。兒子沒死，必須帶他回去改族譜，這麼大個活人，村裡人又不是瞎子，肯定會瞧見傳出去，關家指不定又會打著來慶賀的名頭上門打秋風。
不怕他們打秋風，就怕他們纏上來，那真是宛如狗皮膏藥一般。
「放心吧，爹會想法子應付的。」
黎湘除了點頭好像也做不了什麼。
傍晚打烊後駱澤又來到酒樓裡，小舅舅已經將他和表姊訂親的日子定在大年初五，上上吉的日子，過不了多久這人便是自己的表姊夫了，所以黎湘和表姊說話也沒避著他。
一聽說黎江要回鄉下一趟，駱澤立刻也跟著請假，說要一起回去。
滷味鋪子少不得他，不過人家這麼長時間才請一次假，也不能說不讓，黎湘想了想，到時候讓燕粟過去頂上一日就成。

「阿澤，你不是說家裡都沒有人了嗎？還回去做什麼？」關翠兒記得他說過，他爹娘都死了，也沒有什麼親戚。

「沒有親戚還有兄弟嘛！我想回去看看他們現在都過得怎麼樣，他們也不知道我在哪兒，還是上回伍乘風回去才幫我帶了個信兒。」

黎湘輕輕一抬眼，想到上回伍乘風說的，回去找了駱澤幾個兄弟幫他演戲，莫名有些想笑。

「那你明日早些過來，我爹和大哥很早就要出發的。」

駱澤點頭應了，瞧著十分開心，不過情緒明顯沒有一早認識的時候那麼外放，這段時間沈穩了不少，也難怪小舅舅會放心將表姊嫁給他。

第二天一早，黎湘便和表姊早早起床給三個男人做了早飯和乾糧，還準備了不少滷肉和糖餅。這些是要拿回去送給村裡之前借錢給自家的人的，臘肉、臘腸分量重些，則是要送給老村長和幾位叔叔。

駱澤嘛，想著兄弟們都沒吃過這些好東西，直接花錢跟黎湘買了些滷肉。畢竟他如今還是個外人，白拿東西他也不好意思。

黎湘見他堅持要付錢，也就隨他去了。

三個人帶著大包小包的東西上了船，這船停在這裡已經有兩個月了，儘管隔三差五黎江便會過來打掃一番，可沒有人氣，這船明顯要比旁邊的更加陳舊一些。

黎澤一上船就忍不住到處打量，居然叫他在船舷上找到了自己小時候刻的幾條小魚和王八，瞧著那些印記，小時候的記憶也越發清晰起來。

這趟回鄉還真是回對了。

半個時辰後，黎江父子倆在鎮上停船，將駱澤放了下去，說好住上一晚，明日一早啟程來接他一起回城。

駱澤提著自己的大包小包，很快消失在碼頭。

他如今衣裳是新的，頭髮梳得一絲不苟，臉上也再沒有了那漫不經心的笑，不熟悉他的人根本就沒認出他來。

到了自家那條巷子，見著他的人不再是躲躲閃閃很害怕的樣子，而是好奇的看著他，詢問他是哪家的孩子，還有幾個大嬸打趣問他有沒有媳婦兒。這樣新奇的感受，還真是挺有意思的。

他直說自己已經訂了親，那些熱情的大嬸才消停下來。

駱澤直接走到自家門口看了眼，門口有打掃的痕跡，乾乾淨淨的，門環上也沒有落灰，顯然竹七他們有乖乖住下。

他深呼吸了下，上前拍了拍門。

裡頭安安靜靜，沒有一絲回應。

嗯？難道這個點那群小子還在睡覺？這麼懶？

駱澤正要喊呢，突然聽到身後傳來一道聲音。

「你找誰啊？」

「竹七！」

駱澤回頭做了個鬼臉，笑道：「我回來了！」

「老大！」

竹七驚得連手裡的餅都掉了，撲上去就是一個熊抱。

「真是你！你真的回來了！」

「咳咳咳……放鬆點，我都要喘不上氣了。」

駱澤扯開竹七的手，直接推開門走進院子。院子裡打掃得很乾淨，連他之前種的幾棵常青都被打理得油亮亮的。

「二生他們呢？」

竹七手一頓，將手裡的東西放到廚房，才回答道：「二生出去幹活了，一會兒就回來。」

「喲，你們還真聽了勸找了活兒幹？好事好事。」

駱澤笑嘻嘻的打開包袱，將自己帶回來的滷肉擺到桌上。

「阿七來嚐嚐，這可是我特意買回來給你們的，是城裡才有的滷肉。對了，二生他們找了什麼活兒啊？在哪兒？咱們去瞧瞧，我好長時間沒看到他們了，還怪想的。」

「不用……二生一會兒就回來了。」

竹七臉色有些不太好看，儘管他知道一會兒二生回來後什麼也瞞不住卻還是想著先瞞一瞞，叫老大先開心一會兒。

「老大，你回來了還走嗎？」

「嗯，明日一早就要回城裡，鋪子裡的生意可忙了，眼下又要過年，到時候肯定忙得不得了，我也不能回來看你們，正好東家今日回了鄉，我便請假跟他們一起回來了。嚐嚐啊，真的很好吃！」

自己日日都在滷味店裡，早飯晚飯都有滷肉配，吃了這麼久他都還沒有吃膩，竹七這小子肯定也會愛吃的。

瞧見他終於動了筷子，駱澤嘿嘿一笑，從兜裡摸了個錢袋出來。

「阿七，我在城裡鋪子裡頭做事，一個月有六百銅貝，瞧著是挺多的，不過過幾日我就要訂親了，所以攢的錢有很多要花的地方，這三百你不要嫌少，拿著過年，多買些肉，一起過個熱鬧的年。」

正食不知味的竹七聞言更是難受，想都沒想就拒絕了。

「老大你不用操心我們，我們自己有做活兒，每月生活都還過得去，上回伍乘風回來給的錢都還沒有花光呢。」

他放下筷子，突然想起一個重點。

「老大你要訂親了?!哪家的姑娘啊？我們認識嗎？」

駱澤笑著搖搖頭道：「不認識吧，她以前都沒來過鎮上，就是普通農家的小姑娘，最是心善，對我也好。訂親就不請你們去了，等成親的時候我包個船來接你們去喝喜酒。」

「真好……」

竹七心裡還挺安慰的，他們一群小混混到現在雖然都過得不怎麼樣，可老大過得很好，有份穩定的工作，還有一門不錯的親事，日後夫妻二人也定能和和美美，總算是有一人過得不錯。

「七哥啊！我快餓死了，餅有……」

咋咋呼呼的二生一路走進了廚房，看到桌邊那道熟悉的身影立刻噤了聲，駱澤正要高興的迎上去，撲面就是一股糞水的味道。

這是……

「阿七?!你說找的活兒就是去倒夜香？」

兩個人並排站在院子裡，低著頭彷彿兩個受家長訓的小孩子。

「老大……」

「到底怎麼回事？你們幾個力氣不小，哪怕只是去碼頭扛半日包都比倒夜香強吧？還有，其他幾個人呢？」

「他們都跟著蘿蔔頭走了，他們不願意過這樣平淡踏實的日子，在這裡住了不到半月就都離開了，只剩下我和二生……」

竹七委屈巴巴的。

「我們之前和碼頭管事起過爭執，那傢伙記仇得很，根本就不給我們分貨扛，在碼頭待一天，一個銅貝都賺不到，後來我才和二生去接了倒夜香的活兒，雖然錢少點，但也就忙活兩、三個時辰，又是在半夜，誰也瞧不見。」

「瞧不見？二生這一身味兒回來，誰心裡不跟明鏡似的，瞧不見有什麼用！」

駱澤只覺得胸中一股子邪火，燒得他十分的暴躁。

竹七和二生是他最好的兄弟，自己在城裡吃香的喝辣的，他們卻在鎮子裡倒夜香。

倒不是他嫌棄倒夜香的工作，而是做這份工作的幾乎都是老弱婦孺，何曾有過壯年男子去做，那不知要叫人在背後嘲笑多少回。

「二生，倒夜香的活兒不要去做了。」

見他不高興，竹七和二生都乖乖的點了頭。

「好了，不說那些了，趕緊過來吃。」

駱澤嘆了一聲，看著埋頭吃肉的兩人，細細琢磨起來。

吃過了肉，二生便去洗澡，也不知是不是經常幹這個的原因，哪怕他洗過了，都還是能聞到一股子味兒，衣裳也是破了幾個大洞，棉絮都要漏光了。

駱澤乾脆帶著他倆上街去轉轉，看看能不能買到兩件稍微暖和的舊衣。

此次出來沒想到會有這些事情，他錢帶得不多，只有五百銅貝，如果買新的成衣二生他倆肯定不幹，只能去街邊看看有沒有賣舊衣的。

三個人在街上逛著，恍惚間竟有種從前一起混日子的感覺。

「老大，真不用去買什麼衣裳，我們也就幹活的時候才穿得破一點，衣櫃裡其實有好的。」

駱澤轉頭瞪了竹七一眼。

「你當我傻啊，你們要有好衣裳早就穿出來了，又不是給你們買新衣，淘幾件舊衣裳囉嗦什麼？」

鎮上的街道說起來熱鬧的也就那兩條，若是街上沒有的話，那就只能去當鋪了。這年頭典當舊衣裳的多，當鋪肯定有不少的舊衣，當然，也會比街邊賣的要貴一些。

三人一路逛一路找著，還真叫他們遇上了一個賣舊衣裳的攤子，瞧著衣裳也偶有補丁，卻要比二生身上的好太多了。

駱澤正要付錢時，正好聽到隔著兩個攤位，有一人在和攤主打招呼。

「闞兄弟，今日生意如何啊？」

闞？這個姓氏瞬間抓住了駱澤的心神。他轉頭看了下，那攤子上擺放的都是些木筷、木碗，還有一些竹編之物。

這麼巧，姓關，還是個木匠，長得還和未來岳丈那麼像。

駱澤想起翠兒跟自己說過的那些家裡事，幾乎可以肯定旁邊攤位的老闆就是那關家大房了，真是運氣來了，擋都擋不住。

「老闆，這兩件衣裳多少錢？」

「這兩件啊，裡頭的棉花可都是才絮沒多久的，一共四百五十銅貝。」

聽到這個價，駱澤頓時笑了。

「老余啊，這麼長時間不見，沒想到你還是這麼喜歡坑人，三百銅貝，這兩件衣裳我拿走。」

「你、你、你……」

「我呀！駱澤呀！難得回來看看你們，算我便宜點不為過吧？」

余大叔悻悻的點點頭，同意了三百銅貝這個價錢。駱澤也很乾脆的付了錢，然後才帶著兩兄弟去了關家大房的攤子上。

挑挑揀揀了好半晌也沒選出什麼合心意的，關老大瞧著周圍攤主都用一種同情的眼神看著自己，莫名有些發慌。

「三位是想買筷子還是碗？」

駱澤沒搭理他，依舊是帶著兄弟挑挑揀揀，三個人占著鋪前的位置，哪怕有意想來買碗筷的也被他們擋了回去。

眼瞧著客人一個個被擋走，而這三人還沒有要買的意思，關老大再傻也知道這是遇上找茬的了，聯想到之前聽到的一些傳言，只能忍著氣道：「小兄弟，我這攤子今日還沒開張呢，你要收保護費也得等下午再來吧？」

「喲，還挺上道，知道交保護費。」

駱澤笑了笑，走到攤子後，蹲到關老大面前問他。

「你是不是有個弟弟叫關福？」

「對對對！是叫關福。可是他惹了什麼事情？小兄弟，那你儘管找他去，他可是和我分了家的，平時都不走動！」

關老大飛快的撇清了關係。

「惹事倒是沒怎麼惹事，只是我啊，看上了你弟弟的姑娘，最近正準備要訂親呢，你這個做大伯的不表示表示？」

「訂親?!」

關老大想到家中婆娘正和娘給翠兒商量的那樁婚事，簡直頭暈目眩，老二居然給她訂了親，還是眼前這個一臉痞色的小混混。

「怎麼、怎麼……這麼突然啊，家裡竟是一點消息都沒有收到。」

「因為我低調啊。」

駱澤見他心虛得不敢瞧自己的眼睛，立刻轉到了另一邊盯著他。

「關家大伯啊，我這個人呢最好吃軟飯，平時也沒個正經活做，本來還擔心和翠兒成親後若是不能養家該怎麼辦，現在瞧見你這手藝，我心裡的石頭總算是落下了。」

關老大大驚，他這是什麼意思？想成親後讓大房來養他？呸！

「小兄弟，你剛剛大概是沒聽清楚，我們大房是早就和二房分了家的，不過你放心，翠兒那丫頭是個勤快的，定然能養活你。」

「這話倒是不假，翠兒的確勤快，我啊，後半輩子就指著你們關家過日子啦。大伯，這幾個碗我拿走了，就當是賀我的訂親之喜。」

「……」

關老大心疼得簡直都要滴血，一個都沒賣出去，先賠了幾個。他那麼懶的一個人，做出這幾個碗可是花費了好長時間呢！臭小子居然說拿就拿走了！

好一會兒他才回過神來，趕緊跟周圍人打聽了一番。

「他你都不知道啊？鎮上有名的地痞，沒遇上還好，一遇上就要收錢，不給就在你攤子前各種亂晃，把你生意都給攪和黃了。之前消失了一陣，聽說是跟著什麼土匪出去做買賣了，也有人說他是殺了人被官府關了進去。關老闆，最近可小心著些吧。」

關老大無語。「……」

天啊，老二一家到底是招了個什麼東西回來！

不行，他絕對不能跟他們家沾上半點關係！

第三十章

關老大收完攤回到家的時候，一進院子便瞧見他媳婦正樂呵呵的送一個婆子往外走。

這是鎮上的王媒婆，附近村子經常能看到她，他見過好幾次，自家兒子的親事便是她給說合的。

「當家的，怎麼這麼早就收攤回來了？」

有外人在場，關老大不想多說，只稍微的點了點頭，便扛著他的一袋東西回了屋子。

「怎麼回事，奇奇怪怪的。」

朱氏看了兩眼便回過神，笑著將王媒婆送出了門。

「王婆，胡老爺那兒的好事可得麻煩妳幫我們盯著點，多說說好話，我們家可是第一個報名的。」

「知道啦，這不得先合過八字再說嘛，我先走了。」

王婆捏好袖中的竹簡，板著臉從關家走了出去，沒走多遠便呸了一聲，十分嫌棄。

若不是瞧關家的翠兒是個好生養的身材，她才不理會朱氏，小氣巴拉的，坐半天就幾口水，若是胡老爺的八字能和那丫頭合上……她得再漲漲價才行。

眼瞧著王婆越走越遠，朱氏這才關上院門回了屋子。

「當家的，今日賣了多少銀錢？」

她像往常一樣伸手去討要，結果只得了句冷冰冰的沒有。

「今日一件都沒有賣出去。」

「你放屁，這明明少了五個碗，還有筷子！」

朱氏對自家的東西那真是記得格外牢固，大到雞鴨小到一根繩子，只要是關家的東西那就是她的，出出進進她都清楚得很。

「你說一件都沒有賣出去，那這些碗是被你吃了嗎?!」

她的聲音漸漸大了起來，聽得關老大格外的煩躁，實在忍不住了便一腳踢翻桌子。

「有完沒完？說了沒有賣就是沒有賣，讓一幫痞子給拿了！」

那痞子還即將成為關家的女婿……

關老大想了想問道：「剛剛王婆來跟妳說的是翠兒的婚事吧？妳趁早撒手不要管了，老二已經給翠兒定了人家了。」

「啥?!」

朱氏彷彿聽見了一道晴天霹靂，白花花的銀貝就這麼越飛越遠。

「不行！老二那糊塗性子，能給翠兒定個什麼好人家？這事還是得娘說了算。」

「不攪和妳會死是不？都說了，老二都給翠兒定了人了！不好惹！」

他一想到早些那小痞子說著吃軟飯的樣子就頭疼，什麼叫下半輩子的生活就靠關家了？

作他的白日大夢去！

「老二定的是鎮上一個出了名的地痞，他找上我攤子了，說是不會幹活，日後都要指望我們老關家。今日那幾個地痞在我攤子前一站，根本就沒人敢來光顧，臨走時他還拿了幾個碗，說是就當訂親賀禮。」

「地痞？」

朱氏滿腔的熱血霎時涼了下來。不管是村裡還是鎮上，最難纏的就要數這種小混混了，那些人臉皮夠厚，膽子又大，誰知道會幹出點什麼事來。

「當家的，王婆那邊我覺得還是跟著看看的好，萬一胡老爺真的挑中了翠兒，那些地痞什麼的自然由胡家那邊去收拾，咱們拿了錢看熱鬧就行。」

自家只是個小老百姓，對付地痞自然不行，可胡家老爺那可是本地的大戶，小小幾個地痞無賴，胡家肯定有辦法。

關老大被自家婆娘纏著說了一通，又被說動了，只是心裡總覺得有些不踏實。

算了算了，睡上一覺再說，今日可是累死他了。

這頭關家一片靜，那頭王婆也拿著關翠兒的八字回了鎮上，剛進巷子還沒到家呢，就聽到鄰居們在說駱家小子從城裡回來了，瞧著混得還不錯，她立刻轉頭去了駱家。

怎麼說也是自己從小看著長大的娃，他娘和自己關係又很好，好一陣子突然沒了音訊，現在又回來了，總是要去看看。

「王婆婆！」

駱澤瞧見熟悉的長輩心裡自然是歡喜的，連忙將人請進了院子。

兩人閒聊了些他在城裡的日常後，王婆忍不住幹起了她的老本行。

「阿澤啊，你這年紀也不小了，如今你家裡也沒什麼人，身邊也該有個知冷知熱的，你可有喜歡的姑娘？王婆去替你說合說合？」

「不用啦婆婆。」

駱澤笑得很開心。

「我馬上就要訂親了。」

「哦？要訂親啦？不知道是誰家姑娘？」

王婆也就是順嘴一問，結果聽到他說出的人名，險些咬到舌頭。

「你說叫啥？姓關名翠兒？」

她直接將袖中關翠兒的生辰八字取了出來放到桌上，一臉的凝重。

「可是雙溪村這個關翠兒？」

駱澤的笑容僵在臉上，王婆是做什麼的他再清楚不過了，而一個女子的生辰八字出現在她手裡無非只有一種情況，那就是議親合八字。

未來岳父岳母都在城裡，訂親也是早就說好了的，這八字不可能是他們給王婆的。

所以……

「是關家大房給您的生辰八字？」

「是，那大房媳婦朱氏和她婆婆一起來找我，讓我將關翠兒的八字遞到胡老爺家去。最近胡老爺又有了納妾的心思，想買鄉下好生養的丫頭，不知怎麼叫她們知道了，找上了我。」

駱澤臉色難看的將翠兒的八字拿起來，直接收進了袖子。

「婆婆……」

「我懂我懂，這八字啊，給你了，不會往胡老爺那兒送的。不過關家大房的事你得通知二房一聲，別到時候被賣了都不知道。」

王婆婆又小坐了一會兒，拿上駱澤給她切的一碗滷肉，這才回了家。

「老大，那關家大房也太不是東西了，一邊喊著已經分家了，一邊還打嫂子的主意。」

竹七憤慨不已，只差挽著袖子上去打人。

駱澤看著未來媳婦兒的八字，氣著氣著便笑了。

「走，咱們今日去享受享受。」

上午自己跟那關老大說的話看來他並沒有放在心上，這樣的話，就只能再去他家裡親自和他慢慢講嘍。

駱澤帶著竹七和二生直接包船去了雙溪村，因著三人穿著良好，臉上也一直掛著笑，所以打聽起事來，村民大致上都挺樂意回答。

很快的，三人便找到了略顯偏僻的闞家。

正在刨木料的闞老大瞧見三人居然找上了門，心裡慌得厲害。

「你們、你們，到我家來幹什麼？」

「大伯啊，咱們馬上就要成一家人了，我這不得來認認門嗎？再說，反正在鎮上閒著也是沒事做，來看看你多好，大伯你不會不歡迎吧？」

駱澤非常自來熟的帶著兄弟兩個進了院子，搬了凳子坐下。

他們幾人說話的聲音不算小，屋子裡的朱氏和她那兒媳婦聽到動靜立刻走了出來。

「當家的，他們這是？」

「他、他就是我跟妳說的，馬上就要跟翠兒訂親的人。」

闞老大十分心虛，總覺得眼前這小子是不是知道了什麼。兩口子迅速交換了眼神，都不敢直接將人攆出去。

「大伯啊，咱們來了，怎麼也沒個糖水招待啊？這說親男方上門也沒這麼敷衍的吧？麻煩大伯娘去給我們兄弟幾個弄點糖水吃吃，記得加三個雞蛋，不然說出去你們闞家也太小氣了。」

駱澤蹺著二郎腿，話卻是對著新媳婦說的，弄得新媳婦和朱氏都又羞又怒。

「胡說八道什麼呢！他們才是夫妻！」

「哦？原來妳是新嫂子啊？看著有些顯老啊，我還以為妳是我大伯娘呢。」

他說完突然裝作一驚，看向朱氏。

「嘖嘖，大伯娘平日在家肯定辛苦，臉上褶子這麼多，我還以為是翠兒奶奶呢。真是，你們不說我還真瞧不出來。」

說著說著兄弟三人便笑了出來，氣得朱氏牙直癢癢。沒有哪個女人喜歡聽到別人說她老，她這會兒都想去打盆水來照照看自己臉上是不是真的有那麼多褶子了。

「當家的……」

短短三個字，不難聽出裡頭咬牙切齒的感覺，偏偏關老大也不能說什麼，人家又沒罵妳，就說妳長得老而已。

「去，去做點糖水蛋……」

他最先慫了，瞧著這三人邪裡邪氣的樣子，反正他是沒那個膽子攆人的。

他一個大男人都沒膽子，朱氏和新媳婦自然就更不敢了，只好乖乖去廚房裡做了糖水蛋。

兄弟仨一人一碗，幾口就給吃完了。

吃飽喝足後，三個人在院子裡轉了轉，不停的問這問那，絲毫沒有要走的想法。每當兩口子有意露出送客的意思，駱澤便會說他是替關翠兒回來看爺爺奶奶的，現在爺爺奶奶還沒有見到，他怎麼能走呢？

朱氏心焦得不行，婆婆和公公去了山頭點種，回來就是吃飯的時候了，難不成這三人還要在自家吃午飯？

剛剛吃了她三顆蛋她都心疼死了，還吃，那不是要她命嗎？

眼看著時間一點一點過去，日頭也一點一點正中，剛消停一會兒的駱澤突然又開口了。

「大伯啊，我這頭一回上門來，午飯是不是要弄得豐盛點？」

夫妻倆心頭齊齊一咯噔。

豐盛？那得是多豐盛？憑啥?!

「那什麼，小駱啊，咱們家就這條件，現在去鎮上買肉也來不及了，只能隨便吃點，你要是吃不慣可以回去吃的。」

朱氏眼巴巴的就等著駱澤開口說回鎮上。

駱澤哪是那麼好打發的，他直接拉著兩兄弟來到了雞圈前。

「大伯娘真是謙虛了，這麼多雞還條件不好，隨便宰兩隻就行了，也不用你們動手，我們兄弟幾個自己來。」

說著兄弟仨挽起袖子便進了雞圈，嚇得雞圈裡的雞咯咯叫個不停，竹七和二生動作迅速的逮了兩隻雞出來，直接擰斷了脖子。

「誒誒誒！我的雞啊！」

朱氏急得眼都紅了，想上去搶又被駱澤瞪了回去。

「怎麼，你們都敢背著我把我未來娘子許人，我還不能吃你們兩隻雞？」

此話猶如一盆冰水，瞬間從夫妻二人頭頂澆下。

關老大說話都有些結巴起來。

「小、小駱，這、這話從何說起，定是誰造、造謠的！」

「應該不會吧，王婆婆可是從小看著我長大的。」

駱澤冷笑著看夫妻倆的臉色，真是一個比一個精彩。

「大伯啊，我這心情委實不太好，想娶個媳婦兒來養我怎麼就這麼難呢？你們把我的婚事攪黃了，那以後我就吃住在你們家了，不過這雞好像不太夠，改明兒記得多買幾隻回來。」

關老大兩口子兩眼一黑，真是想直接暈過去算了，這還不算完，他們眼睜睜的看著另外兩混混進了廚房，將他們家的粟米都翻了出來，還有僅剩的半罐子豬油，那些可都是朱氏的命根子。

「你們住手！」

朱氏衝過去搶過自己的豬油罐子，壓低了聲音怒吼道：「你們這是明搶啊！小心我去報官！」

駱澤看都沒看她，直接坐到了關老大面前，盯著他道：「大伯，你們要報官啊，那正好，讓官老爺評評理，分了家的大房居然去賣二房的姑娘是何道理？我呢，也就是個未來姑爺認門，你們家招待我是理所當然的，見官我可不怕。」

關老大咕咚嚥了口口水，大冷的天，額頭沁出了一層汗來。

報官是不可能報官的，人家弄死了兩隻雞，頂多賠你幾個銅貝，可自己賣姪女的事就會傳出去了，還惹上這幾個地痞，日後只怕是家無寧日。

他到底還是怕的，直接去把豬油罐子搶過來放回灶臺上。

「去！把雞收拾出來給小駱他們做點好吃的！」

朱氏嘔得不行，想要撒潑，又見丈夫臉色不好，雖然她平時是可以在丈夫頭上作威作福，但老實人嚴肅起來，她也不敢太過放肆。

報官也只是她隨口說的，真要去報官她也是不敢的，只好借坡下驢，拉著兒媳去了廚房。

「這就對了嘛，咱們以後可是一家人，不能傷了和氣。」

駱澤笑嘻嘻的靠在牆上，蹺著腿，時不時還哼一段曲兒，那叫一個瀟灑，竹七和二生負責冷臉，瞧著便凶巴巴的樣子，嚇得剛進門的關老婆子還以為自己走錯了門。

「老大，他們是？」

關老大看見娘就彷彿看到主心骨，走到她身邊悄悄說了幾句，老婆子臉上頓時寫滿了心痛。

雞崽是她去抓的，好不容易養到這麼大，準備給阿成媳婦坐月子時吃，現在就這麼白白沒了兩隻？

「姓駱的小子是吧？你說你和翠兒馬上要訂親了？告訴你，這事你說了不算，得老二回來跟我說了才算數，等你什麼時候和翠兒的親事真定了再上門來不遲，老大送客！」

關老大就等這句話呢，聽完立刻有了底氣，轉頭便去瞧駱澤。

「大伯你看我做甚？雞還沒吃呢，怎麼能走？翠兒奶奶，妳這未免也太心急些了吧。雖然妳說得挺有道理，但是我不聽，哈哈哈哈哈……」

駱澤就是一副無賴的樣子，任你怎麼說反正就是不走，關家眾人還不能大聲，生怕讓鄰居聽見了又帶一群人過來看熱鬧。動手是更不可能，對面三小夥子，自家兩男人一個老一個弱，根本不是對手。

關老婆子這口氣真是上不去下不來，噎得夠嗆。

沒多久雞燉好了，朱氏故意不拿駱澤幾人的碗筷，沒想到駱澤也無所謂，直接拿走關老大的，挾了兩隻雞腿給竹七和二生，自己則是舀了一大碗肉吃得飛快。

關家眾人還從來沒有見過比自家人更不要臉的，一時也顧不得心疼了，一個個搶著喝起雞湯來。

可惜搶菜是竹七、二生的絕活，從小練就出來的，誰也搶不過他們，兩隻雞，關家人一人才吃幾塊便沒了。

阿成媳婦兒當場便委屈得哭了起來，朱氏也是心疼得要命，關老婆子就更不用說了，那臉拉得比驢還長，尤其是在聽到駱澤拍拍屁股說要休息休息，等吃了晚飯再回去的時候，真是恨不得去拿刀捅他們兄弟三個。

「姓駱的小子，你到底想怎麼樣？」

駱澤懶洋洋閉著眼睛答道：「不想怎麼樣，你們要攪和我的婚事，日後沒人養我，我呢就賴在你們家。對了大伯，日後你的攤子啊，我們兄弟三人天天給你守著，不收你保護費哦。還有那個阿成兄弟，我記得是在一家糧鋪做事吧？哎呀！那我在鎮上可又多了一個能幫忙的親戚了！」

幫忙？幫什麼忙？

關老大頓時想到之前駱澤在自己攤子上拿走的碗，這群地痞要是去糧鋪鬧阿成的話，阿成的活計絕對保不住，不行！

「小駱啊，翠兒的婚事那絕對是誤會，我們也不知道老二已經準備要給你和她訂親，所以才找人詢問了一番，現在既然知道了，那自然不會再插手的。」

朱氏被自家男人一把推了出來，也跟著點頭道：「我明日便去和王婆說清楚，翠兒的婚事已經定了。」

駱澤又看了看兩個老的。

關老婆子不情不願的哼了聲，算是答應了。

駱澤也沒想逼得太緊，得了幾個人的應承也差不多了，他招呼了竹七兩人過來，起身道：「怎麼也是一家人，我也不想弄得太難看。我呢，爹娘都過世了，如今就指著岳父一家養我，你們若是敢來攪和我的日子，我便十倍奉還，叫你家無寧日，咱們看誰狠得過誰。阿七，咱們走。」

三個人大搖大擺的從關家離開了。

什麼禮也沒帶，一來還吃了三碗糖水蛋、兩隻雞，簡直就是在剜關家人的心。朱氏收拾著桌上的狼藉，暗罵自家男人沒用。

可關翠兒的婚事，他們倒是真不敢去插手了。

如今跟老二分了家，地裡得自己忙活，一年也沒多少收穫，就靠著男人和兒子在鎮上做做工賣賣小物件賺錢，若是讓那些地痞給攪黃了，以後日子可怎麼過？阿成媳婦肚子裡還有一個呢，花錢的地方多得很。

一家人正垂頭喪氣呢，門口突然傳來一道熟悉的女聲。

「哎呀，你們一家都在呢，正好正好。」

來人是村裡的「長舌婦」路氏，娘家正好是和黎家同個村的。

「關大叔你們不知道吧，今日你們家那女婿回村了，還帶著個人，說他是當年失蹤的那個孩子，現在要求改族譜呢。」

「啥？當年那個孩子？阿澤？」

這個消息太過驚人了，關家眾人都暫時將駱澤的事忘到了腦後，詳詳細細的詢問了一番。

「這事我知道的就這麼多，畢竟我也不是他們村的人，祠堂那邊什麼情況我也看不到，反正啊，你們家的女婿可是穿著上好的棉衣，那黎澤更是氣質出眾，想來日子過得很不錯。」

路氏說完這話便離開了，關家好一陣子才反應過來。

「我得去瞧瞧！」

女婿過上了好日子，現在連阿澤都找回來了，那她這個當姥姥的必須得去看看呀。

「娘，我和妳一起去！」

朱氏異常興奮，就想著去占點便宜，好彌補下今日的虧損。婆媳倆很快便收拾好動了身，不過她倆去得不巧，到黎家的時候正好黎江父子已辦完事準備去看老朋友，船繩都已經解開了。

「等等！大江！」

婆媳倆的聲音都夠大，奈何黎江不理她們，直接將船划了出去，她們正氣得跳腳呢，就聽到過來洗衣裳的一個小姑娘和她們說話。

「方才我有聽到大江叔和老村長說下午會去看看之前的老朋友，傍晚肯定會回來的，阿婆，妳不如在壩上坐著等會兒。」

朱氏覺得有理，等就等唄，只要能占到好處。

她倒不擔心占不了，哪怕黎江再不喜歡婆婆，見面了還是得有禮數的招待。況且黎澤都已經找回來了，他也沒有理由再恨自家，岳母拿點女婿的東西可再正常不過。

嘿嘿～～

婆媳倆的想法都差不多，可惜黎江的船一出去便再也沒有回來，她們兩個人頂著江邊的寒風在破屋下坐了兩個多時辰，人都要凍傻了。

一直到天擦黑了，兩人又冷又餓，撐不下去才放棄等人，去找村裡人借宿了一宿。天都黑了，叫她們走回去她們也不敢。

晚上，婆媳倆擠在臭烘烘的小被子裡，真是嘔得不行。最近這是怎麼了，怎麼事事都不順當？

關家婆媳倆徹夜難眠，黎家父子卻是睡得正香。

打從在家門口看到這兩人後，父子倆便沒想過要再回去，送完東西直接就去了鎮上，一路打聽到駱澤的家裡，五個人將兩張床併在一起睡的，倒也還暖和。

一夜好眠到清晨。

駱澤也該跟著黎江父子返回城裡了，可他看著眼淚汪汪的竹七和二生，腳便有些挪不動步子。

自己就這麼走了，他倆會不會又去接倒夜香的活兒賺錢？都這麼大了，一點存銀都沒有，日後連個媳婦兒都娶不上，怎麼能再這樣下去？

「老大……」

二生是三人中最小的，是兩人都疼愛的弟弟，看著他難過得一直哭，兄弟倆都很不是滋味。

黎江父子倆在門口瞧著心裡也不好受，竹七和二生都是挺可憐的孩子。

「要不帶他倆一起走吧？」

黎澤想起前兩日苗掌櫃來找他和妹妹，說酒樓裡要再招兩個跑堂的，生意太好，酒樓裡現在的那幾個幾乎都沒個歇息的時候，當時他讓妹妹看著辦就好，後來也沒瞧見新的跑堂，應當是還沒有招到合適的。

竹七和二生兩個都大了，夠年紀，人也挺勤快，聽說為了掙錢連倒夜香的活兒都肯幹，跑堂賺的錢可比倒夜香要多，他們應該可以適應。

「酒樓裡最近要招兩名跑堂，工錢雖然有六百，但很累。如果你們倆能做的話，就跟阿澤一起上船吧。」

駱澤聞言大喜，想都不想的就替還在發懵的兩人應了下來。

「他們可以的！謝謝黎大哥！」

簡直就是天大的好事！

「快謝謝黎大哥啊！」

駱澤推了推兩人，竹七這才反應過來，扯著二生向黎家父子作揖連連道謝。

「一點小事而已，不用這樣客氣，趕緊去收拾衣裳吧，咱們得早些回城裡才是。」

出來一晚沒回去，黎澤實在惦記家裡得很，也不知道雲珠有沒有好好吃飯、好好睡覺。

被惦記的金雲珠剛起床便打了個噴嚏，嚇得金書趕緊給她又加了件衣裳。

「哎呀我沒事，不要老這麼大驚小怪的。」

金雲珠穿好衣裳，坐到梳妝檯前讓金書給她綰髮。

「對了金書，我剛剛好像聽到妳在和小妹說話？」

「是，奴婢剛剛打水進來的時候遇上阿湘姑娘，她問小姐您有沒有起床，她好給您做吃的。」

金書話音剛落就聽到主子肚子咕咕響起來，忍不住笑道：「阿湘姑娘可是將小姐您的胃口養刁了，如今連肚子都知道阿湘姑娘能給它做吃的。」

「少貧嘴，快梳。」

金雲珠看著鏡中那個模糊的自己，忍不住摸了摸臉問道：「金書，我最近是不是胖啦？」

「小姐，那不叫胖，只是圓潤了些，這是妊娠會有的正常模樣，您瞧您的胳膊、腿，都還是和以前一樣細，等生完小少爺後，很快就能恢復的，奴婢可不是胡說，都是郎中說的。」

「這樣啊……」

金雲珠聽了這話，釋懷了許多。

「我還以為是我這陣子吃太多了才長胖的。唉，小妹手藝真是太好了，以後妹夫可有福了。」

金書順口應道：「那可不，只怕那心和胃都要讓阿湘姑娘抓得牢牢的呢。」

說者無心聽者有意，金雲珠將這句話記在了心裡。

她是不會一丁點廚藝的，所以格外羨慕小妹，可以做那麼多好吃的給家人，若是相公也能吃到自己親手做的食物，那他該有多開心？

不過嘛，她低頭看了看微微隆起的肚子，唉……估計小妹現在是不會教自己做菜的。

「大嫂起來了嗎？」

聽到門口的動靜，金雲珠趕緊應了一聲。

「小妹妳進來吧，我頭馬上就梳好啦。」

黎湘得了話這才端著食盤進屋，將做好的早餐放到了桌上。

「昨晚妳不是說想喝甜粥嗎？所以我早上熬了紅棗粟米粥，放桌上先涼著。」

「謝謝小妹！」

金雲珠髮髻還沒綰好，只能歡喜的扯了扯黎湘的袖子。

「小妹，妳大哥是不是說今日一早就能回來啊？」

「嗯嗯，說不定等妳吃完就到家了。」

黎湘陪著嫂嫂說了會兒話才去廚房吃早飯。若是她沒有提前交代的話，早上姜憫一般都是做包子配豆漿給廚房的人吃。

包子豆漿已經是很好的伙食了，加上他調的餡種類多得很，吃起來一點都不會膩。

「都吃好了吧，吃好了就開工了，苗掌櫃去開門。」

「好咧～～」

苗掌櫃喝下最後一口豆漿，心滿意足的出了廚房，夥計們也跟著出去了，不過很快阿布又跑了回來。

「阿湘姑娘，後門有個大漢，問咱們酒樓收不收野物。」

嗯？野物……

黎湘眼睛一亮，起身就朝後門走去，守在門口的夥計看到她來了才讓開位置，去了前面大堂。

外頭站著一個很高大的男人，這麼冷的天只穿了薄薄一層棉衣，鬍子拉碴的，眼睛非常有神。

看不出年齡，黎湘便叫他大叔了。

「大叔，你要賣什麼野物？」

黎湘沒有看到周圍地上有任何東西，也沒看到他揹著背簍，完全就是空著手來的。

「小丫頭妳能做主？」

男人有些不信，畢竟黎湘看上去真是太小了。

「這是我們酒樓的東家，廚房的一把手，自然是能做主的。」

阿布一介紹，那男人才認真了幾分。

「是兔子，數量有點多，因為不知道能不能賣掉，怕路上折騰死了，所以只帶來一隻，但是剛剛在集市上已經賣掉了。」

「活的？」黎湘眼睛一亮。

「是，老闆，妳要收嗎？」

「兔子！要啊要啊！」那麼好吃的兔子幹麼不要？黎湘一想到紅燒兔肉、乾鍋兔子，口水都要流出來了。「你有多少隻？」

那人想都不想就答道：「大的有三十二隻，小的有二十。」

「我只要大的。」

黎湘清楚得很，這是酒樓，小的難不成養在後院嗎？到時候弄得臭烘烘的，還得操心兔子的吃食。

「市面上一隻活兔子九銅貝一斤，這個價錢你知道吧？」

男人點點頭，就是因為一直賣九個銅貝一斤，那些人卻突然要砍價，他才不賣的。

三十二隻兔子黎湘全要了，那男人高興得很，說好了下午將兔子都送過來便走了。他一走，黎湘才想到令人疑惑的地方。

尋常獵戶不是幾隻幾隻的賣獵物嗎？這人怎麼能一下賣三十隻那麼多？難道是養殖的？

「阿布，你見過這人嗎？」

「沒有，完全沒有印象。」

「行吧，那你到前面忙去。」

黎湘拴好後門，突然聽到外頭有爹和大哥說話的聲音，打開門探頭出去一瞧，果真是爹和大哥回來了。

「爹！大哥！」

誒？他倆身後跟了三個人？一個是駱澤，另外那兩人，好面生啊，穿著打扮看著不像是村裡的，也不像城裡的，兩個人對周圍環境很是好奇，一直左右不停的在打量四周，手裡緊緊的拽著駱澤的衣襬，彷彿兩個小媳婦似的。

這是誰？

「湘兒，有包子嗎？給我們來幾籠，早上吃了個雞蛋就回來了，肚子又餓了。」

「有有有，我這就去拿。」

黎湘將疑慮壓進心裡，轉身去廚房拿了五籠大蔥餡的包子出來，又給他們一人倒了一大碗的豆漿。

吃飽喝足了，黎澤才跟女兒介紹。

「前兩日苗掌櫃不是說要招跑堂嗎？我看一直也沒有補上，正好在阿澤家遇上阿七他們，勤快得很，就帶回來了。」

「是竹七、二生？」黎湘看他倆和駱澤關係親近，直覺猜道。

「阿湘妳認識他們？」

「不、不認識……」

只是在某個人的故事裡聽到過好幾次這兩人的名字而已，說起來某人成功擺脫魔鬼，他倆功不可沒。

「沒問題，大哥既然帶你們回來了，那你們就先待下吧，跟著苗掌櫃學學規矩，學好了便可以正式上工。對了阿澤，他們住哪兒？」

黎湘是不會把陌生人安排到酒樓後院的，她也不想陌生人住到自家滷肉店去，這樣問便是在明示駱澤了。

駱澤倒也不傻，聽明白了她的意思，立刻表示現在就替他們去附近租個屋子。租屋子一個月也不貴，兩人合租，靠工錢完全能應付，而且酒樓裡據他所知有包三餐，如此一來要花用的錢就更少，壓力也變小。

阿七他們肯定能在城裡紮下根的。

安頓好人後，酒樓新的一天忙碌便開始了。

竹七和二生從小流浪街頭，笑臉迎人、察言觀色那套都不用教了，苗掌櫃只教了個人衛生要注意的事項和取菜對應的桌號，就放兩人去跟著阿布他們忙活。

能有一份安定的活計，對兩人來說是期盼已久的事情，而且老大說了，能在酒樓裡做事是他們走了大運，要珍惜。他們都聽話得很，認真學著阿布他們擦桌子、端菜，一邊還記著一些酒樓的菜式，總不能客人問你酒樓的招牌菜是什麼你都說不出來。

黎湘對這兩名新夥計還算滿意，只要好好幹活就行了。

一直忙到下午，上午談好的那三十二隻兔子送了過來。

黎湘查看了下，一隻隻都還挺精神，身上也不是很髒，味道沒想像中那麼大。這麼多的兔子，光是兔皮扒下來就能賣不少錢，何況還有肉，價錢在她看來還算挺便宜的。

「大叔，平時你若還有什麼野味，比如野雞、狍子什麼之類的，也可以拿到我們酒樓裡來賣。」

男人收了錢，臉上難得多了幾分笑意。

「這是自然，只要黎老闆價格公道，我也不想浪費時間再去跑別家。」

黎湘聽出了點意思，不過還沒等她再多問幾句，那人便走了。

黎江一進後院便看到兩大籠的兔子，灰撲撲的一大片。

「湘兒，妳買這麼多兔子回來是要……煲湯？」

「煲湯也有，做菜也有，反正是好吃的。」

黎湘蹲在籠子前，抓了幾隻兔子出來讓廚房的小夥計先處理，剩下的嘛也得抓出來將籠子給洗洗，不然放在院子裡總有股味道。

幸好大哥方才帶著大嫂回了宅子，不然這股味兒估計能把嫂子熏吐。

「桃子杏子妳們過來，把兔子抓出來繫上腿，籠子打水洗洗曬乾。」

桃子姊妹倆真是求之不得，看到那毛茸茸的兔子早就想摸了。

「哇，這兔子好肥呀！」一提在手上至少有四斤呢。

黎湘看著咋咋呼呼的姊妹倆，搖頭笑著進了廚房。

這會兒第一隻兔子已經處理好了，洗乾淨正擺在案桌上，她將配料都先抓了出來，才去將兔子剁開，洗掉血水後用料酒生薑醃製起來。

「師父，兔子肉好吃嗎？」

小可憐燕粟和師姐們一樣，從小沒吃過兔子。

黎湘點點頭，回味了一下。

「野兔肉鮮嫩，比起豬肉來別有一番風味，一會兒做出來嚐嚐就知道了。」

她算是寵徒弟的，平時有什麼好吃的做出來都會分一些給三人嚐嚐。燕粟是從小沒了爹娘，由姊姊一手拉拔大的，最近兩年生活才好過一點。桃子姊妹就不用說了，從小被賣，輾轉各府當丫頭，吃口剩菜都是奢侈。如今自己是他們的師父，自然要寵著些。

「做這兔肉啊，其實和很多菜式都一樣，前幾日不是教了你們一道麻辣雞嗎？來，灶臺交給你，就照著做麻辣雞的步驟來，只是肉變成了兔肉而已。」

黎湘讓出位置給燕粟，自己在一旁盯著。

燕粟有些緊張，仔細回想了下做麻辣雞的步驟，叫了小夥計開始生火熱鍋，一邊做一邊自己在那邊碎碎念。

「先把拍碎的薑蒜炒一半，再倒辣椒醬進去炒香……」

嘀嘀咕咕的，一邊念一邊將調料放下去，炒香後，才下了撈出來的兔肉進去翻炒。

「師父，加了醬油、料酒還有鹽後，還要加糖嗎？」

燕粟始終對加不加糖沒有自信得很，見黎湘點頭了，才抖了一丟丟進去。此時鍋裡的兔肉已經很香了，不過還要加水燜上兩刻鐘才能熟。

黎湘全程看著，偶爾提醒一句，鍋裡的兔肉漸漸熟了，這時再另熱一鍋燒油炸香葉、花椒、辣椒，炸好將料撈出來丟掉，熱油澆到盆裡的兔肉上，將另外一半薑蒜爆香，一盆麻辣兔肉就算是完成了。

「師父，嚐嚐！」

燕粟十分期待的拿了雙筷子遞過去。

黎湘挾起一塊油汪汪的兔肉，肉香被封住了，只能聞到一陣麻辣的鮮香，咬一口才能吃到精髓。

兔肉是真的軟嫩，燜煮過程中吸飽了湯汁，一點腥味也無，鹹香辣口，味道當真不錯。

燕粟做的火候也差不多，評分的話，大概能評個八十分吧。

「還不錯，端出去給他們嚐嚐，另外把苗掌櫃叫來。」

黎湘交代完便去自己房間找了空白食牌出來，磨了點墨將麻辣兔肉寫了上去，字雖然沒有店裡掛的那些好看，但還算工整，總之能看得懂就是。

「東家，妳找我？」

「嗯嗯，這個給你，拿去掛到大堂顯眼的地方。」

苗掌櫃接過來一瞧。

「麻辣兔肉，三十銅貝……」

「是，另外交代阿布他們可以和客人推薦推薦，今日限量六十份，售完即止。」

六十份對酒樓來說那真是小菜一碟，苗掌櫃拿著食牌出去，掛到了顯眼的地方，有那老食客來他便會順嘴介紹一句，別的不說，就那道菜限量六十份，就已經打動了很多人的心。其實酒樓裡很多菜，一日也才賣個二、三十份，但加了限量兩字，便顯得珍貴起來，彷彿下手晚了便吃不到一般。

六十份兔肉，不到兩個時辰便賣光了。

「師父，前面馬上打烊啦，晚飯是我和姊姊做嗎？」

「不用了，今天我和燕粟來做吧，妳去找妳姊，一起把這堆兔皮洗乾淨，晚些時候我有用。」

黎湘把最後一份兔肉加上之前做麻辣兔還剩下的一半反覆清洗過後，直接放進滷水鍋裡，眼下就快打烊了，等他們把酒樓的清潔做完再到後院，肉也就滷得差不多了。

至於剩下的菜，她偷了個懶，只炒了青菜和一盤溜魚片，其他的便都交給燕粟去做。徒弟嘛，就是要替師父分憂的。

等大夥兒打掃完酒樓，再吃完飯，外頭天也黑了，這個時候還沒有紙，路上也沒個燈籠，外頭幾乎是沒有什麼行人的。

酒樓裡的夥計都離開了，後門此時卻響了，不用問就知道是駱澤那小子，眼瞧著訂親的日子越來越近，他和表姊也越發黏糊了，白日見不著，晚上摸著黑也要過來說上幾句話。

唉，談戀愛可真是能使人瘋狂。

黎湘沒去開門，表姊聽見動靜會去開的，她洗完腳倒了水便直接回了屋子。

忙完了一天，她還要將今日的流水帳謄出來。倒不是她信不過帳房，而是他們的記錄方式實在太過複雜繁瑣，現在不將每日明細用自己的方式記下來，待到查帳的時候，那幾十卷天書能看得你頭暈眼花。

黎湘不是沒想過將法子教給帳房，但那老大叔幾十年都記習慣了，讓他用現代的記錄方式去分門別類很困難，最後也就隨他去了，就是自己麻煩些，每日花上大半個時辰整理一番。

不過這肯定不是長久之計，她還是要培養一個會用自己這種方式記錄明細的帳房。慢慢來吧，酒樓才剛開張沒多久，帳房是動不得的。

黎湘磨了墨，將帳房記的瑣碎帳目一點一點整理到自己分類好的竹簡上。

「嗯……兔子三十二隻，共一百二十二斤，出一千零九十八銅貝……豬排骨六十斤，出六百銅貝……」

正專心寫著呢，她突然聽到牆外的表姊笑了一聲，罵駱澤欺負人。

她們住的這幾間屋子底牆都是用院牆做的，那兩人在外頭說話，聲音稍微大一點，自己這邊就能聽得清清楚楚。以前表姊和駱澤不過是問候來問候去，她也沒覺得有什麼，可最近啊，兩人說話越來越膩歪，她就是想提醒也不好意思了。

關翠兒哪裡知道夜晚在外面說話，屋子裡竟能聽得那樣清楚，這會兒她整個心神都在駱澤身上。

「哪有你這麼直接上門去說的，叫村裡人知道了，肯定要笑話我的。」

說是這樣說，可是一想到大伯和奶奶他們被駱澤氣得火冒三丈卻只能憋住的樣子，心裡真是說不出的痛快。

「阿澤……謝謝你。」

駱澤上前一步，笑問：「就嘴上說說啊？」

他原意是想要個翠兒做的錢袋或是什麼小物件，結果沒想到對面的翠兒竟是直接踮腳湊過來親了他一下。

「這樣行了吧！」

關翠兒臉紅得跟個猴屁股似的，不好意思得很，親完便跑回了院子拴了後門，駱澤好半天才回過神來。

「怎麼只親臉呢。」

黎湘無言。「……」

大晚上苦兮兮的做帳還要吃狗糧，真慘。

黎湘等人走了才靜下心來將今日所有的流水謄到自己的竹簡上，一邊記一邊其實就能算出今日大概的收益了。

自從開張後，酒樓生意越來越好，每日收入從一開始的二十銀貝已經漲到現在一日大概四十銀貝，扣除各類菜肉的花銷，每日怎樣也能淨賺二十多銀貝。

馬上過年就要分錢了，想想還挺激動的。

黎湘收好東西，吹熄了燈，總算是能休息了。

一轉眼便到了臘月二十九，馬上就要年三十，酒樓裡的帳自然是要清一清，東家分完了錢，剩下的還要給下面的人發呢。

今日酒樓打烊得早，帳房先生和黎湘都在算帳，算了總收益再減掉開銷和原本帳面上的錢後，黎湘很快得出結果。

這兩個半月來，酒樓裡總淨賺是一千六百五十銀貝。

九成自己和大哥平分，各得七百四十二銀貝又五百銅貝，剩下一成，苗掌櫃分一半，得八十二銀貝又五百銅貝。

她反覆算了三次，結果都是一樣。

半個時辰後，帳房也得出了結果，和黎湘算的分毫不差。

黎澤確認無誤後，直接開箱子取了銀貝出來。兄妹倆的自己先拿去鎖回了屋裡，剩下的就是給苗掌櫃和酒樓眾人分配了。

「小妹，我時常不在樓裡，該怎麼分配，妳說了算。」

沈甸甸的一包銀貝被交到了黎湘手上。

黎湘先是把苗掌櫃的分給了他。八十多呢，苗掌櫃拚搏大半生也才攢了兩百多銀貝，激動得眼淚鼻涕一大把，哭了好半天。

一旁的其他人真是羨慕得很，眼巴巴的看著黎湘，就想知道自己能分多少。

「當初咱們說好的按勞分配，我想，廚子應該是功勞最大的吧。」

沒有廚房的菜，回頭客又哪會那麼多，生意又哪會那麼好？

夥計們都沒有意見。

黎湘便直接取了銀貝出來，給姜憫、桃子他們一人分了八銀貝。

「謝謝阿湘！」

「謝謝師父！」

另外六個跑堂和帳房先生加廚房的小夥計是一人四銀貝，剩下七百五十銅貝，分給了新來的竹七和二生。

「咱們是按勞分配，你們才到半個月，所以這錢自然比他們要少，明年認真做，分的肯定更多。」

所有人都激動的握著手裡的錢應了一聲。

這才兩個半月，他們便能分到這樣多的錢，若是一整年，那豈不是要樂瘋了？沒想到他們竟然還能輪上這樣的好事。

一群人拿著自己的分紅開開心心的回了家。

姜惘是在走出酒樓後才忍不住掉下了淚。

學廚這麼多年，頭一次摸到這麼多的錢，妻子看到定然歡喜得很，兒子也終於能去他心心念念的學堂念書，他再不是鄰居口中那個只會做點菜連家都養不起的小廚子了！

「珍娘！妳快來，看看！」

「什麼呀？又是好吃的？」

珍娘以為丈夫又是帶了酒樓裡的剩菜回來，笑咪咪的過去接過袋子。打開一瞧，嚇得腿都軟了。

「當家的，這、這、這是哪兒來的？你不會是從酒樓裡拿吧?!」

這麼多錢，還是銀貝！珍娘想起前日兒子想去學堂被自己說了，家裡要留錢修房子，結果他哭哭啼啼跑去找了丈夫，莫不是丈夫想送兒子去上學堂，鋌而走險了？

瞧她臉色都有些白了，姜憫連忙安慰道：「放心吧，我怎麼會去幹這種事？還記得我早上跟妳說的驚喜嗎？這就是了，咱們酒樓今日發分紅了！」

「分紅?!」

珍娘愣怔的看著錢袋裡的銀貝，笑容越來越大，眼紅紅的還掉了淚。姜憫知道她在哭什麼，趕緊上前攬著她一起進了屋坐下。

「我之前就和妳說過，茶樓變酒樓是頂好的事，東家也是頂好的人。這才兩個半月的分紅，妳瞧就有這麼多了，明年可還有一整年呢，我好好做事，東家不會虧待我的。珍娘，這些年委屈妳了，為著我這個活計，沒少被人嘲笑，明日我去將爹最後一點帳給清掉，咱們好好過個年。等年過完了我就去找人將咱們這破屋給重新整好，還要送圓圓去學堂。」

大概是聽到了自己的名字，在外頭玩耍的娃娃立刻跑了進來。

「爹，娘？你們怎麼都哭了？」

「沒事，爹娘眼睛進沙子。」

珍娘一把將兒子抱到腿上，捏了捏他的小臉兒。

「等過完年，咱們圓圓就可以去學堂上學啦，開心嗎？」

「真的嗎？」圓圓瞪大了眼睛看著爹娘，見兩人都點頭了，頓時興奮的從他娘腿上跳了下來，滿屋子瘋跑。「我能念書啦！」

瞧著兒子那高興勁兒，夫妻倆心裡真是前所未有的舒坦。

這日子啊，總算是有個奔頭了。

黎家酒樓這一次的分錢可以說是將酒樓眾人都徹底的凝聚在了一起，但是黎江沒有摻和，也不肯分錢，因為女兒兒子每月都有給他們夫妻銀錢，給自家酒樓做事本就是應該的，哪有再去分錢的道理。

「湘兒，酒樓裡都分了錢，妳小舅舅那邊……」

「爹你放心吧，我還會虧待小舅舅不成？」

黎湘早就想好了，滷肉鋪子如今一日差不多有兩銀貝的純收入，她拿幾日的出來分給小舅舅和駱澤。

原本是準備只分兩日的，可誰想駱澤就要和表姊訂親了呢，讓他們多攢點錢，成親時壓力就沒那麼大了，一年也就分這一次，幾個銀貝而已不算什麼，和錢比起來，她更喜歡家裡開開心心的。

——未完，待續，請看文創風1044《小漁娘大發威》4（完）

2022年2月出版

月老套路深

文創風 1032～1033

所嫁非人禍及全家，她最終只能親手了結性命以贖罪，
如有來世，只願能忘卻前塵重新開始……
豈料她連黃泉路都走得不順遂，被孟婆一出手就送回大婚當日！
她投胎不成，還得重新面對這棘手的一局，這盤棋該如何下？

將門逆女，實力撩夫／春遲

大將軍之女陸蒺藜是京城的話題人物，容貌絕色卻古靈精怪、時有驚人之舉，
繼看上新科狀元展開窮追不捨的求親後，大婚之日姑娘她又「發作」了──
「退婚！我要退婚！」
身著嫁衣的陸蒺藜嚷嚷著要退婚，任將軍老爹氣得跳腳也動搖不了她的決心，
只因重生歸來，她心裡有數，這男人嫁不得！
他的人模人樣只是表面功夫，實則腹黑心機別有所圖，終將害得她家破人亡……
這一回她不再傻傻被套路，順手拉了個喝喜酒的路人充當新歡，誓要退婚成功，
誰知她想得太天真，逆天改命可不簡單，
婚事沒退成，抗旨拒婚就先觸怒龍顏，惹來殺身之禍，
還得仰賴隨手拉來演出的「路人」出手相救、從中化解！
原來人家身分不一般，年紀輕輕後臺比她還猛，竟是地位尊貴的國公爺?!
據聞羅止行出自天家行事低調，向來不涉及政事，全然是個富貴閒人；
可不知為何被扯進混亂中，形成和狀元郎針鋒相對的局面，他似乎開心樂意得很？
這棋局深得她看不懂，以為如願退了婚一切便在掌控中，不料事情變得更複雜，
無緣渣夫不放手，國公爺這尊大佛也請不走，這場面她實在始料未及啊……

愛情的最佳風味，便是那一股傻氣／秋水痕

2022年1月出版

綿裡繡花針

這世道總把女子當作附庸，有點權位就以為能為所欲為，
縣老爺兩張嘴皮子一碰，便要讓她感恩戴德去當小妾？
還真以為她名字叫綿綿，就是個軟綿綿受人欺的主呀？
哼！這種色老頭就算想認她當娘，她都不稀罕！

文創風 1028 **1**

顧綿綿當「裁縫」，手裡的繡花針不是扎在布料上，而是穿梭於死人皮肉間，
幫忙往生者齊齊整整的上路，她絲毫不懼，反倒覺得行善積德，與有榮焉。
她害怕的是，那些光看臉、聽信什麼命貴謠言的人，總想要讓她做妾。
本來那些膽小的都被她的行當嚇走了，卻橫空殺出一個老縣令來，
她爹身為衙役班頭，既不好得罪，又不願答應，她只能裝病拖著。
孰料，縣令竟突然塞了個新衙役——衛景明，交代爹好好照看，
這人也真是奇怪，分明是來投奔縣令的，卻一來就和她家十分親近，
還自告奮勇說會替她解決這縣令想強娶一事，這個人，真的能相信嗎？

文創風 1029 **2**

顧綿綿的「裁縫」手藝，每個月多少都能替自己掙些許銀兩，是件好事，
不過在世俗眼中，卻比不了大門不出、二門不邁，只待在家中的嬌小姐。
對此她並不在乎，她不願因為婚姻放棄自立的行當，事事都依靠他人。
畢竟，能獨力賺錢養活自己，她又何須一定要嫁個男人來管束自己呢？
不過衛景明似乎不同，他即使看見她在屍體上穿針引線，也毫無嫌棄之色，
甚至還撒嬌說他賺的銀兩少，要依靠她養，全然沒有普通男人愛面子的臭毛病。
他們順其自然地訂親，卻受到自稱是她生母娘家人的阻撓，並說她生母還活著？
多方刺激下，她莫名暈了過去，從惡夢中看見了她與他的慘澹未來……

文創風 1030 **3**

來到京城，顧綿綿與衛景明的日子還算順遂，
他走馬上任後，很快與她被迫拋家棄子的生母搭上線，
她明白了親娘被舅舅一家逼迫的難處，母女聯手將隱患去除。
自此，他的仕途平步青雲、節節高升，卻也因任務繁重而日益忙碌，
直到她有孕，他才找到理由告假回家多陪她，找回兩口子的溫馨時光。
只是好日子不長，懷滿三個月後她渾身出問題，整個人消瘦虛弱，
這病情詭譎，遍尋不著原因，直到師父戳破兩人逆天而來才知曉因果，
重生一世並非上天掉的餡餅，他們得背起責任，使天下大勢回歸正軌……

文創風 1031 **4** 完

日子過得開心，即便旁人再怎麼酸言酸語，也不影響顧綿綿的好心情。
何況她身上可是有功夫的人呢！才不會想跟這些普通人一番計較。
平日在家帶孩子、鍛鍊，然後等著衛景明散職後的溫情時間，
聽他抱怨那些文官又怎樣散布錦衣衛的壞名聲時，她不禁笑了，
他們果然是夫妻，都惹人討厭，不過那又怎麼樣？他們多開心呀！
只是快樂的時光不長，他隸屬天子手下，皇帝想做點什麼，就得身先士卒。
皇上北上御駕親征，卻失利遭俘，他身為親信自然責無旁貸。
夫妻兩人被迫分離，各自努力，他們都希望這次事了，能不再分開……

為流浪貓狗加油 和貓寶貝 狗寶貝 廝守終生(一定要終生喔！)的幸福機會

對人來說，貓寶貝狗寶貝只是生活的一部分，但妳（你）對牠們來說，卻是生活的全部，領養前請一定要考慮清楚——

▲ 見機行事我最行的 寶咖咖

性　　別：男生
品　　種：米克斯
年　　紀：4～5個月左右
個　　性：活潑好動、親狗親人
健康狀況：已完成第一劑幼犬疫苗＆體內外驅蟲
目前住所：新北市新店區（近安康派出所）

本期資料來源：中途洪小姐

第329期推薦寵物情人

『寶咖咖』的故事：

看似沈穩好照顧的寶咖咖，其實是個聰明機伶的鬼靈精，會懂得露出人見人愛的模樣替自己找新家，使得中途保姆第一眼看見牠，誤以為是個乖巧的小孩，帶回家照顧，結果才一個晚上，發現了牠的另一面——每天有用不完的精力，到處跑跑鬧鬧，還會亂咬家中的拖鞋，連狗姊姊都對牠沒轍。

話雖如此，寶咖咖初次見面會有點害羞，大概半天左右就會顯露出很熱情的性子，讓人又氣又愛。即便目前有貧血的問題持續補充鐵劑改善中，但日常生活規範的學習仍有明顯進步，像是現階段學習在尿布墊上大小便，準確度已有80%呢，相信以牠的學習能力，一定會養成活潑、有規矩的好寶寶。

新的一年，新的開始，寶咖咖要重新出發，歡迎喜歡幼犬活力滿滿的拔拔麻麻前來詢問中途洪小姐，信箱是peijun0227@gmail.com，來信請先簡單自我介紹，並留下聯絡電話，方便敲敲您家大門，入住新成員一名！

認養資格：

1. 認養人須年滿二十歲，若與家人同住，請先徵得家人或房東的同意，以免日後因家人或房東不同意的理由而棄養！
2. 不因工作、唸書、搬家、結婚、生育、移民、男女朋友分手而棄養寶咖咖，並要具備飼養寵物之耐心。
3. 寶咖咖尚在幼齡期，會因為長牙、換牙而咬家裡的東西，甚至關籠時有可能會該該叫，長大後是一般中型犬大小（至少15公斤），這些成長過程若能接受再來領養喔！
4. 這時期的寶咖咖需要細心照顧，若工作繁忙、長時間不在家，不建議領養。
5. 須同意結紮，負擔晶片轉移費NT$100，並簽認養寵物切結書。
6. 須同意送養人日後之追蹤探訪，對待寶咖咖不離不棄。
7. 狗狗沒有健保，醫療費可能從幾千甚至到幾萬都有可能，請衡量自身能力與經濟狀況再來領養！

來信請說明：

a. 個人基本資料：姓名、性別、年齡、家庭狀況、職業與經濟來源等。
b. 想認養寶咖咖的理由。
c. 過去養寵物的經驗，及簡介一下您的飼養環境。
d. 若未來有結婚、懷孕、出國或搬家等計劃，將如何安置寶咖咖？

文創風 1043

小漁娘大發威 3

國家圖書館出版品預行編目資料

小漁娘大發威 / 元喵著. --
初版. -- 臺北市 : 狗屋出版社有限公司, 2022.03
冊 ; 公分. --（文創風 ; 1041-1044）
ISBN 978-986-509-301-3（第3冊 : 平裝）. --

857.7　　111001289

著作者　元喵
編輯　黃淑珍　李佩倫
校對　吳帛奕
發行所　狗屋出版社有限公司
地址　台北市104中山區龍江路71巷15號1樓
電話　02-2776-5889～0
發行字號　局版台業字845號
法律顧問　蕭雄淋律師
總經銷　知遠文化事業有限公司
電話　02-2664-8800
初版　2022年3月
國際書碼　ISBN-13　978-986-509-301-3

本著作物由北京晉江原創網絡科技有限公司授權出版

定價270元
狗屋劃撥帳號：19001626
網址：love.doghouse.com.tw　E-mail：love@doghouse.com.tw